图 1 ｜ 倍乐生之家整体建筑，直岛项目的起点

图 2 ｜ 圆筒形画廊，噩梦般的霓虹灯管

图 3 ┃ 倍乐生之家庭院，远眺海景的观展台

图 4 ｜ 倍乐生之家室内一角，取自当地的原材料

图 5 | 角屋，闪烁的数码计数器

图 6　｜　地中美术馆鸟瞰图，以正三角形为起始

图 7 | 地中美术馆莫奈空间，没有方角的展厅

图 8 ｜ 地中美术馆特瑞尔空间，无穷无尽的光隧道

出界！
艺术直岛

[日]秋元雄史 著　曹逸冰 译

文匯出版社

新经典文化股份有限公司
www.readinglife.com
出　品

目 录

序言 初见直岛

直岛是濑户内海的一座小岛，人口不过三千左右，刚好地处本州的冈山县和四国的香川县之间。如今的直岛已经成了名震四方的现代艺术殿堂，更是日本国内首屈一指的旅游胜地，每年来访的游客高达七十二万人次。而我和直岛的缘分，要追溯到大约二十七年前。

了解直岛现在有多热闹的人怕是很难想象出直岛当年的冷清。它与其他岛屿一样，在人口减少与老龄化的浪潮中苦苦挣扎。但岛上的氛围是如此悠闲恬静，这样一个地方会让人坚信昨天的结束必定意味着今天的到来。四周的濑户内海也风平浪静，灿烂的阳光总是毫不吝啬地洒向水面。

谁知突然有一天，这样一座小岛竟在机缘巧合之下与现代艺术产生了交集。自那时起，小岛便焕然一新了。变化是如此巨大，几乎能用"戏剧性"来形容。

如果不改变，这座小岛能跟上时代的发展就不错了，稍不留神便会被世人遗忘。可不知为何，它竟来了个惊天大逆转，一跃而上，成了时代的领跑者。而且，它的成功不仅限于日本，更是世界级的。虽说一切都发生在"现代艺术"这片小天地里，但直岛毕竟登上了海外各国的一流艺术杂志，成了全球现代艺术爱好者心驰神往的圣地。

事实胜于雄辩。世界各国的富人不乏现代艺术爱好者，而专做这些富人生意的美国旅行社把京都和直岛组合成日本旅游产品，搞不好还有人"为了直岛专程赴日"。看到这儿，也许会有读者觉得我夸大其词，可我真的没有一句虚言。只用日本国内的价值观判断事物，难免会忽视一些有价值的东西，直岛与现代艺术正属于这个范畴。

不过就算我说破了嘴皮子，读者朋友们怕是也很难切身体会到直岛的受欢迎程度在日本和欧美能有多大的差距。正所谓百闻不如一见，只要去直岛走走看看，你就会惊讶于当地的欧美游客之多。正是欧美人最先挖掘出了直岛的文化价值，并点燃了直岛的狂潮。而且，这句话中的欧美人不单单是艺术家、建筑师、设计师、学者这样的知识分子。收藏家、有文化素养的富人也将视线投向了直岛。

在日本，你都不知道该去哪儿找"有文化素养的有钱人"，他们也不会成为大家讨论的话题，但是放眼世界，这样的群体的确存在，他们也的确对某些地方产生了兴趣。直岛就是他们关注的地方之一，因此扬名海外。

他们会在求知心的指引下飞向世界各地，即便目的地是交通不便的远东小岛，他们的脚步也没被阻挡。"不容易去"反而会更强烈地激起他们的好奇心，让他们排除万难造访此地。

于是乎，直岛就在不知不觉中成了名胜，被一小批极具影响力的人所熟知。

从海外的知识分子阶层开始"重新发掘日本独有的价值"——类似的现象早已屡见不鲜，直岛也不是唯一的案例。19世纪末，欧洲掀起的浮世绘热潮就是个典型。浮世绘原本只被当作出口瓷器的包装纸，法国的艺术商人与专家碰巧看到它们，并为其独创性所震撼，浮世绘便因此逐渐在世界各国得到高度评价。据说，日本人十分喜爱的法国印象派画家莫奈，也从浮世绘中汲取了不少作画灵感。

压根儿就不相信什么"无形价值"的日本人，不可能亲自发掘出这样的东西。可不知为何，只要有外国人（尤其是欧美人）稍作提醒，日本人便能大方地承认其价值，并敞开胸怀去接受。直岛的口碑便以这种模式积累起来。

然而遥想当初，谁都没把直岛放在眼里。濑户内海的风景，人口稀少的小岛，还很小众的现代艺术，再加上连文化遗产都算不上的普普通通的房屋。20世纪90年代中期，人们眼看着岛上的空屋越来越多，也找有关部门交涉过，希望能把古老的街景保存下来，却只得到了一个无情的"NO"。对方表示，这些空屋无法成为保护的对象，因为"这样的景色随处可见"。从某种角度看，这个结果也在所难免。毕竟当时的直岛，还是一座与"美丽的街景"和"文化气息"无缘的孤岛啊。

小岛的北侧有一所建于 1917 年的炼铜厂，属于三菱综合材料公司，一直留存至今。当年，人们的环保意识不强，以至于炼铜厂排放的二氧化硫废气把周边的山都熏秃了。据当地居民回忆，"菠菜只要放一晚上就枯了"。始于大正时代（1912—1926）的炼铜业的确推动了日本经济的发展，却也残忍地摧毁了直岛的景色。

　　我是 1991 年前后开始跑直岛的，当时岛上还留有不少那个时代的痕迹。"濑户内海的美丽小岛——直岛"这句宣传语已经投入使用，可它完全没有打动我的心。从冈山县宇野港出发的定期渡轮上载着好几辆大型翻斗车。放眼望去，周边的小岛寸草不生，尽是些光秃秃的红土地。而且因为长年风吹雨打，基岩遭到了雨水侵蚀，甚至能清楚地看出雨水流过的痕迹，令人痛心。这样的风景跟"美"字完全沾不上边，只能用"凋敝"来形容。

　　隔壁的丰岛也是如此。非法丢弃在岛上的工业废料造成了严重的土壤污染，折磨了当地居民足足二十五年。他们申请了公害调解，在 2000 年艰难地达成了最终协议。居民们被骗小孩般的花言巧语耍得团团转，所以才眼睁睁看着本土的不法商贩将大量工业废料擅自丢弃在岛上这么长时间。

　　听到这儿，大家可能会觉得我说的是陈年旧事，以为这些事发生在远离日本、现代化水平不高且民智未开的地方。遗憾的是，这些事就发生在日本的濑户内海，发生在不久之前。而

4

且当时还是经济高速增长期，是日本的市中心最繁华的时代。

直岛原本也是典型的公害小岛，直到最近才因为自然风光与艺术文化受到瞩目。回过头来看看，我真是不由得感慨，时代的变化着实耐人寻味。

没错，时代变了。

局面来了个一百八十度大转弯，简直让人难以置信。

人们发现，那些原本被认定为"毫无价值"的东西其实有价值，把它们推到台前甚至还能缔造出新的价值。这就是直岛在海外获得高度评价的关键。原本不存在于任何地方的美学与文化价值不诞生在别处，而诞生于直岛——海外知识分子推崇的就是这种原创性。

说得稍微夸张些，脱离日本文化中心的新事物在直岛被创造出来了，它与以往受到高度评价的主流保守美学截然不同，而且诞生在日本素来不擅长的艺术文化与地区开发领域。

这才是直岛所独有的价值。在这个过程中诞生的一切，都是前所未有、独具一格的。

"吸引了众多游客""用旅游业拯救了人口稀少的小岛"……常有人用这样的表述夸赞直岛。然而，这不过是现象带来的效果。而现象的本质在于"小岛的创造性"。

让直岛焕然一新的是倍乐生（Benesse）集团与福武财团主导推进的项目（在本书中简称为"直岛项目"）。集团与财团的核心都是作为创始人家族的福武家，而福武家的核心则是当家人福武总一郎。在建筑方面，直岛项目得到了安藤忠雄先生、三分一博志先生、SANAA 的妹岛和世和西泽立卫等建筑大师的支持。在艺术方面，有瓦尔特·德·玛利亚（Walter De Maria）[1]、詹姆斯·特瑞尔（James Turrell）[2]、雅尼斯·库奈里斯（Jannis Kounellis）[3]、理查德·朗（Richard Long）[4]等海外艺术家与草间弥生女士、杉本博司先生、大竹伸朗先生、宫岛达男先生、千住博先生、内藤礼女士、须田悦弘先生等日本艺术家的加盟。

从 1991 年项目起步伊始，到 2006 年地中美术馆竣工、大规模室外展"直岛 STANDARD 2"开幕，我始终以一线负责人的身份参与其中。在本书中，我将从个人的视角出发，与大家分享这十五年的酸甜苦辣。

顺便一提，在我离开之后，艺术方面的工作转由艺术总监北川富朗先生负责。他成功策划统筹了新潟县的户外艺术节"越后妻有大地艺术三年展"[5]，在濑户内地区则统筹了直岛等濑户内海全境的艺术项目。换言之，北川富朗先生正和福武总一郎先生通力合作，全力推进两个以促进地区发展为主旨的艺术项目，一边是依山的"越后妻有"，另一边则是傍海的"濑户内国际艺术节"[6]。

艺术项目所覆盖的区域也在不断扩大，从我主管时仅限于直岛，到现在已扩大至十六座小岛，甚至连香川县、高松市等地的地方政府也加入了运营团队，使项目的规模更上一层楼。

我们完全可以说，直岛项目已进入了第二阶段，甚至第三阶段，呈现出另一种境界。平淡无奇的小岛已经走到了聚光灯下。

曾经，直岛项目还远没有达到今天的规模，只是在一个很小的区域内试水。那时，我便以"现代艺术专员"的身份参与了这个项目。这个措辞是有些微妙，但是在企划运营还没有像今天这样成体系的初始阶段，倍乐生的确是因为这方面的工作雇用了我。

不过话说回来，这种黎明期、初创期的工作着实有趣。为什么？因为"什么都得做"。不光是我，参与项目的所有人都是如此。这就是我在直岛项目中扮演的角色。如果要把我的工作描述成一种专业岗位，"策展人"也许比较合适。大家可能会把这个词和"时髦的专业工作者"联系在一起，听着就好像我背后有一个相应完备的组织撑腰似的，其实不然。雇主与雇员都没有真正理解这个词的含义，都在摸黑前行，其中的混乱与动荡，根本无法用三言两语概括清楚。

换言之，那时的我仿佛参加了一场马拉松大赛，连赛道在哪儿都不知道，却不得不全速奔跑，面临着体力、智力与毅力的三重考验。好一段苦乐参半的岁月。

在此过程中，我看到了直岛最初的模样，也亲眼见证了今日直岛的原型是如何诞生的。那一段历史荡气回肠，我们一次次跌倒，又一次次爬起来，艰苦奋战，绝无法用"美谈"二字一笔带过。如今，已经很少有人提起这段故事的来龙去脉了，可我想站在亲历者的角度，将真实的"直岛诞生记"呈现在大家面前。

老话说，万事开头难，而且事情的发展往往就取决于这个"开头"。也就是说，审视开端便能认清事物的本质。从这个角度看，回顾我在直岛"开头"度过的时光，也未必是无益之举。

那就让我们将时钟拨回二十五年前，看看我度过了怎样的"直岛时光"吧。

直岛是激活地方经济的妙计，是企业宣传的策略，还是一场艺术实验？

——第一章——

来到“直岛”之前

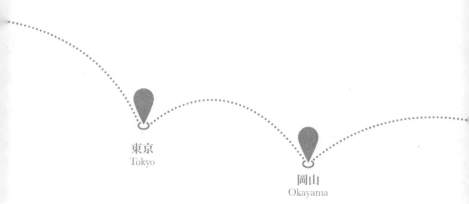

東京
Tokyo

岡山
Okayama

在理想与现实的夹缝中

三十五岁那年，我一边吃早饭，一边翻报纸，然后就在招聘版面看到了那则广告。

当时，我还是个主要写艺术类稿件的撰稿人，过着不太稳定的生活。在向普通杂志与专业杂志供稿的同时，我也为一些以艺术为主题的漫画构思过草案，勉强糊口。

与此同时，我创作的现代艺术作品逐渐得到了业界的肯定。埼玉县立近代美术馆、宫城县美术馆等以近现代艺术见长的公立美术馆，都向我伸出了橄榄枝，邀请我将作品送去展出。

写稿是为了吃饭，创作则是童年的梦想。当年的我就这样身兼两职，想方设法地养活自己。

当艺术家本就是我的理想。我复读两年，考进了东京艺术大学 ① 美术学部绘画科油画专业。因为我认定，要想成为艺术

---

① 拥有一百三十年的历史，是日本最悠久的美术音乐学校，培养了横山大观、菱田春草、高村光太郎、藤田嗣治、冈本太郎、东山魁夷等绘画、音乐大师。（本书脚注均为作者原注。编译者注见第 355 页至第 358 页的尾注部分。）

家，去艺术类院校深造是最好的方法。毕业后，我坚持创作，为了成为职业艺术家而积极举办个展与群展。

当年和我一起办过群展的有小山穗太郎（现代艺术家、东京艺术大学教授）、O JUN（现代艺术家、东京艺术大学教授）、中村一美（画家、多摩美术大学教授）、柳幸典（现代艺术家）。同一时期，川俣正（现代艺术家）、宫岛达男（现代艺术家）、蔡国强（现代艺术家）等今日的艺术大师也都有活跃的表现。

我的专长是现代艺术。艺术家的创作手法包括日本画、西洋画、雕塑、手工艺等，现代艺术原本是其中最小众的领域，靠它吃饭是不可能的。不，应该这么说，我压根儿就没想过要靠它吃饭。在那个年代，大家都坚信："立志搞艺术的人绝不能有'靠卖作品养活自己'的杂念！"

看到这儿，也许会有读者认为"这也太荒唐了吧"，可大家当年就是这么想的。听学长学姐说多了，我也被一点点洗脑了。要想在"艺术家"这条路上走下去，就必须用别的方法获取收入，所以大家都打过各种各样的工。而我获取收入的方法则是做自由撰稿人。前面提到的那些大火的艺术家也曾看不到一点儿未来，体验过一边打工一边创作的苦日子。

然而，撰稿人的工作并不能用业余时间随便搞定，稿子也不是那么容易写的。尽管心中的天平还在艺术家与撰稿人之间摇摆不定，但实际上我已因为撰稿工作忙得不可开交。隐隐约约中，我觉得再这么三心二意下去也不是回事，忙于写稿、远离创作一线的自己简直特别没出息。

我扪心自问，当艺术家是我上小学时就有的梦想，这样放弃真的好吗？那时，日本正处于全民沸腾的泡沫经济时期。眼看着别人都过得逍遥自在，只有自己还终日犹豫，总有种要被时代淘汰的感觉。

如果我当年安于手头的撰稿工作，恐怕现在也不会提笔写这本书了。我那时虽然忙得连轴转，却无论如何都不想离艺术工作越来越远，渐渐忘却初心。于是，我萌生了这样的想法——"果然还是希望追逐梦想，做和艺术直接打交道的工作！"

自我厌恶的同时，我也慢慢厌倦了出生成长的东京。泡沫经济让人心醉神迷，无论走到哪里，看到的都是享受当下、消费一切的景象。当时的东京已经被这种风潮彻底统治了，就好像整座城市患上了失忆症一样。我愈发无法忍受在那样的环境下过随波逐流的生活。

我告诉自己，拾起明确的目标吧！如果创作这条路走不通，就想办法用另一种形式和艺术直接打交道！

不"寻常"的招聘广告

就在这时，我看到了那则招聘广告。

冈山县有一家叫倍乐生（原福武书店）的公司想为名下的国吉康雄美术馆，以及今后计划在直岛开设的美术馆招募策展人。

1990 年，倍乐生新建了冈山总部的大楼，并在二层开设了一座小型美术馆，即国吉康雄美术馆。在这样一座美术馆上班，说白了就是做各种运营工作。我记得招聘广告里好像写了"策展人"这三个字，应该还带了一句"诚招专业艺术人才"，说不定还写了具体的业务内容，即管理艺术品（它们也是公司的资产）、统筹日常运营、展示作品、收集与研究资料……总而言之就是做和美术馆运营有关的一切工作。

最先吸引我的是业务本身。美术馆名字里的"国吉康雄"是一位著名的个性派近代画家。十七岁时移民美国，当过农民，在酒店打过杂，后来成了美国最具代表性的画家之一。1948 年，他成了全球第一位生前于纽约惠特尼美术馆举办个展的画家。惠特尼美术馆侧重"极具美国风范"的艺术，可见国吉的确享有美国绘画界代表的地位。1952 年，他还作为美国的代表，与爱德华·霍普（Edward Hopper）、斯图尔特·戴维斯（Stuart Davis）等艺术家一同参加了素有"艺术界奥林匹克"之称的威尼斯双年展。

且不论这些社会评价，其实我自己对国吉康雄抱有某种特殊的情结。

这种情结要追溯到复读那两年。我对艺术的基本想法绝大部分受到复读期间结识的老师与朋友的强烈影响。一言以蔽之，我认为艺术是一种"自我表现"，换句话说就是"做与众不同的事"。而他们介绍给我的最理想、最具个性的表现者之一，正是国吉康雄。看他的作品就会意识到他是一个"重个性而非技术"

的人，他用画笔勾勒出了独具一格的世界观。

倍乐生收藏了大约四百幅国吉康雄的画作，并在总部大楼开设了专属的美术馆展示这些作品（我后来才知道，国吉与倍乐生的创始人都是冈山人）。这一点深深吸引了我。

然而，在我接着往下看招聘启事的一刹那，国吉情结与复读时代的缕缕记忆都被一阵狂风刮到了九霄云外。

我司计划开设主打现代艺术的美术馆，因此该职位的工作内容也包括与此相关的艺术工作。

主打现代艺术的美术馆？这家公司到底想打造一座怎样的美术馆？这座美术馆里有什么工作可做？我产生了无穷的兴趣。

我并不相信宿命论，但现在回过头来想想，如果我那天没有看到报纸上的招聘广告，肯定就不会去直岛，也不会有今天的我了。一边吃早饭，一边在随手翻开的报纸上看到那则广告，就像"奇迹"一般。

不过我也觉得，要不是我当时处于那种状态之下，怕是也不会跑去应聘。因为那则招聘广告一点都不寻常。

照理说，招募策展人的消息一般不会出现在这种普通报刊的招聘版块。寻常的策展人当然也是会公开招聘的，但这种岗位十分专业，而且往往只需要一两个人，所以在大多数情况下，招聘方只会通过专业的艺术大学、研究生院、美术馆或管理美术馆的财团等机构小范围地发布消息——这就够了。策展人是专业岗位，如果想招人，只需要把招聘信息告知研究员与大学教授，就能招到足够优秀的人才。花钱在报纸的招聘版块登广告什么的，根本就不划算，也不符合艺术界的常识。

而倍乐生偏偏就登了这样的广告，足见他们并不了解艺术界的常识。也就是说，公司内部并没有这方面的专家，他们决定招人的时候也没有找专家咨询过。时至今日，我倒是能冷静地分析出这么多了，可当时压根儿没往这个方向想。因为我打从心底里认定，对我这个在理想与现实的夹缝间驻足不前的人而言，那正是千载难逢的机会，是开启全新挑战的舞台。

话虽如此，我起初也是抱着碰运气的心态去应聘的。毕竟我没做过策展人，也没多少像样的社会经验，怎么可能走得过那座独木桥呢？

谁知我顺利通过了简历审查，也轻松拿下了笔试。接到通知的时候，我察觉自己在不知不觉中竟动了真格。

到最后一轮面试时，艺术策展人的候选人只剩我一个了，另一位面试者原本是银行职员，应聘的是普通的事务性职位——总务科的科长助理。跟他一起在董事办公室门口等候时，我才反应过来："我正在应聘一家普通公司……"对一心一意只想当策展人的我来说，这种感觉有些奇怪。

倍乐生的企业哲学——"美好人生"

虽说投简历时抱着碰运气的心态,但当时的我其实已经对倍乐生这家公司的业务和企业哲学有了一定的了解。

当年的倍乐生还是一家总部设在冈山的中型企业。它的前身是 1955 年创立的株式会社福武书店,早期的业务是制作面向初中生的图书、学生手册等产品,1962 年推出模拟考业务,1969 年开办函授讲座,逐步扩大业务范围。福武书店的前身是富士出版社,曾经历过一次倒闭,这段经历让经营者下定决心,"绝不让公司再垮一次",因此经营风格比较稳健。

变身为福武书店之后,公司业务稳步发展。当时,福武书店的首要业务是名为"进研补习班"的函授课程,学生提交的作业会由被称为"红笔老师"的指导专员批改。补习班会员年年递增,公司的经营状态也日趋稳定。截至 2018 年,仅国内的会员数就有二百五十七万之多。

除此以外,福武书店还有出版业务,专做晦涩到其他出版社不愿意出的哲学书籍与文学书籍(比如《内田百闲全集》)。当年我特别喜欢福武书店推出的这类书籍。每次在报刊上看到"福武书店"的名字,我都乐意读上一读。上面提到的知识就是这么慢慢积累起来的。

至于时任社长的福武总一郎先生,我也通过某本周刊杂志有了初步的了解。杂志刊载了冈山市倍乐生新总部大楼竣工的新闻。新闻照片中的福武社长站在法国现代雕塑家妮基·桑法勒

（Niki de Saint Phalle）的作品前，面带微笑。他围绕倍乐生的企业哲学"美好人生"（Benesse）[7]，展望了公司的未来。

社长说，每个人都有与生俱来的上进心，每个人都会为实现更好的自己而努力。倍乐生的职责就是激活顾客的上进心，在顾客努力的时候提供全方位的协助。社长的人生观与性善论完全吻合，公司的整体氛围也是如此，当年的员工都异口同声地说"公司就跟学校一样"。创始人福武哲彦先生（同时也是前任社长）也的确当过老师，不难想象在他掌舵的时候，公司的气氛大概就是这样了吧。

1986 年，福武哲彦先生的儿子总一郎继任社长。起初，公司还有前任社长的管理遗风。但不久后，公司便大幅调整了经营路线，开始用数字说话，追求高效与合理，践行美国商学院的那套逻辑。业务靠企划书推进，"趴在办公桌上用电脑写 PPT"成了员工的主要任务。

在经营方针大变样的过程中，划时代意义的大事件接连不断。1995 年，公司名称从"福武书店"改为"倍乐生"（Benesse Corporation）。2000 年，公司在东证一部（东京证券交易所一部）上市。2003 年，社长首次由创业家族以外的人担任。不过在 2007 年，这位社长辞职了，福武先生又做回了社长。而我是在这些事发生前的 1991 年去应聘的，仿佛搭上一艘刚开始航行的船。

至于周刊有没有明确提到后来成为公司名称的理念，我已经记不清了，不过我去应聘的时候，恰好是这家公司为日后的更名奠定基础、逐步构筑企业哲学的时期，理念品牌"Benesse"也刚发布没多久。采访福武先生的这篇报道，已经能让人察觉变化的预兆。

我一边回忆这些点滴，一边参加了第二轮面试。

很久以后，我才切身体会到，"美好人生"这个企业理念其实也是直岛的灵魂。

当年倍乐生以教育和文化为主战场，后来又开拓了母婴、生活、外语学习、养老等业务。这些业务大多与人的日常生活有关，直接跟人打交道，无法仅凭效率性与合理性推进业务。

换言之，倍乐生卖的不是单纯的"功能"，所以它需要某种针对人的经营哲学，"美好人生"就是站在这个角度构思出来的。可以说，这种耿直的态度是倍乐生的行事风格，也是福武社长的思路。

而直岛的种种尝试正是这种思路的产物。倍乐生一方面通过各项业务追求"美好人生"的企业哲学，一方面像是为了拾遗补缺，启动了直岛项目。

也就是说，虽然倍乐生想用一个不同于普通业务的视角去推进直岛项目，但他们并没有把直岛归入"社会贡献活动""赞助"之类的范畴，以此来做明显的区隔。因为直岛项目的内容既与倍乐生的哲学直接相关，又与倍乐生的其他业务相辅相成，可以说是企业的某种自我展现。

作为一家涉足艺术的企业，倍乐生的尝试在当时算非常新颖了。赚得一大笔财富的企业出手购买艺术品，把它们作为资产运作的一个环节，这种情况并不少见。但倍乐生没有止步于此。当然，主营业务赢利是购买画作等艺术品的前提条件，不过与此同时，倍乐生也在认真思考要如何返利于员工。思考的结果就是国吉康雄美术馆，以及直岛项目。

当然，我并没有从一开始就理解倍乐生的良苦用心，上面这些是我在很久以后才领悟到的。当年，我只是被照片里笑容满面的福武先生阐述的企业哲学深深吸引了。

原来这世上还有想法如此有趣的人啊！正因为有了这样的感触，小小的招聘广告才牢牢地抓住了我的心。

艺术的原初体验

遥想过去，我与艺术的邂逅要追忆到孩童时代。

在距离二战结束不过十年的1955年，我出生在东京的中野。小学低年级时，我有朋友家住临时的棚屋（虽然那个时候棚屋已经变少了），有同学长得脑袋扁平，还有伙伴拖着清鼻涕、营养不良。租漫画看是孩子们主要的娱乐方式。

当年是《铁臂阿童木》《铁人28号》等漫画的全盛期。我也没能免俗，迷得一塌糊涂。我从记事起就很喜欢画画，也经常照着那些漫画作品里的人物涂涂写写。渐渐地，我萌生了

"长大要当漫画家"的想法。那就是我的原点。我这代人中很多人是通过漫画喜欢上绘画的。

到了暑假，公园只要举办电影放映会，我就会和街坊家的孩子们一起去看，我们为东映拍摄的三色动画电影[①]心醉神迷。当时我年纪虽小，却受到了极大的震撼。

上小学后，我对动漫的热情不降反增，甚至跟朋友们一起创办了"漫画社团"，从此愈发沉浸在动漫的世界。

转折点出现在我上六年级的时候。那年，我见到了一位画家的画作。

那段时间，我父亲常在节假日带我去上野一带玩。这也许跟父亲的老家在浅草附近有关。零散分布在上野公园各处的动物园、美术馆与博物馆成了我们经常去的地方。

虽然具体去哪儿取决于父亲当天的心情，但每次留下的都是美好的回忆。起初，我觉得美术馆是个有些难懂的地方。毕竟作者的名字也好，作品的内容也罢，我都一窍不通。但去的次数多了，我便学会了用自己的方式去欣赏。

19 世纪的法国画家图卢兹－罗特列克（Henri de Toulouse-Lautrec）给我留下了格外深刻的印象。他是一位后印象派画家，与塞尚、梵高、高更生活在同一个时代。除了绘制油画，他还利用业余时间制作过夜总会的宣传海报，类似现代的插画、设

---

①代表作有《西游记》《白蛇传》等，但我最喜欢的是《安寿与厨子王丸》，讲述了一个悲剧色彩很强的中世传说，画面极富魅力。事后我才知道，制作组先找了真人表演，拍成影片，然后再以此为基础绘制了电影动画。

计工作。罗特列克出身贵族却一心反抗父亲，成天泡在夜总会和妓院，一边过着颓废的生活，一边以穷人为题材进行创作。他也是最早将视线对准大众消费社会的画家之一。

罗特列克笔下的人物分外妖娆。他的画风绝对无法用一个"美"字来概括。他画的人物浑身都是欲望，充满了人情味。偏僻街角的妓女微微凸出的肚腩，还有下面卷曲的阴毛都被他画了出来。夜总会里抬腿跳舞的女人在强光的照射下，露出一张用厚重脂粉掩饰的疲惫面庞。而男人们根本不在乎这些，一个劲儿地盯着那条抬起的腿的深处看。罗特列克投向女人的视线是在为男人的欲望代言，但与此同时也不乏对女性哀伤与温柔的注目。

看他的画作，人物的内心世界被毫不客气地暴露出来，年幼的我觉得自己好像看到了什么不该看的东西。我还记得自己在悖德感的笼罩下，一边偷瞄罗特列克的画，一边提防身边的父亲，生怕被他发现。

就这样，我见识了不同于漫画的表现手法。《铁臂阿童木》把人类的外形简化成了记号，刻画出一个梦幻世界。而罗特列克笔下的男男女女仿佛实实在在、有血有肉的人。他们会出汗，他们的身体能散发出体味。而童年的我偏偏感知到了那种超越"再现"的鲜活。与此同时，我也在女性的裸体和男人注视她们的视线中读出了某种情色元素，产生了奇妙的兴奋感。

这就是我记忆中最早的绘画体验。不过我并没有因此立刻产生"好嘞，我要当画家"的想法。我还是一如既往地和朋友们在自家附近的空地打棒球，忙着玩这儿玩那儿，漫无目的地画着近乎涂鸦的玩意儿。直到很久很久以后，我才意识到罗特列克带给我的绘画体验成了我人生的转折点。

沉迷艺术的世界

直到高二那年，我才开始认真思考将来的梦想，认定"画画"是自己要走的路。到了该为考大学做准备的时候，我深思熟虑，还是决定当个画家。

当时的我对未来好像格外乐观，完全没担心过当画家会养不活自己，现在想想还挺不可思议的。当我把决定告诉父母的时候，他们也都说"你本来就喜欢画画，不是挺好的嘛"，心也是真的大。

我自以为擅长画画。可问题是，无论是小学阶段的图画美工课，还是高中阶段的美术课，我都没拿过最高的五分。糟糕的时候只有两分。放眼望去基本都是三分，偶尔拿个四分。所以我百思不得其解，当年我怎么会认定自己很擅长画画呢？一直很喜欢画画肯定是其中一方面的原因，另一方面的原因可能是我跟职业画家学过画吧。

最终，为了考进第一志愿东京艺术大学，我复读了两年。听到"两年"，大家可能会觉得我花的时间特别长，但其实为了考艺大复读两年是非常普遍的现象。有些执着的勇士甚至会复读十年呢。听说我报考的油画专业现在是十多个人竞争一个名额，要知道当年的竞争率可是四十八比一啊。因此，备考艺大往往是艰苦的持久战，而这段日子的苦练也能为日后成为职业艺术家打下坚实的美术基础。

换言之，艺大入学考试是职业画家道路上的第一道关卡，考试的结果必然会对考生之后的人生产生影响。据说，也有画家因为没有考上东京艺术大学憋了一口气，后来发奋取得了辉煌的成就。总而言之，考生们要利用复读的时间为日后成为职业画家打下基础，因此会去面向艺术大学考生的专业补习班上课。

但我的情况有点特殊。早在复读之前，我就得到了职业画家的指点。高一那年，亲戚为我介绍了一位画家老师。他的名字叫山崎坤象。

山崎老师从东京美术学校（东京艺术大学的前身）毕业之后就成了职业画家。他的作品曾多次入选大型公募画展"帝展"①，后来他成了美术组织"光风会"的成员。他擅长具象、宁静的风景画，父亲还是明治时期的著名木雕家山崎朝云②。山崎老师住在吉祥寺的新村小区，家中有专用的画室。我记得房间

---

① 帝展的全称为"帝国美术院展览会"，是明治时代末期至二战前的昭和时代由文部省主办的展览会，也是今天"日展"（日本美术展览会）的前身。帝展是当年规模最大的发表平台，所以老师才会送作品去参展。

② 山崎朝云为雕塑的现代化做了诸多贡献。他是高村光云的高徒，顺应时代的潮流，创作了许多以日本神话为题材的杰出木雕作品，同时也培养了数名优秀的徒弟。

里有他绘制的油画，也有他父亲朝云雕刻的小品。①

正是这位山崎老师为我打开了通往艺术世界的大门。老师本人和他的父亲朝云都称得上是日本现代美术的代言人。在老师的指点下，我开始系统地学习日本现代绘画，因此常去东京国立近代美术馆一个人逛常设展区，学习前人的美术作品，西洋画重点看黑田清辉，日本画则主要看狩野芳崖。

通过不断创作掌握的"观看方法"

我听从山崎老师的建议，从高三开始去专门面向考生的美术补习班上了一年的课。然而，短短一年的学习是不可能让我考上东京艺术大学的。果不其然，我连第一轮考试都没过，成了一名复读生。

从早到晚画个不停的复读时代就此拉开帷幕。我早上睁眼以后想的第一件事就是画画，一直画到晚上睡觉前。这样的高强度作画在我的人生中是绝无仅有的，简直跟运动队的训练一样，要靠身体去记忆绘画的动作。我每天都要临摹石膏素描，还要画好几幅油画。

所谓石膏素描，就是对着模仿古希腊、古罗马时代雕塑的

---

① 这部分的叙述比较模糊，因为东京国立近代美术馆的常设展区是我当时常去的地方之一，说不定我是在那里看到了朝云先生的作品，却误以为是在老师家看到的。

石膏像，用炭笔或铅笔在纸上画画。先用一星期画完一幅，到了周末会有点评会，由老师评判作品的优劣。佳作会被摆在靠上的位置，不那么好的作品只能放下面。然后再花一周时间画油画，到了周末再开同样的点评会，周而复始。

我每天要在补习班画上七八个小时，从早上九点一直到傍晚五点。可只有这点儿练习量是远远不够的，所以我还要利用上学、放学路上的时间，在电车里画素描。这些素描几乎都是线条画，反正就是把坐在对面的人一个个画下来。补习班的老师告诉我们，这种简单的速写每天至少要画二十张。如果光靠电车里的速写凑不够二十张，我甚至会利用午饭时间在咖啡厅再画上几张。有时还有自画像之类的作业，回家以后还要画这些。总之一年到头都不停歇。复读那两年，我过的就是这样的日子。

但我并不是什么特例。有点干劲儿的考生都是这么过来的。偶尔得了空也不能闲着，还得看画集。我会翻翻在神田的旧书店买的珍贵外国画集，时不时临摹一下。

我利用那段时间学习了色彩、油彩的用法，以及如何表现个性。印象派画家和文艺复兴时期的画家教会了我该如何运用线条，如何画素描。

最重要的是，那是我第一次正统地训练"看"与"画"这两项技能。它们帮我掌握了运用视觉观看的方法。

而这段经历，在我之后的人生中发挥了重要的作用。

大家可能会觉得"用视觉看东西"是理所当然的。但请你仔细想一想，看到一幅画时，大多数人最先想到的其实是"那幅画有什么含义？""它有怎样的背景设定？""它讲述了一个怎样的故事？"……换言之，他们是在用"语言"看画。而用"视觉"看画不一样，受过绘画训练的美术生几乎都会在不通过语言的状态下看画——线条、色彩、风格……看画的时候，美术生会彻底钻进视觉的世界，画画的时候也是如此。

　　有趣的是，这种训练能让我们看到以前看不到的东西，捕捉到以往捕捉不了的色彩。这句话并不是比喻。训练真的能让我们拥有这样的"眼睛"。

　　比如，我在复读的时候看过阿尔贝托·贾科梅蒂（Alberto Giacometti）画的人物画。他既是画家，也是雕塑家。看他的画，我意识到画的周围存在着一种东西，近似于"凝结的空气"。画里的人物明明是虚构的，可我竟觉得无比真切，画中的一切仿佛都变成了现实。那气氛几乎要把脑袋压碎了。

　　这种现象已经很奇妙了，但我还有过与之完全相反的体验。我在咖啡厅看着眼前的人画素描的时候，对方的脸上会逐渐显现出无数根线条，穿行在头部与面部，宛若等高线一般。头的角度稍有变化，线条也会跟着一起动。我忘我地追着那些线条画啊画，不知不觉中，线条便填满了写生簿，涂黑了般的素描就这样大功告成了。

　　看到这儿，可能有读者会怀疑我在胡诌。可是只要联想到运动员，你就会明白这是怎么一回事。通过大量的肢体训练，运动员能做到原本做不到的事情。好比体操运动员，反复训练能让他们做出超人般高难度的单杠动作。美术生也是如此。眼睛和手会在不知不觉中联动起来，不用借助语言，只通过线条与色彩便能牢牢把握住物体的形态，观看世界。

请容我再强调一遍，这与借助语言观看截然不同。偶尔会有人说："我完全无法理解抽象画有什么好的。"其实只要练习用线条和色彩看东西，就能立刻理解抽象画的意义。

顺便一提，有关"绘画的视觉奇观"这点，世上流传着不少奇闻逸事。比如江户时代的日本画家圆山应举。他以写生画见长。虽然他的作品走的不是西式的写实主义路线，却在相当程度上描绘了我们所处的现实世界。在描绘"水"的作品中，他将起伏、滴落的浪尖画得既小又圆。单看画，你会觉得他刻画的水很假，不够写实。但是高速摄像机捕捉到的浪尖形状，分明和应举的画一样，顶端也是圆润的。

浮世绘师葛饰北斋也把浪尖画成了完全相同的形状。这种现象还不仅限于日本画，列奥纳多·达·芬奇也是这么画的。长期坚持在非比寻常的层面观察物体，你就能渐渐地用肉眼看清"零点几秒"的世界了。照理说，这样的世界是不用高速摄像机就无法捕捉的，寻常人不可能看得到。

这还不局限于对物体形状的观察。梵高的画作以线条弯曲翻腾的独特画风著称，据说他眼里的世界就是那样的，他并没有像穿衣服那般给每个人看着都一样的"真苹果"刻意增添梵高风格。通过大量的视觉训练，你就会慢慢理解其中的玄机。

通过上面这段话，我想表达的是，对我来说，"画"与"看"等艺术体验是透过视觉完成的一种"超出常识的行为"。艺术存在于常识之外的某处，无法单用当前时代的合理性来衡量。

此刻的现实是由社会常识与规则推动的，但是把艺术放在这样的框架下思考几乎没有任何意义。然而，当我们遭遇瓶颈，想要用一个不同于常识的方法去审视、思考事物，艺术所独有的超然视角也许就能派上用场。

换句话说，无时无刻不想去到常识之"外"的艺术，从某种角度看，也是一种带有冥想色彩的态度。对创作者而言，艺术就是借助"作画"这种实践形式认知世界的方法，同时也是一种哲学。

这就是我在复读时期的收获。

特别安排的"补考"

一不留神扯了这么多往事，还是说回倍乐生的面试吧。先说结论，我因为一则碰巧在报纸上看到的招聘广告入职倍乐生，当上了策展人。事后我才意识到，自己会被选上简直是个奇迹。因为其他应聘者有在著名美术馆当过策展人的，还有在艺术界颇有名望的。而我竟击败了他们，拿下了这个职位。

为什么会这样呢？也许是我的特殊经历勾起了招聘负责人的兴趣，抑或当时的人事部长碰巧看过我当撰稿人时写的文章，给我加了点印象分。

但我得老实交代，在得知结果之前，我坚信自己落选了。因为在最后一轮社长面谈[1]时，我出了个天大的洋相。

事情要从东京的社长办公室说起。面谈时，福武社长跟我面对面坐着，中间隔着一张桌子。

"你去过直岛吗？"

"没去过。"

"……那你看过我们公司的藏品吗？"

"只见过一小部分。"

应聘前，我以撰稿人的身份在杂志上发表了不少高高在上的评论，福武社长大概也听说了。可我居然给出了这么糟糕的回答。福武社长也难掩无语的神色。

无奈话都说出口了，覆水难收。只见社长细细端详我的脸，仿佛那是什么稀罕玩意儿似的，然后说了这么一句话：

"要不这样吧，你再好好看看我们的藏品，写一份具体的提案，讲讲你会如何策划直岛。看完提案，我们再做最后的决定。"

社长所说的"藏品"，是从老社长福武哲彦在位时开始收藏的艺术品，当时已经有了一定的规模。藏品种类繁多，不光有

---

[1]其实正式的招聘流程中好像并没有"社长面谈"这个环节。同期举行的社会招聘，最后一轮面试应该是由董事主持的。可不知为何，只有我多面了一轮。

现代艺术品，还有西洋名画、国内的近代美术品、国吉康雄的作品、茶器与当地特产备前烧[8]等等。计划在直岛展出的现代艺术藏品也囊括其中。

福武社长让我回去想一想，如何在充分利用这些藏品的基础上构思直岛的未来。换言之，这是他为我特别安排的"补考"。

我写了份提案交上去。至于提案的内容嘛，我现在看了只想笑。

在福武社长看来，当时公司的藏品都是杰作，无懈可击（事实也的确如此），我却觉得美国"名品主义"的味道有些太浓了。说得再直白些，我觉得倍乐生是仗着自身的财力搜罗了一批已经得到业界公认的著名作品。

于是我放眼未来，阐述了倍乐生应该搜集怎样的现代艺术品，并且站在这个角度对现有的藏品进行了点评。我列了一张藏品清单，用"○""△"和"×"给每一件作品打分。藏品中不乏杰克逊·波洛克（Jackson Pollock）[9]、贾思培·琼斯（Jasper Johns）[10]、山姆·弗朗西斯（Sam Francis）[11]等超一流画家的作品，我在打分时却毫不含糊地打上了"○""×"。

现在回想起来，我只觉得当年的自己辜负了社长给的大好机会，居然交了一份如此狂妄的答卷。

总而言之，我想通过提案表达的观点是，"我们应该告别名品主义，将视线转向当代鲜活的艺术品"，同时强调"倍乐生应当主动发掘能为自身企业文化代言的艺术作品，与艺术家共同成长，共同缔造文化"。我还表示，"正在世界舞台崭露头角的日本现代艺术也应该被纳入倍乐生的藏品中"。

福武社长当时才四十五岁，在企业家里算是比较年轻的，正是当打之年、进军世界的好时候。所以我在提案中呼吁，与其收集公认的大家之作，公司更应该有意识地挑选一些能与自己共同成长的藏品，去寻找能够表现出"倍乐生今后将进一步走向国际化"的艺术家。

当年的倍乐生现代艺术藏品全部出自美国艺术家之手，但是放眼 20 世纪 90 年代初的国际艺术界，日本等非欧美国家的现代艺术也开始崭露头角了。在我应聘倍乐生的 1991 年，业界已经呈现出这方面的趋势。正因如此，公司才更应该把视野拓宽到全世界，抢先收集一批才华横溢的年轻艺术家的作品，而不是只盯着欧美看。这就是我通过提案倾吐的一片真心。

没想到福武社长看过提案之后，果真接纳了这个狂妄到极点的主张。

* * *

接到倍乐生的录用通知后，我欢欣雀跃地打点了行装。毕竟我是在东京出生长大的，这辈子还没出过东京呢。我瞬间挥别了闷闷不乐的日子，每天都期待着即将在冈山开启的新生活。

临行前一天，一起搞艺术的伙伴们给我开了送别会。言辞辛辣的朋友说："搞不好啊，你过一年就逃回来了！"我却一笑了之，昂首挺胸地宣布："怎么可能，我一定会做出点成绩给你们看看的！"

可我做梦也没想到，在冈山等待我的是一段万分煎熬的时光。一想起那段痛苦的时光，我就十分怀念送别会上的一张张脸庞。

——第二章——

绝望与挑战的每一天

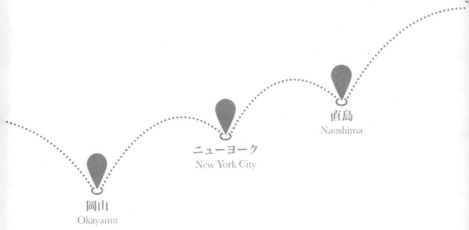

直島
Naoshima

ニューヨーク
New York City

岡山
Okayama

社会人的"洗礼"

因为一则碰巧看到的招聘广告，我仿佛是在某种力量的驱使下投了简历，开启了人生中的第一次求职活动。不久后，我便顺利接到倍乐生的录用通知。拿到通知时，连我自己都将信将疑，但有了它，我就能为撰稿人的生涯画上句号，走上策展人的道路了。我心中满是希望。

然而，我是一个三十五岁才第一次正式入职的人。"我找了份工作，要去冈山了"，听到我突然说出这么一句话，家人就不用说了，周围的人都吓了一大跳。

他们会有这样的反应简直再正常不过了。因为我一直是个两耳不闻窗外事，专心致志搞艺术的人。谁都不相信我能立刻适应上班族的生活，每天早上准点起床，按时上班打卡。况且，我本就不擅长集体活动，上学的时候就不太喜欢扎堆。

然而不可思议的是，我自己居然没有对陌生的上班族生活产生丝毫的顾虑。大概是天生"顺其自然"的性格使然吧。

而且我必须承认，我当时一心想着去冈山当策展人，几乎没有想过自己是要去上班的。我不太了解所谓的职场，但艺术我再熟悉不过了。

我原本无比抵触"就业"，但拿到录用通知后，事情的发展却顺利得惊人。难道人生就是这么无常吗？我只觉得一切都特别不真实，仿佛自己并不是当事人。

也正是因为没有提前做好思想准备，我人生中的第一次"上班族生活"完全可以用"接连不断的绝望"来形容。

站在公司的角度看，我不过是个社会招聘来的新员工，是不是策展人并不重要，公司只会按照公司的规矩来管理我。差点忘了说，我是以"科长助理"的级别入职的。这大概是根据年龄定的，我当时万万没想到，这个级别会引来无数的白眼。

倍乐生的上班时间是上午九点。打卡晚一分钟就算迟到。我虽然不靠谱，但"公司职员不能迟到"这点常识还是有的。只是我当了太多年的自由职业者，过惯了不讲究时间观念的日子，费了好大的劲儿才重新把松了的螺丝拧紧。

不过，在打卡时间的一个多小时前，已经有员工陆续抵达办公室，利用早上的时间处理工作了。这个时候，部长、董事级别的人一般也都到位了，所以员工们到办公室之后，都会先去上司的办公桌前，精神饱满地说一句"早上好"。在九点之前，大家要给前一天收到的传真写回复，还要写一份名为"我的记录"的日报，提交给各自的上司。

如今，发邮件已经成了主要的联系方式，但当年一般都是通过传真沟通的。每天早上都能看到来自各方的大量传真。落座后的第一件事，就是用最快的速度给这些传真写回信。那个年代只能靠手写，手写到抽筋也得咬牙忍住。写完后还得拿给部长过目，然后再解决日报。日报的工作量也相当可观。

忙着忙着，一眨眼便到了九点。整个人已经被传真和日报搞得精疲力竭了，漫长的一天却刚刚开始。最要命的是，这个过程每天重复一次。刚入职的那阵子，这些杂务可把我折磨死了。

要紧的事务就更"惨不忍睹"了。内部文件的写法尤其让我头疼。好比企划案、审批单什么的，得写清目的是什么，还有对象、方针、执行项目、预算……全是些不绞尽脑汁就写不出来的东西。而且每次都得这么来一遍（这当然是废话了）。为了让上司认可一份企划案、一张审批单，天晓得要重写多少次。由于回炉次数实在太多，写完一份文件的时候，我都快神经衰弱了。

有一次，我在写审批单的时候栽了个大跟头。在"预算"那一栏，每隔三位数都要加一个逗号（千位分隔符），可我偏偏搞错了逗号的位置。具体的金额已经记不清了，反正错的并不是金额本身。如果是两千万日元，就得写成"20,000,000 日元"，我搞错的就是这个逗号的位置。

眼看着会计科长拿到单子以后，脸色是越来越难看。

"你小子瞧不起我是吧！"

科长怒目圆睁，怒吼着将单子揉成团，使劲往地上一砸。

据说他上学的时候是运动队的，体格很是健壮。无奈他扔的东西是纸，用的力气虽不小，却只是轻飘飘地落在地上。看到这光景，我反而觉得更丢人了。

正所谓管中窥豹，可见一斑。不光会计科长看我不顺眼，周围的同事们也觉得我做的事都是在碍他们的事，我的遣词用句、举手投足怕是没少惹他们生气。总而言之，作为一个"公司职员"，我是一点儿都派不上用场。可我偏偏还是科长助理，级别比很多同部门的同事都要高。什么时候他们合起伙来给我穿小鞋，真是一点儿都不奇怪。

事情发展到这个地步，再迟钝的人也会消沉。我深刻感受到，做一个公司职员是多么艰难。我实在是太沮丧了，以至于入职都一两个月了，每天上班的车票都是现买的，还是没下决心买通勤月票。因为不买月票的话，万一出点什么事，就能立刻辞职走人了。

先不管别的，努力把每一天太太平平熬过去吧。集中注意力，做好每一天的工作吧。想多了就会眼冒金星。如果倍乐生不在冈山，远离东京，而是在静冈、山梨那一带，我说不定真会痛快地逃回家去。

在倍乐生推进室度过的时光

公司把我分配在一个叫"倍乐生推进室"的部门。它算是总务部辖下的半独立部门，是在前一年发布理念品牌"Benesse"的时候正式成立的。

倍乐生推进室有三个小组。一组负责运营直岛文化村（现直岛倍乐生艺术基地）的露营场与酒店，一组负责国吉康雄美术馆与所有艺术业务（我就在这儿），还有一组负责整个公司的广告与宣传工作。最后一组有部分人员在东京分部工作，另两组是全员都在冈山总部。算上东京的同事，倍乐生推进室总共也就十来个人，是个比较小的部门。而这个新部门的成员几乎都是通过社会招聘入职的。[①]

倍乐生推进室的室长是个很优秀的人，名叫浅野茂三，是我的顶头上司。他为倍乐生工作了许多年，很有才干，做的一直是人事、总务方面的后勤工作。别看浅野部长的上一份工作是园丁，其实他是东京艺术大学建筑科的毕业生。我虽然是绘画科的，但我们好歹是校友，他也算是我的学长了。也许是因为他有艺大的文凭吧，在我入职之前，倍乐生的艺术作品都是由他管理的，买卖工作也由他负责。倍乐生的藏品维护实际上就是他撑起来的，所以没人比他更了解这些藏品。他还当过很多年人事部长，总想用尽可能少的人完成尽可能多的工作。因此，有同事开玩笑说，浅野部长当过园丁，所以裁人就跟剪树枝一样，眼睛都不眨一下。

也正是多亏了浅野部长，我才掌握了最基本的工作能力，

---

① 顺便一提，当时的部门同事都没有和我一起走到最后，不是中途离职了，就是调去了其他部门。

跌跌撞撞地把业务做下去。

　　倍乐生推进室有时会召开全员参加的部门大会，于是每组都要提前开小会准备一下。其他两组都有好几位员工，但当时的美术组，正式员工就我一个，别人全是合同工，也不知是怎么回事。合同工是不出席会议的，这就意味着我只能跟自己开小会。见我一筹莫展，无所事事，浅野部长便提议："我来陪你聊聊吧？"渐渐地，我就养成了跟部长开小会的习惯。其实在当时的倍乐生，能跟我聊艺术的也只有部长了。在推进业务的过程中，部长真的给了我莫大的鼓励。

　　不过对我而言，浅野部长不仅是一位好上司，在倍乐生的艺术业务中，他也发挥着举足轻重的作用。如果没有他的指点，我就不可能理解艺术品在企业中扮演的角色，也不可能知道它们在市场中拥有的价值。没有这方面的基础，之后的直岛项目说不定也无法顺利推进。

　　为什么这么说呢？因为我当年掌握的艺术知识虽然很专业，但"偏科"严重。我只知道毕加索的画是怎么画出来的，有着怎样的主题，可这些都是艺术层面的知识。至于艺术作品有多少资产价值，我连想都没想过。眼前的作品值多少钱？在这几年里有多大的升值空间？……这些问题从没在我的脑海中出现过。

　　然而，仅凭艺术层面的知识是无法在企业中管理艺术品的。站在企业的角度看，艺术品就是"资产"。它们跟土地、有价证券一样，"作为资产值多少钱"才最重要。要是买来以后贬值了，那岂不是亏大了吗？

话虽如此，浅野部长并没有柔声和气地、手把手地教我。"先说结论！""汇报要简洁！""数字要抓牢！"……部长给予我的是一句句毫不留情的批评。我是很迟钝，可天天挨批评，我也开心不起来啊。况且，无论开展什么工作，我都得先得到浅野部长这个顶头上司的首肯。说实话，天天被他批评的日子对我来说真是相当煎熬。

但是在煎熬的过程中，我学会了企划书的写法，掌握了基本的商业思路，养成了从经济角度审视艺术的习惯。正是部长的批评给了我前所未有的收获。

第一项任务

我是 1991 年入职倍乐生的，而那正是倍乐生之家／直岛现代美术馆（后来的倍乐生之家美术馆）开门迎客的前一年。

倍乐生之家最初是按照"酒店与美术馆的复合设施"这一标准筹划建设的。如今，它已成为享誉海内外的美术馆，但当时公司想先建露营场，再建酒店，然后把重心放在酒店业务上。实际上，倍乐生也的确在 1991 年成立了专门负责住宿服务业的子公司，以最快的速度完善了酒店与餐厅的运营体系。

我本以为自己负责的艺术业务也会被纳入其中，可左等右等，指令就是不下来。倍乐生之家的别名分明是"直岛现代美术馆"，理应有艺术方面的工作，却愣是一点儿风声都没有。这也难怪啊，因为它实际上就是一项酒店业务而已。公司只是配合先一步开业的露营场，把酒店住宿业务推起来了。

这一点也体现在人员的分配上。倍乐生派去的运营人员不过四五人，其余的基本都是承包露营场和酒店业务的株式会社直岛文化村派遣的本地员工。至于艺术业务这块，只有我这一个正式员工，外加一名合同工，以及国吉康雄美术馆的前台。在直岛业务刚起步的阶段，我几乎没有出场的机会。

话虽如此，倍乐生之家毕竟又叫"直岛现代美术馆"，总不能什么都不展览吧。为筹备开业，公司去年就开始采购作品了，可还是没买够倍乐生之家需要的数目。于是"搜集用于展览的作品"便成了我入职后的第一项任务。

如前所述，早在老社长福武哲彦在位时，倍乐生就开始收集艺术品了。当时的藏品已达四百余件，主要是茶器、近代美术作品与国吉康雄的作品，它们奠定了倍乐生今日藏品的基础。如果单看数量，老社长在位时说不定还更多一些。

现任社长福武总一郎先生对藏品做了梳理，并逐步引入现代艺术作品。据说在1990年（我入职的前一年），公司出售了许多藏品，同时也进行了大规模的采购。出售的主要是日本的近现代美术品。听说要卖掉几十件这样的藏品才能购买一两幅美国现代艺术泰斗贾思培·琼斯、杰克逊·波洛克的作品。[①]

在我入职的 1991 年，倍乐生继续采购用于在倍乐生之家展出的艺术品。在参与这些工作的同时，我逐渐了解了作品的市场价值和购买方式。在浅野部长的指点下，我慢慢掌握了从财务角度看艺术品的方法，以及采购价值数千万、数亿日元艺术品的知识。

管理倍乐生藏品的工作，让我渐渐看到了艺术经济性的一面，即艺术在资产、投资方面的价值。我原本对这些一无所知。在公司里，无论作品出自何人之手，用来描述它的都是数字。资产台账中记录着艺术品的账面价格跟序列号，它们跟现金、土地、有价证券等资产一样，由公司统一管理。一幅油画既是艺术品，又是一叠钞票。这个说法是露骨了些，但是通过采购作品、编制资产台账等工作，我对这一点已经有了深刻的理解。

反正我的任务就是浏览全球知名拍卖行与一流画廊发来的作品信息，挑选中意的作品，再通过拍卖等渠道购入它们。每一件作品都是一流艺术家的杰作。这与我待惯了的艺大世界相差甚远。我们接连采购了大卫·霍克尼（David Hockney）、弗兰克·斯特拉（Frank Stella）、乔治·里基（George Rickey）等活跃在美国的一流现代艺术家的作品。它们是倍乐生之家至今展

---

① 顺便一提，如今杰克逊·波洛克这种大师的作品已经基本不会拿出来拍卖了，根本没机会买到，但当年只要花两三亿日元就能到手。同一幅作品放在今天至少可以卖出七八十亿日元的价格，想想也够吓人了。即便是当年以几十万日元的单价出售的日本现代艺术作品，现在也价值数千万了。

出的现代艺术藏品中"资历"最老的。

正因为公司进行了如此大规模的买卖，艺术品的变动也更剧烈了，所以才需要录用我这种专管艺术的员工吧。

"不走寻常路"的艺术藏品

像倍乐生这种企业收藏艺术品的情况，放在今天也许是有点稀罕。但是在 20 世纪 80 年代到 90 年代，这样的公司并不少见。

作为一个将利润留存于企业内部而不用于投资的方法，许多营利的大企业都会购买艺术品，只是他们不都像倍乐生那样动真格地收集艺术品罢了。因为艺术品和土地、有价证券一样，是资产的一种。如今股东盯得紧，怕是不能随心所欲，但是在 20 世纪 90 年代之前，这个方法还是行得通的。许多家族企业和有个性派经营者的大企业，都会拿出百亿日元级别的资金购买艺术品，并持有大量艺术品作为公司的资产。

站在普通员工的角度，要把艺术品看成资产恐怕有些难度。因为他们不知道如何衡量艺术品的客观资产价值，觉得市场定价很不透明。

再加上 20 世纪 90 年代的泡沫经济崩溃让日本的企业遭到了重创，大家都不敢再肆意购买艺术品了。那段经历造成的影响仍未完全消退，部分银行与企业选择把自家持有的艺术品藏起来，愣是不拿出来公之于众。

然而，深入分析艺术品的资产价值，你就会发现名作的的确确在升值。尽管短期内仍然存在小幅波动，但是以十年、二十年为单位，升值率就相当可观了。

不过这也意味着"买谁的作品"变得非常重要，采购作品时必须慎之又慎，因为能升值的自会升值，不值钱的真能跌到一文不值。这时就需要借助专业知识做出决断了。当然，公司可以找画廊与拍卖行这样的外部专家咨询，但内部有几个百分百为自家服务的艺术专家总归是最理想的。浅野部长与我在倍乐生扮演的正是这样的角色。

至于当时的倍乐生对艺术品抱有怎样的态度，在我个人看来可以用一句话概括，那就是"在公司经营的基础上，作为适配的资产，加以管理"。在总一郎社长的主导下，老社长在位时开始收集的藏品被大换血。而新买来的现代艺术作品貌似普及度又不高，有一部分还是刚诞生没多久的，根本无法预测这些资产究竟是会升值还是贬值。总而言之，得先观望一下资产价值的变动趋势……公司应该是这么打算的吧。

抱有这种态度的人主要是福武社长周围的董事们，而直接负责买卖作品的浅野部长却完全没把董事们的担忧放在心上，胸有成竹地操作着。当时，艺术资产的总值已然突破了七十亿，直逼八十亿。大多数董事怕是满脑子只有一个念头，那就是"千万别亏了"。

另外，我觉得老社长时代的藏品收集方针，很有可能参考了同样扎根于冈山的大原美术馆。公司貌似得到了时任大原美术馆馆长的藤田慎一郎先生的指点，至于双方有没有签署过顾问合约，这就不得而知了。大原美术馆是日本的第一座近代美术馆，由冈山企业家大原孙三郎创办。倍乐生藏品的一大特征是涉猎很广，从这一点也能看出，公司是想参照大原美术馆，打造一座深入所有艺术领域、以近代艺术品为中心的美术馆。

那时，公立美术馆还不像现在这么多。美术馆等文化设施应该出现在大城市以外的小地方这类意识刚刚萌芽。也许倍乐生迅速而敏感地捕捉到了时势，只不过公司起初对它的定位应该不是"营利业务"，而是企业的"文化贡献事业"吧。毕竟，多达四百余件的藏品数已远超"企业收藏"的寻常范畴。

以大原美术馆为首，冈山还有各种企业美术馆，林原美术馆、梦二乡土美术馆、华鸽大冢美术馆、加计美术馆、冈山吉兆庵美术馆、古意庵……作为一个地方城市，冈山的美术馆着实不少。不知为何，冈山好像有一种"成功企业或个人要开美术馆"的文化。老社长福武哲彦也不例外，随着企业的不断壮大，他也想通过开设美术馆为本地文化做些贡献。从那时起，一手包办相关艺术业务的人就是浅野部长。在作品的买卖方面，他已经积累了相当多的经验。遗憾的是，在构想成形之前，老社长就已经去世了。

而重启这项计划的正是接班人总一郎社长。不过新社长对老社长的方针做了些许调整。调整之一便是"缩小收藏范围"，出售名下的日本近代美术作品，留下国吉康雄，将他作为藏品的主轴之一。

另一项调整则是"开始收集现代艺术品"，以美国著名艺术家的作品为主。除了之前提及的艺术家，还有安迪·沃霍尔（Andy Warhol）[12]、赛·托姆布雷（Cy Twombly）[13]、山姆·弗朗西斯……放眼望去全是美国的大腕。其中甚至有一幅让－米歇尔·巴斯奎特[14]（Jean-Michel Basquiat）的作品，它和ZOZOTOWN[15]的前泽友作社长以约一百二十三亿日元的价格买下而受到媒体热议的作品，几乎是同一时期问世的。经过总一郎社长的改造，原本广泛涉及绘画、雕塑、工艺等领域的福武藏品被集中在"国吉康雄"与"现代艺术"这两大核心上。

当时，世界级的拍卖行已经把业务发展到了日本，也出现了一批时常跟欧美顶级画廊打交道的企业。西武等企业更是频频向公众介绍美国的现代艺术。那个年代的日本正处于泡沫经济的全盛期，而日本的现代艺术市场也在泡沫中沸腾着。可以说，倍乐生也赶上了那波浪潮，但在那样的大环境下，倍乐生的态度仍然慎重而现实。董事们担心现代艺术品的资产性，他们十分怀疑那些东西在若干年后还有没有价值。

耐人寻味的是，在泡沫经济土崩瓦解，部分艺术作品的价值一落千丈后，日本企业的态度骤变。泡沫破裂后的日本，几乎看不到一家敢碰艺术、文化的企业。放眼世界，现代艺术的确兴盛起来了，无论从文化潮流的层面看，还是从构筑资产的角度看，它的重要性都在提升，可日本企业却没能摆脱泡沫经济破灭后的噩梦。大部分日企与个人投资家都不敢碰艺术品了，泡沫时期的艺术品价值暴跌就像一段不愉快的记忆，在他们的脑海中回放。

从某种角度看，我们也可以说那场暴跌不过是因为"不知道该如何处理艺术品的外行人被外国艺术商耍得团团转"罢了，可惜日企受到的精神创伤实在太深，以至于他们再也提不起劲儿搞艺术了。

而在这方面，我的上司浅野部长还是很有优势的。毕竟他给倍乐生管了那么多年的艺术品，跟拍卖行还有美国的画廊都建立了不错的关系。

作品是艺术还是资产

综上所述，倍乐生对艺术已经有了一定的熟悉度，也养成了采购作品的习惯。从这个角度看，它着实在艺术领域走在了前头，普通企业根本望尘莫及。

问题是，这并不意味着倍乐生立刻就能开展先进的艺术活动。毕竟"购买昂贵的画作与雕塑"和"自行开展创造性的文化活动"之间还有一道巨大的鸿沟。

现代艺术也存在两种类型。一种是今后会被创造出来的艺术，另一种则是已经被创造出来的艺术。换言之，前者是价值尚不明确的艺术，后者则是价值已经确定的艺术。两者之间隔着千山万水。

世人普遍认为，已被视作艺术的后者更好。也就是说，他们更偏爱价值已经明确了的、具有市场性的艺术。

可是把视角放在创作的第一线，你就会发现价值不可能从一开始就是固定的。艺术家创作的作品必须先经历一个在社会中分享、普及的过程，然后才能催生出艺术层面的评价，进而孕育出资产属性的价值。换句话说，什么样的艺术品都离不开社会化的过程。所以我们才需要美术馆与画廊这样的设施。

然而，即便是相当精通艺术的人，也很难认识到上述两种"艺术"的差别，因为他们认定艺术价值百分百来源于艺术家，已经问世的作品自带包含价格在内的价值。

从某种角度看，这么说也不算错，但社会化的过程并没有单纯到"好作品一定能得到高度评价"的地步。我们甚至可以说，"作品的好坏"在很大程度上取决于"诠释"，其中存在不少"创作"的空间。

不过上面这句话里的"创作"，特指"在历史层面叙述"这种规模宏大的创作，因此作品的价值也不是张三李四能够随意赋予的东西。能超越时间与空间、持续暴露在世人视线中的，才是真正伟大的"创作"。

说了这么多，听着可能有点绕。总而言之，大家只需要记住这一句话：艺术的价值并不是在作品诞生的那一刻就已经决定的，在之后的历史、社会化进程中，艺术品还存在不少创作的空间。

我原本是创作艺术的人，所以难免会下意识地把艺术活动和"创造价值的行为"画等号。可即便是精通艺术的浅野部长，好像也认为艺术的价值在于购买时支付的代价，而这个价值基本是固定不动的。当然，价格会受市场大环境的影响上下波动，但这是作品的稀缺性引起的，浅野部长不会想到作品的艺术价值会在社会化的过程中提升。

所以我感觉，浅野部长虽然在"构筑资产"方面取得了一定的成果，但是想要让他理解"买卖价值尚不明确的新艺术"，怕是会遇到不小的困难。对当时的我而言，如何突破这一关成了最重要的课题。

我早已养成从艺术行为的角度看作品的习惯，所以刚开始的时候，我只觉得"用数字去评判作品"是一种莫大的煎熬，只觉得这么做是颠倒了顺序。因为在我看来"有艺术价值"在先，"设定价格"在后，资产性怎么能跑到前面去呢？

大概是因为我当时被逼无奈，成天想着"要从资产价值的角度看画"吧，我竟频频做起这样的噩梦来——我望着足以载入艺术史的名画，心醉神迷，可看着看着却发现画的背后贴满了一叠叠厚厚的钞票。太可怕了！

但是，如果跟小孩一样闹别扭，工作还怎么开展呢？看到一幅画的时候，我不能再像以前那样，忙着对它的艺术性评头论足了，必须培养出"立刻将作品换算成钱"的感觉来。好在人的适应能力还是挺强的，窝囊如我也渐渐养成了一看到艺术品就立刻联想价格的习惯。

即便如此，福武社长和浅野部长还是经常批评我："秋元啊，你的计算能力不行啊！"部长反反复复地给我解释"资产属性的艺术品"是怎么回事，提醒我不要总把艺术的创造性放在第一位，我们是在为公司构筑资产，当然要规避风险。可我还是无法完全接受这套思路。

因为这是个艺术问题，而艺术能创造出不同于金钱的无形价值。这才是最核心的主题，其次才是"艺术品的资产属性"。当时的我总是扪心自问：艺术作品的社会意义究竟是"艺术性"还是"资产性"？

读者朋友们，你们觉得呢？

首赴纽约出差

我怀着这种矛盾的心情，通过浅野部长约见苏富比（Sotheby's）、佳士得（Christie's）等拍卖行的近现代部门总监，认真研读他们发来的每一份拍品名录。与此同时，我也学着部长的样子，慢慢掌握了和纽约的画廊打交道的方法。

1992年1月，我第一次跟着部长去纽约出了公差。当时我已经入职倍乐生一年多了。也许是我高高在上评论现代艺术的模样把部长烦透了，于是他便想让我去纽约见识见识正宗的现代艺术吧。

其实倍乐生钟爱的画家国吉康雄的创作基地就设在纽约。他的避暑屋兼画室位于纽约州伍德斯托克市。当时，莎拉夫人[16]还在世，而且就住在纽约，所以我们还要借这次出差调研一下国吉的作品，顺道问候一下他的遗孀。

当然，为直岛采购展品也是此行的重要目的。所以我们不仅因国吉调研了相关美术馆与住处，还重点走访了一些平时就有交流的画廊。

出差的第一站是切尔西地区。在 20 世纪 90 年代初的纽约，大型画廊正在从苏豪地区转移到切尔西地区，由纽约画廊引领的现代艺术界迈入了新纪元。

问题是，切尔西还有很多肉类加工厂之类的厂房，普通人一般不会往那儿跑。纽约的熟人告诉我，坐出租车的时候一定要告诉司机，画廊在哪条大道和哪条街的交界处，以便把车开到画廊门口，还叮嘱我千万别到处乱转去错地方。我倒是没有遇到惊魂一刻，不过那一带的确有点冷清。业界最前沿的艺术画廊偏偏在那里接连开业了，这种奇妙的共存，让我觉得格外不可思议。

最先进军该地区的迪亚艺术基金会（Dia Art Foundation），在纽约也是时代的先锋。后来在直岛展出的瓦尔特·德·玛利亚的常设作品《折断千米》（*The Broken Kilometer*）与《纽约地球房间》（*The New York Earth Room*）当时也在该地区的某栋大楼里展出。

高古轩画廊（Gagosian Gallery）与佩斯威登斯坦画廊（Pace Wildenstein Gallery，佩斯画廊的前身）如今已是全球最大规模的现代艺术画廊，坊间盛传他们不会碰单价低于一亿日元的作品，但我第一次去纽约的时候，他们都还没进驻切尔西。这两家原本都是主营二级市场[17]业务的"二级画廊"，二级市场里流通的是已获高度评价的印象派作品与近代艺术品。不过当时已经有传闻说，他们打算把业务范围扩大到新鲜出炉、还没有稳定下来的现代艺术市场。所以大家都认为，一切不过是时间问题。

早在当时，高古轩与佩斯便已拥有业界公认的资金实力。不难想象，这两大巨头一旦采取行动，现代艺术市场定会飞速发展（今时今日推动现代艺术市场发展的正是这两家画廊）。

然而，在我们去切尔西出差的时候，现代艺术还远没有商业化，切尔西也没有变成旅游胜地，氛围和今天大不相同。当时就在那里开店的，恐怕只有致力于培养艺术家的芭芭拉·格莱斯顿画廊（Barbara Gladstone Gallery，格莱斯顿画廊的前身）、保拉·库伯画廊（Paula Cooper Gallery）与索纳本德画廊（Sonnabend Gallery）而已。

纽约之行的第二站是苏豪地区。那里本就云集了众多画廊，时髦的精品店与餐厅鳞次栉比，完全是一派观光胜地的景象。

以苏豪为基地的画廊主要有利奥·卡斯蒂里画廊（Leo Castelli Gallery）[1]、玛丽·布恩画廊（Mary Boone Gallery）[2]等。这些画廊不同于之前介绍的高古轩与佩斯，是所谓的"一级画廊"。也就是说，他们的主要业务是直接管理、推销旗下的艺术家。因此在每年春秋两季的展会开幕时，你会看到画廊门口停满了收藏家开来的豪车。

另外，主要买卖近现代美术大师一流作品的二级画廊巨头，比如阿奎维拉画廊（Acquavella Galleries）、佩斯威登斯坦画廊，集中在中城及其北部地区，自成一派。

这些画廊形成了各有特色的"艺术区"，但无论是切尔西还是苏豪，最前沿的画廊去的永远是地价最便宜的地方，也就是治安最糟糕的地方。

说起纽约治安不好的地方，曼哈顿隔壁的长岛就是一处。即便是曼哈顿，也有治安差的地段，只是它旁边的长岛更糟糕。

而有"第二个纽约现代艺术博物馆（MoMA）"之称的艺术空间"PS1"，正坐落在长岛。它诞生于 20 世纪 70 年代，是个既非美术馆又非画廊的另类艺术空间。如今它已被纳入纽约现代艺术博物馆旗下，长久以来一直以独树一帜的个性而闻名。

---

[1] 贾思培·琼斯、罗伯特·劳森伯格（Robert Rauschenberg）、罗伊·利希滕斯坦（Roy Lichtenstein）等波普艺术（Pop Art）大家均出自这家画廊。

[2] 造就了朱利安·施纳贝尔（Julian Schnabel）、让－米歇尔·巴斯奎特等"新绘画"（New Painting）名家。

PS 是"公立学校"（Public School）的首字母缩写。PS1 的所在地原本是该地区最早成立的小学，PS1 故此得名。

PS1 将学校改造成艺术空间，把它充分利用起来，向生活在这个荒乱地区的孩子们提供基于现代艺术的、最前沿的社会教育课程。他们将现代艺术与教育，以及地区社会的构筑联系在一起，为今天遍地开花的、服务于地区发展的各类艺术项目开创了先例。换言之，PS1 算是直岛的大前辈。

PS1 的总监阿兰娜·海斯（Alanna Heiss）女士兼具魄力与包容力，很像京冢昌子主演的电视剧《大胆妈妈》的主人公。在当时的 PS1，有许多改邪归正的青少年深度参与运营工作，从前台到保安，每个岗位都有他们的身影，这一点也充分体现了海斯女士的为人。而且她也是前沿艺术家的伯乐，当年还是无名小辈的詹姆斯·特瑞尔打造的"Skyspace"系列大型作品竟然能成为 PS1 的常设展品，由此可见一斑。在援助无人问津的现代艺术的同时，海斯女士还致力于打造能够包容社会弱势群体的社区，其运营手段有目共睹。作为一位超出"策展人"范畴的社会活动家，她得到了世人的尊敬。

通过这次走访，我们结下了不解之缘。我后来还请她来直岛做过客。那次是因为日本主办了全球近现代美术馆馆长与策展人参加的 CIMAM 会议（International Committee for Museums and Collections of Modern Art，国际现代美术馆和收藏委员会），而直岛被选为配套访问地之一。只是当时岛上的住宿设施尚未竣工，只能请海斯女士在露营场过夜。还记得第二天早上她发了一通火。虽说这么安排也是无可奈何，但的确是我们招待不周。

纽约的"独立"现代艺术

总而言之，我与浅野部长去纽约之后，逛遍了切尔西、苏豪与长岛。无论哪个地区，现代艺术都呈现出一派火热的景象，这与日本的情况天差地别。这次出差让我切身感受了现代艺术大本营热火朝天的气势。

不过话说回来，也许会有读者产生这样的疑问：为什么现代艺术界的重要人物会云集纽约呢？其实，纽约是在二战之后才真正成为世界级艺术圣地的。第二次世界大战促使艺术家们将活动基地从巴黎转移到了纽约。许多著名或无名的艺术家纷纷逃离战况激烈的巴黎，来到更加安全的纽约。人员交流就此增进，纽约的艺术氛围也渐渐成形了。

据说在纽约，每隔十年左右便会有新的艺术风格诞生，而每一种新艺术风格都会让纽约焕然一新。到我们出差的 20 世纪 90 年代初，纽约已然经历过好几轮"大变样"了，现代艺术成为主流。

在纽约诞生的种种艺术风格中，我一直倾心于 20 世纪 70 年代的艺术风格，因为那个时代的艺术家追求的是独立的艺术。

之前提到的迪亚艺术基金会、PS1 和其他推动艺术发展的组织接连诞生，瓦尔特·德·玛利亚、詹姆斯·特瑞尔、唐纳德·贾德（Donald Judd）[18] 等不满足于将作品展示在美术馆、独立意识较强的艺术家登上舞台。

我要再强调一遍，这个时代的特征在于"独立"二字。艺术不受任何力量左右，只为艺术本身而存在。可以说，20 世纪 70 年代是最后一个容许这种直截了当的态度存在的时代。在 2000 年以后，20 世纪 70 年代最具个性的 PS1 因运营层面的问题并入纽约现代艺术博物馆旗下，而 20 世纪 90 年代引领业界的迪亚艺术基金会也举步维艰，只靠"艺术个性"生存变得愈发困难了。

生活在如今的我们必须意识到，20 世纪 70 年代是"独立艺术"诞生的时代。在那个时代，艺术与奉行教养主义的美术馆及商业画廊都保持着一定的距离，它是现代艺术以独立姿态大放异彩的时代。

总而言之，这次纽约之行是浅野部长给我的宝贵机会，让我有幸一窥盛况空前的艺术市场与美术馆。

进军现代艺术界的大型商业画廊，以及引介近现代艺术的代表性美术馆纽约现代艺术博物馆、古根海姆博物馆（Solomon R. Guggenheim Museum）与惠特尼美术馆，还有不断探求全新艺术形式的 PS1……这次出差让我深刻体会到了纽约艺术界的宽广。后来，我通过国吉康雄的作品与纽约现代艺术博物馆、惠特尼美术馆有过合作，又因为在直岛展出瓦尔特·德·玛利亚和詹姆斯·特瑞尔的作品与迪亚艺术基金会打了交道。

万万没想到，这次纽约之行竟成了一场场硬仗的前哨战。

无法消弭的隔阂

在采购作品、充实收藏的同时，我们也在思考如何运作这些作品，如何在新建的总部大楼里展示它们。

冈山新大楼的一楼以及在二楼开业的国吉康雄美术馆原本就面向公众开放。一楼是倍乐生员工与客人洽谈的地方，来的主要是社外的访客。绝大多数访客是来谈公事的，二楼的国吉康雄美术馆则吸引了不少冲着作品来的人。

早在新大楼尚未竣工的老社长时代，倍乐生就形成了"在重要位置向员工与访客展示艺术品"的企业文化，公司会利用走廊等空间，将收藏的作品展示在员工眼前。新大楼也继承了这种文化。

可问题是，员工们都忙着处理手头的工作，哪有鉴赏艺术品的闲情逸致啊。忙里偷闲享受艺术熏陶的员工当然也有，可大多数人心里一定是这么想的：我每天都忙得团团转，哪还顾得上什么艺术啊！公司变着法子展览，一心想让员工多看看艺术作品，可现实是残酷的，能停下脚步细细观赏的人几乎不存在。

我偶尔也会试着跟周围的同事们聊一聊艺术方面的话题，

无奈大家都是一副心不在焉的样子。大多数员工根本不了解公司藏品的详细情况，怕是把艺术看成了社长个人的兴趣爱好。大家也是真的忙，根本没时间琢磨这些。

我大老远跑来冈山，还以为自己能在一个充满艺术氛围的职场工作，结果却有些期待落空的感觉。

当年的倍乐生还叫福武书店，业务多元化、国际化的水平远不及今天。但是多了进研补习班这项主力业务之后，公司的发展走上了快车道，而公司的体制与员工的意识也在同一时期从"以冈山为中心"渐渐切换到了"全国模式"。

员工人数突破两千名，营业额也超过了一千亿日元。家族企业的氛围尚存，可是通过社会招聘从全国各地加入公司的人逐年增加。"冈山人占大头"的公司风气出现了变化，多元的价值观融入了公司的血肉。每个人都能感觉到公司变大了。

在这个过程中，福武社长等公司高层在拓展业务的同时，也积极推动深入体制的改革。他们提出了"美好人生"的企业哲学，对直岛进行开发，并投放了相关的广告。然而，公司最看重的必然是主力业务"进研补习班"的发展战略，还计划在此基础上推进模拟考、出版等业务，直岛的优先级远不及它们。"一提起倍乐生就想到艺术"这样的企业形象，是很久很久以后才形成的。

不过福武社长毕竟是国吉康雄美术馆与直岛项目的总指挥，也许他的视角与那些专注于主力事业的董事不太一样。"美好人生"的企业哲学恐怕也不是单纯的宣传语，而是站在更哲学、更宏观的视点构思出来的。这种"数字与哲学融为一体"的感觉，说不定是福武社长的专利。

但我当时感觉到，除了这位社长，即便是董事，也不过是想给已经启动的直岛业务找个合适的落脚点而已。至于艺术业务，也要想办法稳定在不痛不痒的水平，不能让它压迫到主营业务。这才是他们的真心话。而在这两股势力之间扮演着桥梁角色、努力维持平衡的人，大概就是浅野部长吧。

公司的想法是，不管三七二十一，先招个策展人进来试试看，想办法找到一个平衡点。可新的问题又来了——艺术人才到底该怎么使用呢？公司怕是对此一无所知。有时候，交到我手里的工作并不属于策展人的工作范畴，倒像是普通的后勤工作。

让现代艺术的新风吹进公司

我几乎是毅然抛弃了撰稿人的工作，千里迢迢来到冈山，只为投身艺术的最前线。无奈公司内部一直弥漫着某种"将艺术视为无用之物"的氛围，让我浑身不舒服。而且我从事的工作既不关注作品的艺术性，也不会去探讨艺术性，只是单纯地把艺术品当作资产进行买卖而已，这就更让我难受了。

但我并没有因此放弃，尽管工作让我分外窝火，却也不可思议地为我注入了无穷的动力，我只觉得还有太多太多的事情等着我去做，怎么能打退堂鼓呢。说不定这不过是我的一厢情愿，但是在我眼里，当年的倍乐生真的是一个充满艺术潜力的地方。

首先，要让公司更加重视现代艺术，希望福武社长和其他员工都能更直观地感受到现代艺术的意义与能量。

现代艺术是一种与当今时代直接相关、直接联动的艺术。我想把这种"临场感"引入倍乐生。在我看来，当时的倍乐生员工的确都忙得要命，但大家并没有职位或立场之分，都朝气蓬勃地用自己的力量开拓着新的疆域，果敢地挑战着新的目标。每个人都毫无保留地发挥着自己的力量。我是多么想把艺术特有的能量与创意引入这样的职场啊。

也许把新艺术催生出来的临场感与倍乐生职场的临场感混为一谈是天大的误会，但我当时一心只想把这两种感觉融合起来。

话虽如此，我对现代艺术的评价并非只来源于一腔热血。现代艺术有许多有趣的侧面：跳出常识的思路、打破砂锅问到底的探究心、基于自信创作的态度……

除此以外，现代艺术还能让我们通过现代艺术家的感性预先感知到时代的价值观与氛围。这种说法听起来是有些神秘，但杰出的艺术家真跟敏感的野生动物一样，能够切身感知时代的变化。这是一种先于语言的感觉。这类艺术家的时代感往往大幅领先于常人。只要方法得当，我们就能把他们敏锐的知觉充分利用起来。

我跟浅野部长曾经聊到过这么一句话："做业务要看到三至五年后，但是搞艺术至少得算到十年后啊。"这虽然是句玩笑话，但它的内容并不全是玩笑。现代艺术的确是洞察时代的绝佳教材。

正因如此，我才想让倍乐生的同事们多多吸收跟我们活在同一时代的现代艺术。

对现代艺术的畏难情绪不仅限于倍乐生内部，社会上有很多人一听到现代艺术就嚷嚷"太难了""看不懂"。但你要是能对照现代艺术审视自己的生活方式与思考模式，或是把它们用作诠释当今社会的教材，那就很有意思了。我一贯认为，比起那些粗制滥造的商务读本，现代艺术反而是更能帮助我们洞悉社会关键词的好教材。它们蕴藏着无限的魅力，只给一小撮爱好者与评论家享受简直是暴殄天物。

为了广泛普及这种现代艺术观，我首先要做的就是在倍乐生内部尽可能降低门槛，为大家打造一个能够轻松随性地接触作品的环境。遇到看不懂的，就老老实实说"看不懂"。反之，即便是没人给出好评的作品，只要自己觉得好，也能抬头挺胸，主动说一句"有意思"——我想要打造的，就是这种自由的风气。

但是，我总不能一边展示作品，一边逐一讲解它们的魅力吧。大家已经够忙的了，谁有闲工夫听我唠叨啊。人这种生物是不会为自己不感兴趣的事情主动创造时间的，我再怎么强逼都是徒劳。

于是我心生一计：公司现在只是把作为资产收集起来的藏品"姑且"摆出来而已。如果我能把展示方法调整得更有存在感，顺便摆上同时代日本艺术家打造的充满"不协调感"的作品，这些作品就会不由分说地闯入大家的视野。如此一来，大家不就能捕捉到所谓的临场感了吗？

全新的社内展览

最终，我构思了一套全新的社内展览方案，把整栋办公楼当成美术馆用，将一百多件作品摆放在大楼的每一个角落。眼看着方案在脑海中充实起来，走投无路的局面仿佛也照进了一缕希望之光。

借新大楼竣工的东风，我们进一步扩大面向员工的展览规模，并扩充了展览的内容。社内展览是在老社长的吩咐下，由浅野部长开启的倍乐生企业文化之一。我的方案旨在将这种文化发扬光大，所以毫不费力地得到了高层的首肯。

打铁要趁热，于是我先从倍乐生的现代艺术藏品中选了一批展示效果较好的作品，配置在各楼层的电梯旁边，然后又利用空间比较富余的一楼与社长办公室所在的顶楼，展示了一些大型作品。

但我总觉得只展出倍乐生拥有的名家之作还不够。这么做，艺术品岂不是成了寻常的装饰品，不能凸显出现代艺术独有的临场感，读不出"此时此刻此地"的味道。因此，我们必须在现有展品的基础上，加入更具震撼力的、同时代的现代艺术作品。

现代艺术家经常揶揄美术馆——"等哪天美术馆开始展出我的作品了，我也就完蛋了""美术馆是作品的坟场"……倒不是说"在美术馆展出作品"这件事本身有什么不好，他们的言外之意是，等作品入驻美术馆的时候，那些作品便成了权威，失去了昔日的"鲜活"。

艺术史层面的评价是另一个维度的话题，在此暂且不论。其实现代艺术最为重要的部分，正是与社会共生而产生价值的当下性。现代艺术总是在它所处的社会中拿某个问题做文章——这句话的重点并不在于问题本身，而在于针对社会问题做文章的行为与态度。

因此，我们需要把社会与现代艺术联系在一起。现代艺术的推手不应该只有艺术家，社会也应该积极去推动，然后再通过这个过程中的相互交流实现价值的共享。这一点比什么都重要。在社会中有效利用现代艺术就是这么回事。

我想让倍乐生的艺术活动更贴近本源，变得更加有血有肉、有临场感。我想让倍乐生的藏品不仅仅是"企业构筑资产的选项""教育从业者应当具备的修养"或"陶冶员工情操的手段"，而是要拥有更多的价值。我想让创造的新风吹进公司的每一个角落。

于是我一遍遍提交几乎是心血来潮的企划案，却又一次次遭到浅野部长无情的拒绝。渐渐地我写企划案的技术有了长进，思路也变得清晰起来。最终，我成功提交了一套与理想基本相符的社内展览方案。

新方案与以往最大的区别，在于对日本艺术家的介绍。在倍乐生的现代艺术藏品中，原本并没有日本艺术家的作品。所以，我把介绍日本的现代艺术放在了最高的优先级。

此外，我大幅提升了展品的更换频率，多的时候甚至一年之内换了好几次。这个频率相当高，基本上是刚看习惯就换成新的了。每次更换，我都会有意识地选择路线迥异的作品。比如说，前一轮的展示如果以绘画为主，那么下一轮就以立体作品为主，如此这般。

另外，我尽可能多地展示了一些大型作品。之所以选择物理尺度比较大、不管观者愿不愿意都会看到的作品，是因为单凭"大"这一种属性，就能让人无法忽视。尤其是在一楼与顶楼这种空间比较宽敞的地方，我配置了大规模的装置艺术作品（考虑到四周的环境，用若干个作品组成整个空间的艺术作品，并非单独的雕塑）。此外，我还在此基础上摆放了一些表现手法极具震撼力的艺术品，观者看到它们的第一反应肯定是："这是什么玩意儿！"至于那些"好像在哪儿见过"的作品，我尽量不用。

我还介绍了很多当时刚得到业界专家首肯的艺术家，比如河口龙夫、川俣正、佐川晃司等等。他们的水平都很高，只是还没有走进公众视野罢了。如今他们都成了日本最具代表性的现代艺术家。

由上述几个部分组成的社内展览新方案让体积更大、数量更多、令人耳目一新的作品占领了倍乐生办公楼的各个角落。一切的一切，都是为了能让大家体会到现代艺术的临场感。

福武社长有请

我的展陈思路变得愈发大胆，可谓渐入佳境。

新大楼的一楼大堂设有会客区，员工们上班时一定会经过。社长办公室所在的十三楼也有宽敞的大堂。于是我就把这两个区域当成画廊用了。挪开或者干脆撤掉典雅的家具，打造以作品为中心的空间，把大规模的装置艺术作品直接铺在地上，稍不留神就有可能踩到。

这已然不是公司的大堂了，完全是一派美术馆的景象。不管你愿不愿意，作品都会闯入你的视野。去某些地方的时候，大家甚至得绕着作品走。为了让福武社长和同事们直观地感受到同时代的现代艺术是多么有趣，我孜孜不倦地构思着新的展陈方案。

福武社长每天早上都会坐公务车到玄关，然后坐电梯上十三楼，穿过供访客休息的大堂走进社长办公室。也就是说，一楼和十三楼的大堂都在他上班的必经之路上，而我偏偏选在这两个地方进行了格外大胆的展陈。

果不其然，新展品到位当天，社长就通过秘书，让我立刻去他的办公室一趟。

这个时候叫我去，肯定是为了那些展品。企划案是高层批准了的，所以不算我自作主张。不过，社长可能没料到我会搞这么大的手笔吧。

等待着我的是好评还是差评呢？

我战战兢兢地推开社长办公室的大门，只见福武社长正在浏览文件，好像很忙的样子。他瞥了我一眼，说道："展览搞得挺有意思的。"然后还对展品发表了一些简短的感想。他竟然接受了新的展示内容，还给出了好评，简直让我难以置信。

心头的大石总算落地了。我选择的展品并非出自公认的欧美艺术大师之手，而是来自此时此刻正在创作的日本现代艺术家。这些艺术家默默无闻，社长却敞开胸怀接受了他们的作品，这让我备感欣喜。我心想，社长会用自己的眼睛审视艺术，他的评判标准绝不是"他人的评价"。

那一刻，我扎扎实实迈出了对直岛项目而言不可或缺的第一步。

为直岛和倍乐生、安藤忠雄牵线搭桥的关键人物

不知不觉中，直岛的重磅项目——倍乐生之家／直岛现代美术馆开业的日子也越来越近了。

这栋建筑的设计者是世界级建筑大师安藤忠雄先生。众所周知，安藤先生的作品以清水混凝土著称，走极简路线，基本形态是"○""△""□"这几种形状。使用的材料则是混凝土、钢筋和玻璃。安藤先生的设计不是充分运用这些材料的本色，就是照着混凝土的颜色，把全部材料刷成灰色。他打造的建筑，都有着单一简约的几何形态。

安藤先生与直岛项目的缘分始于1989年开业的露营场，当时他只是以总监的身份提供了一些指导意见。1992年开张的倍乐生之家才是他为直岛正式设计的第一栋建筑。之后，每隔三年左右，他就会在直岛推出新作。现如今，直岛已经有了七栋安藤忠雄的建筑。倍乐生之家诞生最早，是安藤先生设计的第一座美术馆。

当时，在倍乐生内部统筹建筑业务的是总务部的三宅员义副部长。他本人有一级建筑师的资格证，平时负责跟安藤先生对接。倍乐生的建筑工作由他一手包办，冈山的总部大楼、东京多摩的办公楼等项目都是由他负责的。据说，就是三宅副部长把安藤先生介绍给了福武社长。大概他本人也是个狂热的安藤迷，无论如何都想把直岛委托给安藤先生设计，一直在心里暗暗酝酿时机吧。

其实给倍乐生和直岛牵线搭桥的人也是三宅副部长。他是时任直岛町长的三宅亲连先生的侄子。因为这层缘分，倍乐生的福武哲彦老社长与三宅町长才有了交流。这么想来，要不是有副部长坐镇，安藤忠雄的作品就不用说了，也许连直岛项目也压根儿不会实现。

倍乐生之家的建筑项目也是福武社长通过三宅副部长直接联系安藤先生的，所以关于工程进度，我在的倍乐生推进室几乎听不到任何风声。也许其他同事是知情的，可我是个彻头彻尾的局外人。

不过，倍乐生之家有十来间客房，所以倍乐生推进室接到了"为客房搭建运营体系"的指令。于是负责直岛业务的员工不得不在运营露营场的同时，急忙推进酒店业务，具体的工作有开设分公司、招聘酒店经理与工作人员等。

苦等批准

到了1991年的下半年，倍乐生之家的筹备环节进入了倒计时阶段。那时我正忙着构思展陈方案。看到这儿，读者朋友们应该已经意识到，我当时在公司里只是一个彻头彻尾的无名小卒。这跟我的"人设"也许有点关系，但更重要的原因在于，艺术工作还是没能得到公司的高度重视。

每次开会都是先探讨建筑设计，再商量酒店的运营方案，最后才轮到展陈方案。可是进入这个环节的时候，会议往往已经超时了。运气好的话，我还能勉强说上几句话……大概就是这么个状态。

要想给福武社长做汇报，难度就更高了。能在他和主力业务部门一场接一场的磋商中见缝插针见一面，那就是撞了大运。我得找秘书提前约好时间，然后就是一遍遍祈祷社长当天的会议都能顺利结束，别出什么岔子。只要有一场会议超时，接下来的安排都会受影响，一眨眼的工夫就过了约好的时间。社长晚上还要参加各种应酬与会议，于是这一天就白等了，只能请秘书再想办法协调日程。无奈社长总是日理万机的，好不容易才能抽出一点空来，怎么可能立刻再给你安排时间呢。于是，我也曾因情势所迫不得不在车里向他汇报审批事项的进展。从这一点也能看出，进研补习班与其他主力业务已经占用了福武社长的大部分时间。与此同时，这也能体现出直岛项目在公司里的定位，艺术方面的工作是外围中的外围了。

可业务再外围，关键事项还是要请福武社长定夺。为了见到忙得不可开交的社长，我甚至得利用双休日的时间。进入2000年以后，积累了一定工作经验的我习惯把会议定在社长来直岛休假那天，因为这样能定定心心地谈，不至于太赶。

这份从容是多年苦修的成果。最开始的时候，我只能耐心等待，期盼着社长能留出点儿时间给我。等待的时间真是太漫长了。为了构思展陈方案，我常常需要连续熬好几个晚上，等着等着打起瞌睡也不是什么新鲜事。

在那个年代，大家还不太有抵制"过劳"的意识。现在回过头来看，如此繁重的工作量简直难以想象。天知道我为这个项目拼了多少个小时。

当时我住在冈山，起初只需要去冈山的总部大楼上班，但随着项目的逐步推进，我不得不频频赶赴直岛，而且还是当日往返。这可把我累坏了。

从冈山到直岛要先开车，然后换渡轮，全程大概是一个半小时。我通常会把车停在宇野港，轻装上阵坐船去直岛，行李比较多的话，就干脆把车开上渡轮。渡轮基本是每小时一班。我每次都在冈山的总部忙到最后一刻，才火速驱车赶往宇野港。某些时间段路上会比较堵，去的次数多了，我甚至摸清了走哪条路线能在堵车的时间段以最快速度抵达港口。

参与直岛项目的工作人员中，有几个特别厉害的角色，每次遇到快要赶不上渡轮的情况，便抄起手机打电话去四国汽船公司，让渡轮晚点开。可这种特殊手段总不能一直用啊，没过多久，渡轮还是准点开船了。

每晚八点多有一班从直岛开往宇野港的大船，错过了那一班，便只剩下九点多的末班小船。如果连末班小船都没赶上，那就只能在岛上过夜了（现在已有深夜发船的班次）。没有船就意味着无法踏出小岛。如果遇到需要现场制作展品的情况，我们的工作往往要持续到深夜，只能在岛上连住好几天。

身在直岛才能深刻体会到"随时能去想去的地方"可以给人带来多大的解放感。最后一班渡轮开走后，人会有种被困在岛上的感觉，随后便会和小岛一同进入内省状态。

错过末班船，漫漫长夜，我们只能继续工作，如果连工作都做腻了，就三五成群跑去钓个鱼什么的。能钓鱼的地方就那么几个，所以我们常常碰到岛上的钓鱼爱好者，有时甚至会跟年轻的情侣并排坐（毕竟岛上也没有其他适合约会的去处了）。

钓鱼的时候，我就呆呆地望着海浪拍向混凝土栈桥，再缓缓退去。内海的浪比较文静，能听见它们在脚边发出"唰唰"的轻微响声。夜幕中的海对岸是高松的万家灯火，别有一番情趣。员工过夜的地方在露营场，所以钓完鱼以后，我们便会往那个方向去。

还记得我们走在回程的路上，打量着在星光下隐约可见的艺术作品。它们就像睡着了似的，展现出与白天截然不同的面貌。那是多么悠闲的时光啊。

变化前夜的直岛

今天的直岛已经成了大家心目中的"现代艺术之岛"，每天都人头攒动。而它的起点正是 1989 年开业的直岛文化村国际露营场。公司开发露营场的初衷，是想给参加进研补习班小学讲座的小学员们提供一个在夏季体验户外生活的场地。而且，它不仅仅是一个露营场地，它还能提供面向孩子的教育课程。倍乐生以函授教育为主营业务，国际露营场算是倍乐生与孩子们在现实世界中面对面交流的宝贵平台。这么看来，主攻教育产业的倍乐生会打造这样一个设施也是非常顺理成章的。

虽然直岛在行政区划上属于香川县，但它的实际位置就在冈山县玉野市的宇野港对面。从那里坐渡轮慢慢漂过去，只需要二十来分钟。濑户大桥竣工前，宇野港是本州—四国航线的主要港口，也是许多渡轮的始发站与终点站，十分热闹。

站在玉野市抬头望去，便能看到那所位于直岛北侧的三菱综合材料公司下设的炼铜厂。如前所述，当年岛上一座座光秃秃的山很是惹眼。话说刚开始跑直岛那阵子，我曾在宇野港等船时被玉野本地人问过这样一个问题："你为什么要去那个岛啊？"我觉得这句话的弦外之音大概是——"直岛那么脏，啥也没有，你去那儿干什么啊？"想当年，又有谁敢相信直岛会变身成艺术与文化的圣地呢？那可是被炼铜业破坏了多年的工业地带啊。

另一侧的高松筑港距离直岛十多公里远，坐渡轮需要五十分钟左右。从那里出发，一路上能欣赏到濑户内海星星点点的小岛屿群。有趣的是，相对于直岛北侧光秃秃的山，绿意盎然的直岛南侧竟被划入了濑户内海国立公园①。在我开始造访直岛的 1991 年，岛上的人口有四千五百多（现在约为三千）。明明是一座"小"岛，人口却明显多过其他有人居住的岛屿。

直岛的历史也是幕后推动日本走向现代化的普通小镇的历史。三菱综合材料公司曾是日本工业化时代的一大支柱。在

①根据日本环境省对国立公园的定义，国立公园是"为保护日本最具代表性的优良自然风景，在限制人工开发的同时，为方便游客观赏风景、亲近自然而提供必要信息、建设、设施"的区域，国立公园由环境大臣根据自然公园法指定，由国家直接管理。

1955 年至 1965 年这十年间，小岛的人口曾一度突破八千，其中大多数人都是三菱综合材料公司的雇员。直岛依靠这家公司繁荣起来，在那个时代，员工的人生自不用说，连家属的生活都是由企业一手包揽的，电影院、医院、超市……三菱综合材料公司在岛上配齐了生活所需的各类设施。

直岛就这样从三菱综合材料公司支撑经济的时代，迈入了有倍乐生参与的新纪元，站上了焕然一新的起跑线。

日历终于翻到了 1992 年，距离倍乐生之家 / 直岛现代美术馆开幕的日子越来越近了。

但是，要放在美术馆里的东西还完全没有着落。然而无论倍乐生这边的运营机制是否完备，建筑工程都有条不紊地推进着。比起倍乐生这边尚无明确轮廓的运营机制，以及权责不清的团队构成，世界级建筑大师安藤忠雄和他的员工们都拿出了十二分专业的态度在全力推进各项工作。

成捆的钢筋与覆盖钢筋的厚重混凝土，仿佛也能展现出安藤先生严肃的工作态度。倍乐生之家就这样在直岛的土地上慢慢揭开了它神秘的面纱。

——第三章——

摸黑疾驰

直島
ベネッセハウス
Benesse House Museum
Naoshima

风雨交加的开业典礼

1992 年，也就是我入职倍乐生一年后，倍乐生之家 / 直岛现代美术馆隆重开业了。在开业不久前，公司还给国际露营场与倍乐生之家所在的区域取了一个名字——直岛文化村。

那时，倍乐生正处在十分激烈的变革中，我只能咬紧牙关，拼命跟上，过着边跑边想、边跑边做决定的日子。

开业典礼定在 1992 年 7 月 11 日举行。我对那一天可谓记忆犹新，因为那天的天气不是一般地糟糕。直岛被台风过境般的狂风暴雨笼罩，在栈桥接待来宾的任务偏偏落在了我头上。于是，我只能站在晃得一塌糊涂的漂浮式栈桥上，迎接一位又一位宾客，整个人被横飞的雨滴砸得浑身都湿透了。

宾客们搭乘包船抵达小岛南侧的栈桥，逐一上岸。片刻后，又有另一艘船驶来。包船是那么小，栈桥又那么晃，连靠岸都成了一桩难事。至于下船踩上栈桥，再从栈桥跨上陆地，则是另一番折腾。

从码头去山坡上的倍乐生之家也不容易，因为码头紧靠着一道陡坡。我们特意安排了小巴接驳。只是斜坡太泥泞，很容易打滑，小巴得费九牛二虎之力才能开到坡顶。安藤先生打造的建筑有一个共同点，那就是入口的廊道特别长。遇到恶劣天气，这个特征便会格外明显。还记得那天我边走边在心里念叨："去入口的路怎么会那么长啊！"

宾客们盛装出席，期待着一场华美的开业典礼。由于倍乐生之家的开业大展是三宅一生展，因此到场的不光有艺术行业与建筑行业的宾客，还有不少时尚界人士，他们个个都打扮得时髦亮眼，但好看的衣服往往并不中用。在暴风雨中，宾客们的脸都僵了。另一方面，负责招待他们的是主管酒店的工作人员，他们大多没有酒店业的从业经验，服务流程也是刚背下来的，简直心有余而力不足。

两三百名宾客将倍乐生之家塞得满满当当，外头下着大雨，谁都出不去。遇到这种情况，你就会发现安藤建筑的回声响得出奇。这也难怪，毕竟这栋建筑用的是清水混凝土啊。在混凝土框成的狭小空间里，宾客们你一言我一语，整栋建筑别提有多吵了。大家历经千辛万苦才来到会场，谁知室内一片嘈杂，令人心神不宁。不少人选择了提前离场。众人在会场都表现得彬彬有礼，一到码头全松懈下来，心情都写在了脸上。频频延误的包船让我一次次心急火燎。

我从早到晚都在风雨飘摇的栈桥上引导包船，接待宾客，心中感慨万千。这一天过得实在太煎熬了！

1992 年 7 月 11 日——

从那天起，每次碰上安藤建筑的开业典礼，我都会格外小心。这位大师果真是"呼风唤雨"的大人物！

岛上"颠覆常识"的安藤建筑

在讲述接下来的故事之前，我想先对"安藤建筑"做一个简单的介绍。虽然我在建筑领域的词汇量还不足以对这些作品进行周到而全面的描述，但这十五年里，我积累了不少在安藤建筑中展陈艺术品的经验，跟它们打交道也不是一次两次了。毕竟每隔三年，直岛便会有新的安藤建筑落成，而我每一次都竭尽心力，以无比认真的态度去面对它们。此外，安藤建筑新作的完成度是不断提升的，安藤先生似乎也在全力回应我与倍乐生的期待。

首先是直岛项目的起点，倍乐生之家（见图 1）。建筑的形状以直线构成，安藤先生充分利用小岛的斜坡，开辟通往海岸的动线，巧妙配置了混凝土结构体。零散分布的建筑与结构体突显了直岛的地形，同时也赋予了这里的自然地势几何学的秩序。由于建筑地处濑户内海国立公园境内，结构体的外露幅度被压缩到了最小。从力学角度看，倍乐生之家形成了由建筑统治自然的配置，只是裸露在地表的结构体仿佛围棋开局时的棋子，零零散散的，肉眼能看到的部分很少，反倒颇有自然更胜一筹的味道。

再看建筑内部，厚重的混凝土看似将内外完全隔离开，但建筑各处又设有大面积的开口，连通了内外。换句话说，置身其中，你会有一种与风景和自然"直接邂逅"的感觉。比如当你走进大画廊，墙面的巨大开口便会闯入你的视野。开口当然是装了玻璃的，白天会有来自室外的光线透过玻璃射进画廊，而且还是大胆强烈的西晒。画廊呈四角形，类似的开口存在于其中的两三个侧面。安藤建筑的特征，就在于"和外界与自然直接连通"。

在普通的美术馆，这种情况是绝不可能出现的。因为单是"阳光直射展示空间"这一点，就会导致温度与湿度产生变化，使安置作品的环境处于不稳定的状态，直接影响作品的寿命。这已经够让人头疼的了，再加上外界光线的直射会极大地改变展览空间的光照条件，使作品在观众眼里呈现的模样变得极不稳定，这也是一个巨大的不利因素。专注于近代以前艺术品的策展人与学者，恐怕没有一个会一口答应把作品放在这样的环境下展出。

大家去博物馆与美术馆的时候，不妨站在这个角度仔细观察一下，有大面积窗口的展馆几乎不存在（当然，故意无视这一点的建筑师也是有的）。总而言之，尽管倍乐生之家在建筑层面取得了成功，但相较于寻常的美术馆，它的设计简直就是"颠覆常识"。正因为展出的都是有某种倾向的现代艺术品，倍乐生之家才能勉强发挥出美术馆的功能。不，应该这么说——让倍乐生之家成为真正的美术馆，这正是我的使命。

接着让我们换一个视角，看看内与外的关系吧。我们在室内只能看到有限的自然景观，混凝土墙阻挡了视线，却让人感觉从中看到了半抽象的天空、海面、光亮与树林。安藤建筑在建筑层面看似封闭，实则敞开。这种敞开的方式既拥有感官属性，又带有独特的抽象性。安藤先生打造的就是这样一种不可思议的空间。

当你站在安藤建筑内部时，包围着你的是能用身体感受的厚重的混凝土墙，它们透露出建筑的硬实与庄严。安藤建筑走的是极简路线，混凝土墙就是主角。正因如此，一旦加入多余的物体，安藤建筑便会丧失空间的纯度。因而，我们在给酒店挑选附件与装饰时自然要格外谨慎。

起初，就连餐厅、咖啡厅的工作人员与服务专员也和我们艺术人员一起开动脑筋，左思右想该如何把控这种感觉。不过，一旦在餐厅之类的地方摆放了不合适的东西，安藤先生手下的员工就会来提意见。毕竟大家当年都不知道该怎么跟安藤建筑打交道，在实际使用时被提指导意见也在所难免。

布展也是一样，安藤先生总关注着前方，无时无刻不在进步。为了不被他甩在身后，我也咬紧牙关，奋力追赶。如何布展才能不输给安藤建筑？我倾注了十二分的心血，不断钻研这个问题，十二年后才得出终极答案。这个过程真是太曲折了。

展馆门可罗雀

"三宅一生展 TWIST"（ISSEY MIYAKE '92 TWIST）从倍乐生之家开业的 1992 年 7 月 11 日开始，于同年 11 月 15 日落下帷幕。据说，好像是因为三宅一生先生是安藤先生的好朋友，所以才邀请他撑起这场开业大展。这句话之所以说得模棱两可，又是"据说"，又是"好像"的，是因为我当时完全没有参与到展览工作中，是个彻头彻尾的局外人。所以我是真不了解实际的情况。

但我能想象出决策者为什么做出这样的决定，毕竟三宅一生先生既是著名的时尚设计师，又是受到业界高度评价的艺术家，用他的展览开场再合适不过了。

展览会场设在圆筒形画廊中，此次展览展出了次于名作"PLEATS"的"TWIST"系列。布料从上方垂坠而下，连成一体，形成一件装置艺术作品。

负责这场展览的是当时还在三宅先生手下工作的吉冈德仁先生。他在数年后自立门户，一跃成为举世闻名的独立设计师。会场的装置艺术作品也布置得十分出彩，凸显出了他过人的才华。

其余的画廊空间展出了美国的现代艺术作品。那是近两年倍乐生在浅野部长主导下采购的作品群。尽管作品出众，但我左看右看，总觉得有什么不对劲儿的地方。直岛是日本的一座偏僻小岛，从大都会纽约发展起来的现代艺术和它实在不搭调，怎么看都像是硬安上去的,极不自然。

话虽如此,能在倍乐生之家开业之际举办如此盛大的展览,公司上下还是长舒了一口气。

开业典礼的确足够隆重,有世界级建筑师安藤忠雄设计的建筑,也有三宅一生的展览撑场面。但问题是,光靠这两样还不足以把大量的人吸引到远离东京与大阪的直岛。热闹的开业典礼一结束,整座小岛便安静下来。不知不觉中,开业大展便结束了,三宅先生的作品得全部归还,直岛只剩一片更加空旷的空间。

与此同时,办公室也几乎没有接到预订酒店房间的电话。渐渐地,大伙儿就着急了,得想办法吸引住客啊!虽说倍乐生之家有"文化设施"的属性,但它毕竟是由民营企业运营的,总不能优哉游哉地等人上门吧。尚欠经验的酒店员工磕磕碰碰地运营着十间客房,直岛项目的其他成员也在处理各自的手头工作。见状,我觉得自己有义务想办法策划一些能吸引来客的展览。

在1991年7月到1992年3月的9个月内,倍乐生之家的来客可能还不到一万人。语气怎么又含糊起来了呢?因为当时的统计数据只考虑了酒店的住客,压根儿没统计当天往返、专为美术馆而来的人群。大家只计算了"住客人数",却没有统计"入场人数",这个头开得着实糟糕。

眼看着三宅一生展临近尾声,是时候准备下一轮展览了,可大家一点儿动静都没有，也不知是怎么回事，难道是开业大展顺利结束了，所以接下来都不用再策展了吗？空荡荡的展馆门可罗雀……就在这时，策划工作落到了我头上。因为我好歹是负责艺术工作的，所以上头便把任务指派给了我。

我没有必胜的把握，却还是决定鼓起勇气，一改之前以美国现代艺术为主的路线，策划了一场风格迥异的展览。至于展览的主题，正是我关注了多年、坚信了多年、与我们活在同一个时代的日本现代艺术。

第一份得到高层批准的展览方案

我的展览方案主打留美归来的年轻艺术家柳幸典①。我拿着资料走进社长办公室，向福武社长做了汇报。当年的柳先生几乎没有一点儿名气。他在威尼斯双年展等国际大型展会上表现活跃，这是很久以后的事情了。

我方案的整体路线和开业大展相距甚远，艺术家的经验与知名度也天差地别。所以，我抱着死马当活马医的心态做了汇

①柳幸典是一位国际派艺术家，在威尼斯双年展也曾荣获奖项。从耶鲁大学研究生院毕业后，他在洛杉矶、纽约等地发表了多件作品。其中一些作品相对激进、政治色彩浓重，例如让蚂蚁破坏万国旗沙画的《蚂蚁农场》系列（Ant Farm）、在海湾战争爆发不久后发表的《日－之－丸 1/36》（Hi-no-maru 1/36）等。他的创作幽默，却也十分尖锐。在直岛的第一场个展后，他又在濑户内海的犬岛与百岛开展了长期的艺术项目。柳幸典虽然是日本的代表性艺术家，但当时还没有太高的知名度。

报，用穷途之策来形容可能有些夸张，但当时的我的确已经没有什么可失去的了。

虽然心里憋着一股劲儿，但做汇报的时候，我的声音大概跟蚊子叫差不多吧。我都不敢正眼瞧社长一下，讲完以后才战战兢兢地往社长那边瞄去，却听见他说："你的方案还挺有意思的嘛！"天哪，社长居然点头了！

于是乎，公司决定在 1992 年 12 月 5 日到 1993 年 4 月 10 日举办柳幸典"WANDERING POSITION"展，为期四个月。

对柳先生来说，直岛的展览成了他回国后的首场个展。我们用整座场馆展示了他在美国制作的大型装置艺术作品。那年，柳先生不过三十三岁，公司能批准这个方案真是奇迹。

展览大获成功。我还在创作一线时曾和柳先生一起办过展览，早在 20 世纪 80 年代，他就已经展露了过人的才华。而在我看来，他在留美期间将这份才华打磨得愈发耀眼了。我们将他的霓虹灯作品《日之丸之光》（*Hinomaru Illumination*）放在倍乐生之家的圆筒形画廊。日章旗猛烈闪烁，好似昭和时代歌舞伎町的广告牌，又像小钢珠店的电光装饰。

福武社长貌似格外中意这件作品，甚至考虑买下它，但这毕竟是一面闪闪发光的国旗，公司内部多少还是有些顾虑。于是倍乐生放弃了它，转而购买了柳先生的另一件作品《万国旗和蚂蚁农场》（*The World Flag Ant Farm*）——用彩色沙子在容器中堆出国旗的图案，然后放入蚂蚁，让它们在容器中筑巢，并逐步破坏国旗的图案。这件作品真是相当尖锐啊。

后来，我又主动策划了许多以年轻艺术家为中心的展览，提交高层审批。此处的"年轻艺术家"也包括今天已成业界大腕的宫岛达男先生与蔡国强先生。遗憾的是宫岛先生的展览没能实现，不过蔡先生的展览办成了。

在方案再次获批后，我们利用倍乐生之家的圆筒形画廊和旁边的画廊空间，在1993年4月到7月举办了"蔡国强展"。蔡先生来自中国，目前定居纽约。他不仅擅长引爆火药绘制画作或完成表演，还制作了不少融入中国元素的装置艺术作品，后来成了享誉世界的现代艺术家。

然而，在圆筒形画廊展出的大型作品展期竟然被迫中断，因为福武社长在纽约买下了美国现代艺术大师布鲁斯·瑙曼（Bruce Nauman）用霓虹灯管打造的代表作《100个生与死》（One Hundred Live and Die），想要尽快把它搬进画廊。

我心想："什么？展览还没结束呢！"可无声的空气逼得我没法把这话说出口。领导对一脸遗憾的我说："秋元，算了吧。"于是我只得不情不愿地撤下了展品。[①]

出了这样的事，我却没吸取教训，又策划了一场名为"儿童艺术乐园展"（KIDS ART LAND）的群展，展期是1993年7月

----

① 这些苦涩的经历让我暗暗发誓："有朝一日，我一定要展出蔡先生跟宫岛先生的大型作品！"所幸后来天遂人愿，刚好来了合适的机会，两位艺术家都为直岛打造了作品。

10 日到 9 月 5 日，会场设在另一间画廊。展览瞄准了暑假，以带孩子的家庭为目标客群，具有一定的教育普及色彩，无缝衔接同一时期于露营场举办的小学生夏令营。我觉得这样的展览高层应该是不会反对的。

参展艺术家共有八位，分别是间岛领一、矢延宪司、藤本由纪夫、小林健二、藤浩志、熊谷优子、楠胜范和牛岛达治。他们都是至今仍活跃在一线的创作者。如今已在现代艺术界大名鼎鼎的矢延宪司先生，当年也不过是个初出茅庐的青年艺术家，还不到三十岁。

在一场场的展览中，一年过去了，两年过去了……眼看着参与直岛项目启动的员工被接连调去其他部门，倍乐生推进室的人数直线下降，最后只剩下了三个人。那应该是推进室最冷清的时候吧。运营工作全部移交株式会社直岛文化村，而总部留下的三名员工各司其职，一个管理运营直岛酒店的株式会社直岛文化村，一个负责艺术相关的工作，另一个则主管宣传工作。

据我个人猜测，公司当时大概是这么考虑的——倍乐生之家已经顺利开业了，剩下的就是日常的运营工作了，大可交给子公司去完成。所以相关的组织要精简到最小。

请容我再强调一遍，当年的直岛业务是酒店与露营场结合的住宿业务。现在大家一提起直岛，就会联想到艺术，殊不知艺术原本只是"赠品"而已，姑且摆上一些，能有不痛不痒的水准就行了。

为什么我会做出这样的猜测呢？因为承接运营业务的株式会社直岛文化村，把这种态度原原本本地摆在了他们的工作方针上，那里完全没有运营美术馆的相关机制与人员班组。酒店的工作人员不过是时不时接待几位艺术爱好者，卖门票给他们罢了。当时甚至有好多人连票都不买，直接穿过酒店前台走去画廊参观，就跟去酒店大堂似的。倒不是工作人员偷懒，只是他们都把画廊当成了酒店的一部分，无异于大堂，压根儿没把去画廊参观的人看作"美术馆的来客"。

接连策展其实相当辛苦，靠着直岛酒店的员工帮忙，我才勉勉强强搞定了布展工作。不能让直岛只停留在酒店的层面，必须进一步扩充它美术馆的功能。这就是我当时的心境。

熬夜布展

"敕使河原宏 与风同行"展就是在那个时期举办的，展期是1993 年 9 月 16 日到 10 月 17 日。

敕使河原宏先生是花道名门"草月流"的创始人敕使河原苍风的长子，也是该流派的第三代掌门人。他就读于东京艺术大学期间，学的是油画，在花道以外的领域也积极发表各类作品，电影是他投入精力最多的地方，他根据安部公房的《砂之女》改编的电影，在戛纳国际电影节荣获评委会大奖。我们十分有幸能请到他，促成这场"与风同行"展。

站在酒店业务的角度看，不办点活动是不会有客人来住宿的。同理，站在美术馆的角度看，不办点展览也是不会有人来参观的。况且，当时公司还没有购入足以填满场馆空间的艺术作品。所以，我们必须用展览把画廊塞满。

敕使河原宏展就是在这样的背景下举办的，但敕使河原宏先生是一位杰出艺术家的事实毋庸置疑。他用竹子打造的装置艺术作品极富动感，他既是现代花道流派的掌门，更是正值巅峰期的艺术家。

展览不仅限于倍乐生之家的内部，户外也摆放了很多作品，它们由大量的竹子打造而成，弧形的竹子隧道、能办茶会的竹子茶室……展览规模相当之大。还有从栈桥一路延伸到草坪广场的竹子装饰物，倍乐生之家简直成了竹子的世界。安藤忠雄的清水混凝土都被竹子盖住了，目之所及都是竹子，仿佛置身于竹林之中。

草月流有一位大力士，专门负责劈竹子。可即便是他，看到堆积成山、没劈完的竹子也不由得苦笑道："这么大规模的展览还是头一遭呢！"

不过话说回来，草月流是真的团结，中四国地区[19]各支部的成员们接连数日上岛帮忙。只可惜他们都是在本地主持花道班的老师，以年过花甲的老人家为主。说句不怕冒犯的话，这样的年纪真的不算年轻了。可他们还是心甘情愿地为敕使河原宏先生的作品搬运大量的竹子，把它们安放在该放的地方。

组成作品的基本元素是一劈二的竹条，长度足有三四米——那就是正常竹子的长度。而帮手们要做的，就是把这样的竹条捧到各个指定地点，然后再进行组装。我真是佩服得五体投地。

不过，大伙儿努力了好久，布展工作却还是看不到完成的曙光。眼看着到了展览开幕的前一天晚上，草月流的帮手们都搭末班船回去了。大家在忙活的时候，四面八方都能听到人的动静，可人一走，小岛便很快安静下来。时针走过了午夜零点，但活儿还是没有干完。

不趁现在把竹子做的展品布置好，就来不及准备明天的开幕茶会了。留下的工作人员都已精疲力竭。一看表，已经是凌晨三点了。为了方便来宾在夜里欣赏户外的装置艺术作品，我们还得安装照明灯，可这部分的工作还没搞定。现在不弄，就无法赶上明天的开幕了。于是我们只能兵分两路，一路筹备茶会，一路负责装照明灯。

大伙儿在夜色中的草坪广场四散而去，每个人都困得晕晕乎乎。等我回过神才发现，我捧着好几个灯泡，倒在草坪上睡着了。其实我大概只睡了十分钟不到，可睁眼后环视四周，跟我一起来的所有人似乎都没动。还有人伸出双臂，做出装电灯的动作，然后就以这个姿势睡着了。我心想，再这么下去也不行，大家的体力都到极限了，于是便决定让大家睡两小时左右。早上起来再弄，还是能在开幕前弄完的。

实不相瞒，当时我们不仅要搭建敕使河原宏先生的巨型竹制作品，还要为展出布鲁斯·瑙曼的杰作《100个生与死》做准备。这件作品也出了些小问题（稍后再跟大家细讲），好在经过我们的不懈努力，总算是调整到了万事俱备，只欠接通电源的状态。所以我天真地以为，等敕使河原宏展的工作告一段落，再回过头来弄这边就行了。

可我万万没想到，这个决定将在不久之后引起一场轩然大波。

噩梦般的霓虹灯管

福武社长在苏富比的年末拍卖会上一眼相中了《100个生与死》，说什么都要把它买到手。他在拍卖会上出了价，却被别的收藏家抢了先。但社长就是不死心，直接找那位收藏家谈判，最后总算是如愿买到了。替社长出面谈判的人叫安田稔，是一位住在纽约的艺术经纪人。

安田先生已经不是第一次通过拍卖行与美术馆为倍乐生采购大型作品了，国吉康雄的《颠倒之桌与面具》（*Upside Down Table and Mask*）就是他买回来的。顺便一提，这件作品原本藏于纽约现代艺术博物馆。安田先生使出浑身解数，好不容易才把它拿下。他特别擅长这种几乎没有余地的交涉。不，也许是因为福武社长总把没有余地可寻的任务交给他做……

总而言之，瑙曼的作品历经波折，终于成了倍乐生的藏品之一。给大家透露一下，它的价格是两亿多日元。

《100 个生与死》是一件怎样的作品呢？顾名思义，它的主题就是生与死。它由四列霓虹灯管组成，每列二十五根。右起第一列和第三列的每一根都写着"○○ and Live"，第二列和第四列则是"○○ and Die"。○○是能让人联想到日常生活的单词，比如 Love、Sing 等。（见图 2）

在黑暗中，你会看到一根灯管亮起，然后熄灭，接着是另一根灯管……周而复始。站在旁边观察一段时间，灯管在某个瞬间将一齐点亮，让展示空间被光亮笼罩。词语是组成作品的唯一元素，将词语和传递都市风情的霓虹灯管组合起来，观众能同时感觉到大都会的喧嚣与孤独，多么富有诗意的作品啊。大家也可以把它理解为"由语言转变而成的视觉艺术"，是概念艺术的杰出代表。

福武社长不惜一切代价也要买下这件作品，可见他是多么中意它。福武社长将《100 个生与死》公开亮相的日子安排在了敕使河原宏展开幕的当天，期待这件作品能为到场的嘉宾送上双重的艺术享受。

从买下到展出《100 个生与死》，间隔了一段时间，这是因为我们收到作品后，发现灯管最关键的电线全被剪断了。修复工作需要几个月的时间，所以公司才决定把它的亮相日延后到秋季展览。

《100 个生与死》是由霓虹灯管搭建而成的作品。灯管的自动闪烁系统是用电脑控制的，复杂得超乎想象。灯管背后尽是电线，得把电线都接好，作品才能正常启动，可偏偏有人把电线都剪断了，我们手里又没有说明书，想修都不知道该怎么下手，只能咨询专做霓虹灯管生意的公司。谁知不问不知道，一问吓一跳。电线是被胡乱剪断的，毫无规律可循。而且，灯管用的是高压电，必须请有"特种电气工程师"资格的人来修，不是随便接一下就能修好的。

连专家都理不清这电路怎么接，根本无从修起啊。我也咨询过安田先生，却没问出什么有价值的信息。无可奈何之下，我只能撸起袖子自己上。电线足有数千条，只能逐一接起来，通个电试试……摸黑修了好久好久，总算在展览开幕的前一天修到大多数灯管能亮的地步。那段时间，我几乎都没休息过，不懂精密仪器的运行机制真是太要命了。我都怀疑这是不是作品的上一位所有者开的恶劣玩笑了，简直是茫然费解，走投无路啊。

展会开幕的日子如约而至。据说福武先生要来画廊验收作品的修复情况。为保险起见，我决定在社长快到画廊时接通电源试试看。没想到一按开关，整个作品都不亮了。肯定是某个环节不堪重负，直接崩了。这下可好，怎么弄都没反应了。

福武社长闻讯后勃然大怒。

"我最讨厌在大家拼命工作的时候掉链子的人了！把能用的法子都用上，无论如何也要赶在开幕前让它亮起来！"

社长撂下这句话扬长而去。离开幕只有几小时了，老板都把话说到这个份儿上了，当然得硬着头皮修啊。

关键时刻得亏有鹿岛建设的丰田郁美先生和在一线忙碌的下属挺身而出。当时，丰田先生已经是统筹现场工作的负责人了。电路必须请专家来修，作品用的是高压电，系统还是电脑控制的，外行人根本搞不定。他赶紧帮忙联系了一位冈山的电路专家。那天是周日，办公室按理说是没人的，所幸他刚好在那儿处理工作。专家以最快的速度赶到，一看作品便说："我可不保证一定能修好啊。"听到这话，丰田先生告诉他："我没问您能不能修好，修不好也得修！"（后来，我们又合作搭建了许多高难度的艺术品，堪称并肩作战的战友。）专家开工后更是语出惊人："这电路弄不好可要爆炸啊……"听得我们胆战心惊。不过他说归说，修得还是很卖力。

最终，一百根灯管还是只亮了五六根，但我们好说歹说，总算是让福武社长消了气，展览也顺利开幕了。

骚动告一段落后，一个疑问涌上我的心头。社长口中的"大家"到底是谁？是为敕使河原宏展挥洒汗水的草月流成员和倍乐生的工作人员吗？负责领导他们的是我，无论干什么，我都是冲在最前头的那一个，可福武社长却说我掉链子了，这件事让我不由得想："社长到底是怎么看我的啊？难道我不是'大家'的一分子吗？"一想到这儿，我就沮丧得要命。

历经波折，展览总算开幕了。草月流的成员们自不用说，还有各路嘉宾来捧场。除了开幕当天，我们每周末也会在茶室举办茶会，这一点广受好评。酒店经理忙得不可开交，却也十分快乐。而我呢，虽然吃了不少苦头，但也通过布展工作赢得了基层伙伴们的信任，心情随之阴转晴，自豪感油然而生。

敕使河原宏展结束后，我们紧接着在 1993 年 10 月 30 日到 1994 年 1 月 23 日举办了"道格与麦克兄弟"展（Doug and Mike Starn），在 1994 年 4 月 29 日到 9 月 4 日举办了"山田正亮'1965 ～ 1967'——单色画"展。

天降禁令

就在我们接连举办展览的时候，一道禁令从天而降——不得更换倍乐生之家的展品，言外之意是"不用再办主题展了"。据说是公司一点点凑齐了大致能把画廊填满的作品，便觉得没有必要再策划展览、更换展品了。据说这道禁令就是福武社长下达的。

公司原本没有足够填满画廊的作品，所以才要借"展会"之名借用作品，不留一面白墙。从某种角度看，现在确实是不用再换展品了。

可我完全不这么想。长久以来，我一直在通过展会摸索"什么才是具有直岛特色的艺术"。我由衷地希望倍乐生之家不仅能以酒店的面目示人，更能真正发挥出美术馆的作用。毕竟，安藤先生给这栋建筑起的名字可是"倍乐生之家 / 直岛现代美术馆"啊！

禁令来了，这可如何是好？我想破了脑袋，构思了种种方案，只为争取机会。然而，我的面前却摆着两个问题。

其一，在于我的身份。我毕竟是倍乐生的"员工"，由一个内部员工来策展好像是有点问题。公司大概觉得，员工应该好好处理常规工作吧。我总觉得"表现自身的专业性"好像会招来白眼。（实话说，这一点我到现在还是没想通，自己明明是以策展人的身份被招进来的，为什么公司不乐意看到我发挥专长呢。）

这个问题应该可以借助外部专家的力量来解决，经验丰富的专家发表的意见，公司总能听进去了吧。虽然我已经策划了好几场展览，但是在参与直岛项目之前，我并没有做策展人的经验，所以每一次办展，我们都会请专业的策展人与拥有画廊的艺术经纪人助阵，跟着他们学习办展览的方法。从这个角度看，请专家助阵也是有百利而无一害的。

其二，就比较棘手了——要去哪里办展？就算能请到外部专家策展，没地方布展不也是白搭吗？倍乐生之家的内部压根儿没有地方给我们展示艺术品啊，毕竟公司已经明令禁止更换展品了。

就在这时，我心生一计——禁止更换展品的是画廊，也就是建筑的"内部"，那把展览布置在建筑之"外"，不就没问题了吗？

如果我们把视线转向通道、广场与更广阔的户外等取之不尽的展示空间，颠覆常识的安藤建筑就成了非常有利的条件，因为安藤建筑的特征就在于模糊的内外界线，安藤建筑有许多能衔接建筑内外的中间地带，这与日式民宅主屋、檐廊与院子的关系有异曲同工之妙，建筑看似封闭，实则在各处都有与外界连通的开口。

如此想来，只要不拘泥于受禁令所限的室内，外部有的是非常适合布展的空间。利用这些空间布展，公司总不会再有意见了吧。当然啦，这种做法有打擦边球的嫌疑，但那也说得通嘛。

于是，我请到了南条史生先生（森美术馆第二任馆长）担任联合策展人，开始推进利用室外、广场等空间展览的企划案。当时南条先生已经创办了自己的事务所 NANJO and ASSOCIATES，正是年富力强的时候。我与他一起挑选了几位艺术家，向他们讲解企划的主旨，诚邀他们参与其中。顺便一提，大多数的受邀者都一口答应了，这绝对是南条先生的功劳。当年的直岛还是个知名度很低的偏僻小岛，如果是我出面邀约，说要在那样一个地方举办户外展览，大家肯定觉得莫名其妙吧。

我之所以把南条先生请来，也有一定的私心，想通过实践偷师学艺，这当然是一方面，但此举背后还有另一个不那么明显的意图，就是想解决组织层面上的问题。

我在公司人微言轻，即便提交了高水平的企划案，想要得到批准也难如登天。关键并不在于企划案的内容，而关乎我在组织内部的位置。想当年，大多数公司都是等级森严的金字塔结构。倍乐生的风气已经算相当自由了，可即便如此，"业务方面的知识跟权限一样，理应握在上司手中"的思维好像还是根深蒂固。换言之，下属不仅不能比上司更有权限，还不能比上司更有知识，所以专业性强的企划案不能由下属提出来，就算提出来了，也不可能被批准。至少在我眼里，这就是倍乐生的现状。

所以遇到这种情况就必须借助外部专家的力量来推动企划案。

办展的地方找好了，南条先生也请来了，剩下的问题就是预算了。在备选展品中，有些借来就能直接展出，但也有不少需要现场搭建。这就意味着作品的材料费与制作费也会被包括在"办展经费"中，进而拉高整个展览的预算金额。

我一如既往地通过秘书约见公务缠身的福武社长，讲解企划案的主旨，同时汇报我们打算请谁来参展，大致需要多少钱。可就算我说破了嘴皮子，到社长耳朵里都变了样。在他听来，我不过是在为一群"名不见经传的艺术家"计划打造的"天知道会搞成什么样的作品"向他讨要预算，毕竟光看企划案也无法判断作品的好坏。最后，社长告诉我，如果你能把企划案的预算减半，我就让你办。

妙计接二连三

这可如何是好？预算减半，那就得减少展品数量了，不然只能请艺术家用尽可能低的成本创作，而这两个选项我都坚决不考虑。

照理说，美术馆办展览一般都是直接借用已完成的展品，不存在"作品制作费"的问题。但如果展出的是现代艺术品就另当别论了。因为有些展品是专为展会制作的，遇到这种情况，主办方一般会以酬金的形式承担一部分的制作费用，或是提前商定限额，以制作费的名目来支付相关开销。

可即便如此，主办方往往还是无法完全满足艺术家的要求。我当时提交的预算已经非常吃紧了，但福武社长的意思是，要想办展就得再压缩一半。问题是真把预算砍掉一半，就做不出高水平的作品了。

我左思右想，突然灵光一现。有了！如果能从计划制作的作品中，提前选定几件事后要买入的作品，以"业务经费"的名目走账，这样不就能大幅削减预算了吗？！虽然这么做有"做假账"的嫌疑，但企划案本身的经费的确压下来了啊。

然而，走这条路就意味着我们得提前选定几件展览结束后要继续保留而不拆除的作品，至于最后要选哪几件，还是得请福武社长拍板。可眼下作品还没完成呢，要想在这个阶段明确"要不要买"简直是天方夜谭。

于是，我打算尽可能把作品打造成"在成形前能想象出实物"的状态。可当年不比现在，没有 CG 之类的电脑绘图技术，只能请艺术家照着以往的作品为直岛重新制作一件风格相近的样品，然后让福武社长看既有的实例，请他选好中意的，等作品完成了，我再去找他做汇报，走采购流程。这么做虽然有风险，但我还是一咬牙一跺脚，按这套思路重新提交了企划案。

功夫不负有心人，社长总算批准我办展了。

看到这儿，也许会有读者说："为了办展览，连曲线救国的法子都用上了，至于这么拼吗……"我绞尽脑汁，其实只是为了通过这些展览把业务拉近我的主战场——现代艺术领域。

我想，周围的同事们怕是都理解不了我到底在忙什么吧。如果是专业的美术馆，"直接请现代艺术家制作展品"是再正常不过的事情，然而倍乐生毕竟是普通企业，大家根本不会往这个方向想，也不觉得这么做倍乐生能有什么好处。

企划案的通过并没有改变我的处境，我还是只能不顾一切地拼命工作，但我心心念念的"创造艺术的现场"总算是慢慢成形了，所以我个人还挺享受这个过程。

我如此执着于这场展览的原因不仅于此。在我看来，倍乐生之家／直岛现代美术馆离高水平的"美术馆"，还有一段不小的距离。

长久以来，倍乐生之家最大的卖点，一直是不走寻常路的建筑大师安藤忠雄设计的建筑。而作为一座"美术馆"，光有这样的卖点是不够的，我们还得靠自己打造的原创艺术展来赢得好评。

早在当时，日本各地就已经有许多安藤先生设计的建筑了。

不难想象，他的作品今后仍会不断增加。作为安藤建筑之一，倍乐生之家的确是杰作，但其他的安藤建筑也同样富有魅力。既然如此，有谁能保证游客会为此特意来到遥远的直岛呢？所以，为了让人们选择直岛，就必须在安藤建筑的基础上增添一些别的魅力。我们投入心力打造的艺术，难道不是最理想的发展方向吗？

我们要立足于直岛，打造人无我有的原创艺术作品——我逐渐萌生出这样的念头。偶尔听闻艺术专家说安藤建筑不太好用，虽然这是难以言明的事实，但我们应该化难用为助力，甚至创造出能克服这份"棘手"的作品。

厚重的混凝土墙壁，巨大的窗户，还有透过窗户直射入室内的西晒日光，寻常的作品绝对招架不住这样的环境。倍乐生之家没法像普通的美术馆那样，在展示作品的同时保护作品，因此"挑"展示地点的作品是无法在倍乐生之家展出的。我逐渐意识到，我们需要的是能与安藤建筑抗衡，或是能将建筑拥有的强烈个性纳入自身艺术表现的作品。

我与南条先生共同策划的展览，为这一切奏响了前进的号角。

"出界"的展览

这场剑走偏锋的展览在山田正亮展结束后拉开帷幕，它题为"Open Air '94 Out of Bounds——海景中的现代艺术展",展期是 1994 年 9 月 15 日到 11 月 27 日。Out of Bounds 是体育术语,用于划定了场地的竞技项目,特指超出边线的情况。换言之,这个词组指代了规则之外的广阔天地,展览本身就很切题。此外,它还能高度概括我当前开展的业务在倍乐生内部的处境。

这是一场户外雕塑展,充分利用了直岛文化村各处的空间,比如倍乐生之家的庭院、户外的大草坪、栈桥周边的海岸与露营场等等。除了能在直岛欣赏到的濑户内海的风光,安藤先生设计的倍乐生之家与作品的碰撞也是一大看点。

参展的艺术家共有十一位,分别是大竹伸朗、冈崎乾二郎、片濑和夫、草间弥生、小山穗太郎、杉本博司、Technocrat、中野渡尉隆、PH STUDIO、Takuya Matsunoki 与村上隆。

有好几件作品在"Out of Bounds"展首次亮相后被保留下来,成了直岛的常设展品。但也有一些作品受其特性所限,不得不抱憾拆除。

下面就给大家介绍其中的几件吧。

在倍乐生之家庭院的混凝土墙上,展出了杉本博司先生的 *Time Exposed* 系列作品,也属于《海景》系列。安藤建筑的两堵墙壁将真实的大海夹在其间,我们能透过夹缝远眺现实的海景,看到夕阳沉入水面。与此同时,杉本先生在世界各地拍摄的海景照片规则而整齐地排列在墙上,与真正的大海形成对照。你能感觉到大海超越了地理限制,无限联通。那是一片超越了时间与空间的汪洋。(见图 3)

大竹伸朗先生的 *Shipyard Works* 是以宇和岛废船为原型创作的系列雕塑作品，在倍乐生之家的草坪露台、海岸等处均有配置，每一件都闪着银光。到访者在酒店咖啡厅看到的那一件，参照了船底板顶端的形状，上面开着圆形的大洞，人们可以透过洞口远眺濑户内海与海上的岛屿，这采用了"借景"的手法。

除了 *Shipyard Works*，还有一件作品能在通往倍乐生之家的入口廊道看到。

那就是片濑和夫先生的《饮茶》。艺术家在俯瞰大海的小山丘上用石头砌了一口井，然后在上面摆了一个蓝色的铝质大碗。砌井的石墙用的是直岛填拓地运来的花岗岩，这也是作品的看点之一，石块与周围的土色十分搭调，告诉来客"这件作品也是直岛自然的一部分"。片濑先生旅居德国，作品灵感取自江户时代的日本禅僧仙崖和尚的画作《一圆相画赞》。那幅画上只有一个圈，旁边配了两行字："吃了这个，喝口茶。"艺术家在抽象层面将石块砌成的水井与茶碗有机结合，便有了我们看到的作品。抵达栈桥的来客最先看到的作品便是"吃了这个，喝口茶"，着实风雅。

而草间弥生女士的《南瓜》，更是成了直岛的名片。它位于倍乐生之家的海滩入口附近，摆在古旧的混凝土栈桥顶端。当时，那一带还是露营场，所以整片风景给人留下的印象可能和今天略有不同，但《南瓜》背靠大海的模样始终如一。

《南瓜》跟其他常设展品一样，原本也是为这场"Out of Bounds"展制作的。由于它极具震撼力，广受好评，我们便决定把它留下。这颗黄色的《南瓜》真是格外受欢迎，如今的知名度可比当年高多了。如果要把直岛的精华浓缩在一张照片里，也许会有很多人在这里取景吧。

不过，最初为展览制作的《南瓜》是第一代，大家现在看到的应该算是第三代了。因为第一代原计划只在展览期间展出，如要长期展示，必然得进行一定的修整。而且对草间女士来说，直岛的《南瓜》也是她的第一件户外雕塑作品。当时，她还没有摸索出有效增强作品耐久性的方法，也正因为她觉得这是个探索户外作品制作方法的好机会，《南瓜》才会在直岛诞生。

话说回来，濑户内海每年都有台风光顾，《南瓜》自然也会受到风吹雨打。久而久之，第一代南瓜就不行了，必须重做。艺术家在保持外形不变的前提下提升了作品的强度，不断向着"更牢固＋更轻便"的方向改良，这才有了我们今天看到的《南瓜》。其实，每次台风逼近，工作人员都会把《南瓜》转移到安全的地方，所以让它更便于搬运也很重要。

在展会开幕当天，草间女士亲自来到直岛，站在作品旁边迎接宾客的到来。当年她的衣着还没有现在那么华丽，但已经很有"草间范儿"了。有宾客想拍照留念，她都来者不拒呢。

通过这场"将作品配置在直岛各处"的展览，人们将视线重新投向了被遗忘的濑户内海与直岛，再次认识了它们的价值，这是展览的一大收获。此外，许多出色的户外常设展品也留在了直岛。自那时起，我们大幅调整了办展的方针，将工作的重心从"策划短期展览"切换成了"增加常设展品"。

更为重要的是，我们大胆尝试了"特约作品"（委托艺术家为直岛制作的作品）与"场域特定作品"（邀请艺术家直接上岛，充分利用当地特色制作的作品）。虽然需要改进的环节还有很多，但日后它们都成了打造直岛艺术风格的重要手法。

在展会筹备期间，我们召集多位艺术家，举办了针对展览和直岛的说明会，还组织他们上岛考察，选定作品的设置地点。毕竟直岛是位于濑户内海的小岛，地理位置比较特殊，各方面都不同于寻常的艺术画廊。对艺术家而言，这应该也是一项非常新鲜的挑战，大家根据各自的创作逻辑，在岛上选定展示地点并进行创作。

由各路艺术家打造的直岛名胜，就是如此诞生的。

告别展览主义

室内办不了，那就去室外办。这个简单的点子衍生出的户外展企划，绝不只是灵机一动的小聪明。

平日里，我总是对大型美术馆的"展览主义"抱有模糊的疑问。它们搜罗名品，举办展览，或是先构思好展览，再照着企划案的主题去寻找相应的作品展出。可按照这种方法，艺术品摆在哪里不都一样吗？

我们应该告别展览主义，展示地点在先，艺术品在后。让艺术家从展示地点汲取灵感，专为那里打造作品。只有实现这一点，直岛才能变得独一无二。

倍乐生之家刚竣工时举办的都是所谓的主题展，有固定的展期，与大城市寻常美术馆办的展览没有什么区别。久而久之，我渐渐意识到，在直岛举办这种限期展览并不一定能吸引大量的访客。作为一个"看限期主题展的地方"，直岛实在是太远了，又有谁愿意大老远跑过来，只为看一场展览呢？

此前，我们的确靠着三宅一生、敕使河原宏等大牌艺术家吸引到了一定的客流。可问题在于，同样的展览要是在市中心的美术馆举办，观展人数又岂止这点？就算柳幸典、蔡国强在当时还算是比较小众的现代艺术家，可能没有太大的号召力，但展览如果在东京市中心举办，现代艺术的忠实爱好者又怎么可能不去看呢？

在"直岛"这个前提条件下，按寻常美术馆的标准策展是绝对行不通的。这里太偏远了，难以通过展览创造来访的动机。因此，我们必须创造出某种特别的、非直岛不可的目的，让人们排除万难也要来到这里。

从这个角度看，将美术馆之"外"的空间用作展览会场，打造直岛独有的艺术与濑户内海的风景，这一思路给我带来了新的启迪。

不能让展览停留在"陈列作品"的阶段，要让它成为打造直岛特色风景的方法。更关键的是，这次尝试让我意识到，把地点与作品结合起来，能让司空见惯的景观变得个性十足。对我而言，这件事也是一个重要的转机。

为了直击人心，为了吸引更多的游客，直岛必须更有"直岛范儿"才行。为此，我们必须把濑户内海和直岛独有的特性充分利用起来，孕育出只有在这里才能打造的风景。

"Out of Bounds"展带来的收获，为我们日后的工作打下了坚实的基础。

世界与直岛的相遇

"Out of Bounds"展的联合策展人南条先生与福武社长很是投缘，在展览结束后也有不少交流。后来，倍乐生之所以能成功举办与国际知名的威尼斯双年展联动的主题展，之所以能创办面向新人艺术家的"倍乐生奖"，也多亏了南条先生的世界级人脉。

而直岛走向世界的契机就发生在"Out of Bounds"展期间。当时，CIMAM的年度大会首次在日本举行，直岛被选定为"会后游"的目的地。当时与会的日本代表是原美术馆的原俊夫馆长，秘书处的工作则由南条先生任总监的NANJO and ASSOCIATES负责。

国际会议的主要成员访问了直岛。那时刚好是日本现代艺术开始在欧美得到认同的阶段，能在这样一个时间节点将直岛推向世界着实幸运。当年的直岛不比现在，还是个蹒跚学步的婴儿，所以这个机会非常宝贵，也让我们收获了许多。

CIMAM 创立于 1962 年，是一个会员制组织，组织的成员都是近现代美术馆的馆长、策展人等业内专家。截至 2017 年，已有来自七十一个国家和地区的三百八十四名成员注册入会。协会每年都会换一个国家或地区举办年度大会。

那年日本第一次当东道主，是第一个承办 CIMAM 年度大会的亚洲国家。那时，现代艺术也才刚刚乘上国际化的浪潮，处于全球化的途中。

日本的现代艺术家们早已抢先一步，跃上了国际大舞台。但是，日本美术馆的国际化水平却还远远不够。活跃在国际艺术界的现代艺术策展人，几乎没有一个来自日本，放眼望去全是欧美人。日本就是在这样的时代背景下承办了 CIMAM 的年度大会。顺便一提，在日本办完大会以后，CIMAM 开始频频选择欧美圈以外的地区作为会议的举办地，正式迈入全球化时代。

在东京开了数日的国际会议后，来自全球各地的与会者便来到了直岛。为了迎接他们的到来，包括我在内的直岛工作人员忙得不可开交，毕竟直岛从未承办过如此高规格的会议。

协会在直岛举办了面向公众的公开讲座。时任 CIMAM 主席的阿姆斯特丹市立博物馆（Stedelijk Museum Amsterdam）鲁迪·福克斯（Rudi Fuchs）馆长，是 20 世纪 60 年代到 80 年代引领欧美现代艺术界的先驱之一。

　　贯串全部讲座的主题是"探索 21 世纪的美术馆新形象"。在海外广受欢迎的建筑大师安藤忠雄也发表了演讲，博得了众多艺术界人士的好评。人们格外中意他作品中的日式极简主义与带有哲学色彩的严肃世界观。另外，意大利私人收藏家朱塞佩·潘扎·迪比莫伯爵（Count Giuseppe Panza di Biumo）与泰特美术馆（Tate Gallery）前主策展人迈克尔·康普顿（Michael Compton）也作为 CIMAM 的会员代表站上了演讲台。

　　潘扎伯爵是著名的现代艺术收藏家，堪称业界先驱。他曾委托艺术家做客他位于米兰郊外瓦雷泽市的别墅，请他们配合场地制作艺术品。据说他毕生收藏的作品多达数千件。在讲座中，潘扎伯爵介绍了自己收藏 20 世纪 50 年代至 80 年代、90 年代美国战后艺术品的全过程，也提到了他捐赠给洛杉矶现代艺术博物馆与古根海姆博物馆的 20 世纪 50 年代以后的波普艺术、极简艺术作品。

　　潘扎伯爵的开场白给我留下了深刻的印象——"在邂逅现代艺术之前，我什么都不是。但是接触到现代艺术之后，我通过资助艺术家、收藏艺术品知道了自己究竟是谁，也成了一个有存在意义的人。"这是收藏家就"收藏的意义"做出的宝贵证词。潘扎伯爵是与夫人一起出席讲座的，两人都彬彬有礼，温文尔雅。

　　而康普顿先生不愧是在策展一线奋斗多年的专家，他结合社会史与美术史，介绍了始于 18 世纪启蒙主义盛行时期的美术馆制度，并阐述了他对现代艺术作品与美术馆建筑的独到见解。

比如，他认为把现代建筑师与现代艺术组合起来，就能孕育出全新的美术馆功能。这个观点即便放在今天的艺术界也站得住脚。他还讲到了建筑与艺术的积极融合，让人联想到泰特现代美术馆（Tate Modern）。

直岛承办了这样一场有众多专家出席的会议，这件事可谓意义深远。因为它证明了直岛与艺术打交道的方式，已经从外行人的做法转变成了具有学术性的专业操作，只有不断提升专业度，直岛的藏品才能构筑起真正的价值，进而变得对倍乐生有意义。

此外，让专家亲临直岛，这件事本身也意义非凡，因为这成了后来直岛活动备受肯定的契机。

话说数年后，对潘扎伯爵的藏品表现出浓厚兴趣的福武社长，造访了伯爵位于米兰郊外的宅邸。那时，倍乐生已经开始在威尼斯双年展上颁发"倍乐生奖"了（详见之后的章节），所以社长刚好有机会去到威尼斯，趁机再走远一些，去了趟米兰郊外。我也跟着一同去了。

伯爵府的规模已然超出了"宅邸"的范畴，这分明是一座城堡，可却只是伯爵的别墅。石块砌成的建筑矗立在广阔的园区内，确是一座巴洛克风格的贵族城堡。走进城堡则会看到巨大的室内空间点缀着一件件精美绝伦的装置艺术作品。

伯爵将欧洲古堡的宏大空间充分利用起来，实现了杰出作品与空间的有机结合。墙壁、柱子与天花板都是悠久岁月的见证，而这些元素都被转化成了艺术表现的一部分，催生出了崭新的空间。

潘扎伯爵还将城堡中的大房间提供给青年艺术家，用作他们的工作室。年轻时的詹姆斯·特瑞尔、索尔·勒维特（Sol LeWitt）[20] 等艺术家的作品随处可见。他们如今都成了业界大腕，可当年却还是名不见经传的新人。伯爵对艺术家的支持毫不吝啬，这让我不由得纳闷，潘扎伯爵把宝押在新人艺术家身上的勇气，究竟来自何处？

这座古堡仿佛在向我们诉说，"收藏"也是具有划时代意义的创作行为，它不逊于艺术家的创作活动，而那些被称为资助者的人，在艺术史上发挥了多么重要的作用，我能切身感受到这一份"魄力"。耐得住历史冲刷的艺术的本质，被完完全全浓缩在这个空间里。

我感动得一塌糊涂。福武社长肯定也是如此。

直指世界的展览

承办 CIMAM 的国际会议，成了直岛或倍乐生的艺术活动走上国际化路线的契机。直岛的运营状况还是老样子，但变化的征兆已经显现出来了。全公司最熟悉艺术的浅野部长貌似对倍乐生正式进军艺术界抱有一定的担忧，我却认定这才是唯一的活路。

CIMAM 的会议让倍乐生把视线投向海外，意识到了艺术专业化的意义。我一定要想方设法把这个路线贯彻下去。

我与南条先生的下一个目标，就是办成与威尼斯双年展联动的第四十六届威尼斯双年展官方后援企划"超国度文化"展（Trans Culture）。

那时，现代艺术在日本的认知度远远算不上高，但放眼海外，现代艺术却已经受到了极大的关注。要想让日本人同欧美人一样对现代艺术感兴趣，怕是还需要很长的时间。在建立国内的口碑之前，难道不应该先想办法确立海外的口碑吗？这就是南条先生的观点。我也认为直岛若想博得好评，就不能错过这一股潮流。因此，我希望像筹备"Out of Bounds"展那样，以策展人的身份参与到新展览的准备工作中。

我们先征得了福武社长的许可。为保险起见，还找浅野部长商量了一下。结果部长告诉我，如果能把这次展览定位为"公司更名活动的一个环节"，就能拿到相应的预算了，名头也更好听一些——那正是 1995 年，"福武书店"更名为"倍乐生"的时候。事情顺利得出乎意料，我都蒙了。

不过，浅野部长说了一句让我有些担心的话："你最好不要参与策展。"当时，南条先生刚好向我发出邀请，问我要不要跟他一起出国考察。看来浅野部长是觉得"倍乐生的员工成了业界专家"恐有不妥，所以才会给出这样的建议吧。部长的语气显得十分严肃，所以我虽有不甘，却还是作罢了，决定专注于幕后的运营工作。

说起公司更名，其实回顾一下更名的前后十年左右就会发现，倍乐生为了实现经营的国际化与多元化，采取了各种积极的措施。

给大家简单梳理一下吧。1990年，倍乐生导入了企业哲学"美好人生"。1991年，倍乐生物流中心竣工。1993年，倍乐生将贝立兹[21]纳入集团麾下，并创办生活杂志《鸡蛋俱乐部》《幼雏俱乐部》。1995年公司将名称改为"倍乐生"。同年于大证（大阪证券交易所）二部、广证（广岛证券交易所）上市。养老业务也是在这一年启动的。1997年，转入大证一部。2000年在东证（东京证券交易所）一部上市，成立主管养老业务的公司"株式会社倍乐生照护"。2001年，贝立兹成为集团的全资子公司。

"超国度文化"展是在1995年举办的，那年公司名称刚好从"福武书店"变更为"倍乐生"。所以，作为更名纪念活动之一，公司划拨了一大笔预算。

"超国度文化"展在这样的时代背景下隆重开幕，由日本国际交流基金会与福武学术文化振兴财团联合主办。

对策展人南条先生而言，这也是一场意义非凡的展览，因为他凭借着这场展览，得到了国际艺术界的高度评价。"我理想中的策展第一次变成了现实"，这是他给此次策展的评语。顺便一提，当时的联合策展人之一，正是今天直岛倍乐生艺术园地的顾问三木亚希子女士，而负责宣传工作的神谷幸江女士，现在则是纽约日本协会美术馆（Japan Society Gallery）的艺术总监。

"超国度文化"展是有史以来第一场以非欧美人视角倡导多文化主义的展览，更是日本人在"艺术大本营"威尼斯双年展的舞台上，首度在日本馆之外举办的国际展。

"超国度文化"展以世界迈向全球化为背景，参照政治经济日趋流动的世界局势，从艺术的角度来检验拥有不同文化背景与身份认知的人，如何进行交流。换言之，它致力于推动以文化多样性为前提的沟通，旨在打造出能顺畅完成此类沟通的世界。"文化多样性"在今天已经成了高频词，但在当时却是个非常新颖的主题。

来自十多个国家的艺术家参加了本次展览，展品涉及绘画、摄影与装置艺术。戈登·贝内特（Gordon Bennett）、弗雷德里克·布吕利·布瓦布雷（Frédéric Bruly Bouabré）、西蒙瑞·吉尔（Simryn Gill）、约瑟夫·格里高利（Joseph Grigely）、幸村真佐男、沙尼·穆图（Shani Mootoo）、Technocrat、阿德里安娜·瓦雷让（Adriana Varejão），以及初出茅庐的村上隆（当时他刚发布 DOB 君）、高松宫殿下纪念世界文化奖得主施林·奈沙（Shirin Neshat）、中国现代艺术旗手蔡国强……参加展会的艺术家们都拿出了充满激情的作品。

他们不仅彰显了自身的文化身份认知，更通过作品展现了对全球性沟通永无止境的渴求。在参展的艺术家中，拥有复杂文化背景的人不在少数。这一点正体现了文化层面的交融日趋多样、复杂的现状。日本举办的面向海外的文化活动往往倾向于歌颂日本文化的独特性与异域元素，而这场展览刚好立足于这些东西的对立面，有着更现代、更具全球视野的主题。

最终，"超国度文化"展收获了极佳的反响，不少海外媒体对展览进行了报道。作为一场在日本举办的展览，"超国度文化"展能有这样的反响实属例外。从"打破人与人、国与国、文化与文化间的界限"这一意图出发，这个结果对我们来说也是非常值得高兴的。

"倍乐生奖"战略

展览期间，倍乐生实施了一项重要举措，那就是创办了"倍乐生奖"。该奖项每年颁发一次，评委会由国际知名的艺术家和策展人组成。颁奖时间也选在全球艺术界人士齐聚一堂的威尼斯双年展开幕式阶段。

小野洋子女士、大卫·艾略特（David Elliott）先生、建畠哲先生等人均为评委会成员。想必各位读者也知道，小野洋子女士是现代艺术家，也是约翰·列侬的伴侣。而大卫·艾略特先生后来担任了森美术馆的首任馆长，还曾任牛津、斯德哥尔摩、伊斯坦布尔、悉尼、基辅等地现代美术馆的馆长，是俄罗斯前卫艺术与近现代亚洲艺术的专家。建畠哲先生则是将日本现代艺术推向世界的一大功臣，就是他在 1993 年的威尼斯双年展日本馆，向世界推介了草间弥生女士。目前，他身兼埼玉县立近代美术馆馆长、多摩美术大学校长和草间弥生美术馆馆长的职务。

"倍乐生奖"的得主能得到这些大人物背书，何等幸运。经过评选，第一届"倍乐生奖"颁给了蔡国强先生。先前的"超国度文化"展与这个奖项也成了蔡先生走向世界的契机。后来，他为直岛制作了题为《文化大混浴》的特约作品，这件作品位于能看见大海的沙滩边上。

威尼斯双年展不可能次次都举办"超国度文化"展这样的展览，但"倍乐生奖"却能一直颁发下去。后来，颁发"倍乐生奖"便成了威尼斯双年展展期内的固定节目。

第一届"倍乐生奖"是双年展官方项目之一，在筹备第二届时，我们向主办方申请继续纳入"相关项目"，谁知对方要求我们支付赞助费，而且金额相当可观。无奈公司拿不出那么多预算，便只能转为在场外自行举办。总而言之，"倍乐生奖"是个擅自蹭双年展热度的企划。

评委一届一换，每次都要重新邀请。世界级策展人汉斯－乌尔里希·奥布里斯特（Hans-Ulrich Obrist）、卡洛琳·克里斯托夫－巴卡捷夫（Carolyn Christov-Bakargiev）等业界大腕都曾担任过评委。我也在奖项刚启动的时候担任过几届。

"倍乐生奖"得主是从参加威尼斯双年展的青年艺术家中选出的。往届得主有奥拉维尔·埃利亚松（Olafur Eliasson）[22]、珍妮特·卡迪夫和乔治·布雷斯·米勒（Janet Cardiff & George

Bures Miller)[23]、里克力·提拉瓦尼（Rirkrit Tiravanija）[24] 等。①

　　容我再给大家粗略介绍一下故事发生的舞台吧。威尼斯双年展的全称是"威尼斯国际艺术（建筑）双年展"（La Biennale di Venezia: International Art Exhibition and International Architecture Exhibition），拥有一百二十多年的历史，首届展览于 1895 年举办。双年展即"两年一度的展览"，奇数年为艺术双年展，偶数年为建筑双年展，该展览由美术、建筑、电影、音乐、戏剧、舞蹈这六大板块组成。

　　主会场有两处，分别是国家馆所在的绿园城堡（Giardini di Castello）与主题馆所在的军械库（Arsenale）。国家馆就跟世博会、奥运会一样，以国家为参展单位。而在军械库布展的艺术家，则是根据企划主旨选拔的。主办方会选定每一届的筹办人，由筹办人决定展会主题，并围绕这个主题举办展览。

　　在我们举办"超国度文化"展的 1995 年，伊东顺二先生出任日本馆的馆长。展馆以日式"风雅"为主题，展示了千住博先生、日比野克彦先生等艺术家的作品。在那届双年展中，日本推出了两场倾向迥异的展览，分别是主打文化多样性的"超国度文化"展，和以日本为主题的日本馆，实在是值得纪念的年份。

　　近年来，随着参展国家与主题活动不断增加，绿园城堡已

---

① 从 2016 年的第十一届"倍乐生奖"开始，颁奖地点迁至新加坡双年展。

经装不下所有的国家馆了，加上相关的活动越办越多，周边街区的建筑也都变成了会场。此外，还有其他组织在双年展期间自行举办各种活动与展览，如果把这些都算上，威尼斯能从春天热闹到秋天。

在当时的非欧美国家里，日本的表现在现代艺术领域已经算抢眼了，可即便如此，日本能把握住的机会还是少之又少。所以考虑到直岛今后的发展，倍乐生便主动出击，希望能为自主搭建人脉网打下基础。

从这个角度看，我们也可以说直岛项目既追求本地化的极致，又重视国际交流。在开展工作的同时，我们与海外艺术界人士的沟通也在不断加深。

创造属于直岛的艺术

1994 年的"Out of Bounds"展让直岛走上了国际化路线。与此同时，直岛特约作品、场域特定作品的制作也渐入佳境。

所谓特约作品，就是请艺术家亲自来直岛进行创作的作品。意大利现代艺术家雅尼斯·库奈里斯在 1996 年制作的《无题》（*Untitled*）算是直岛首批的正式特约作品。

在"Out of Bounds"展之后，《无题》应该是我明确抱着"专供直岛"的意识发出制作委托的第一件作品，而且在制作过程中，我们并没有仰赖南条先生和其他专家的协助，这一点也和"Out of Bounds"展不太一样。

我们在本地采购了制作材料，库奈里斯利用逗留日本的时间完成了整件作品。作品是直接设置在安藤建筑中的，一旦固定就无法转移到别处去了。所谓"场域特定作品"，就是在充分考虑到当地的风景、历史与社会等元素的前提下进行创作的艺术作品。与此同时，它也有"设置在当地、为某个特定地点专用"的含义。所以，库奈里斯的作品完全符合这一定义。换个通俗些的说法，它就是具有当地特色的艺术作品。

走出倍乐生之家的圆筒形画廊，会看到一个窗口，而《无题》刚好把窗口堵上了。作品的原材料是被海水冲到直岛及周边岛屿海滩上的木料（不是天然的树木，而是人工处理过的木材，如原本用于搭建房屋的柱子、板材等），以及旧衣、饭碗之类的玩意儿。艺术家用铅板把它们卷起来，再把"卷子"一个个叠起来，作品便大功告成了。（见图4）

一个铅板"卷子"有近二十公斤重，而且每一个都得手工制作。即便是身强力壮的男性做一个出来也相当费劲。甚至，平时以大力士自居的人卷着卷着都会十指发软，支撑不住。由于窗口的面积很大，需要相当多的"卷子"才能把它堵上，我们只能做几个喘一口气，再埋头苦干。不过这种"不合理"的制作过程也算是库奈里斯的一大特征。

库奈里斯在直岛逗留了两周左右。

我们在 1996 年 1 月收到了设计方案。上面写明了作品所需的材料，我们便依照指示准备了铅板和漂到海滩的木料。直岛的木料不够多，我们还开船去周边的小岛找了一圈。3月时，库奈里斯再次来到直岛，投入制作。一同上岛的还有他的夫人、画廊经营者和助手。宽敞的码头与俱乐部会所摇身一变成了制作基地。而日本这边派出了冈山县立大学设计学部的南川茂树副教授和来自冈山与京都的十余名大学生，协助库奈里斯完成制作。

如前所述，卷铅板是一项非常耗体力的工作，一天顶多卷二十来个，而且铅板也不能随便乱卷，库奈里斯会下达具体的指示，所以大家必须一边听指示一边做。如此一来，合理分配时间的难度就更高了。铅板的用量更是超乎想象，以至于全国的批发商一度全线断货，引发了骚动。无奈之下，我们只能分头去零售店扫荡库存。但这样买回来的铅板厚薄不一，给制作带来了不小的麻烦。最终，我们好不容易做出了三百多个铅板卷子，堆在窗口，完成了这件作品。

库奈里斯的作品将"现场制作"的临场感传达得淋漓尽致，仿佛他把工作室搬到了直岛，仿佛包括日本工作人员在内的所有人都成了库奈里斯工作室的一员。大家抱着如此强烈的归属感埋头制作。

我忽然觉得，把"制作的时间"带进直岛，好像让这座小岛迸发出了别样的活力。说不定，这也和我当年从事过创作活动有那么一点儿关系。

请艺术家来直岛制作，仿佛把艺术家的工作室搬过来了，以"制作"为中心，逐步缔造直岛的艺术。这是一种前所未有的手法，完全不同于由学者、策展人主导的、从学术解读出发的艺术品展示。

先请艺术家到场，然后所有人共享作品诞生的过程。我觉得这才是直岛范儿艺术该有的做法。

聚焦常识之"外"

库奈里斯的作品不光取材自石、铁、木材、火焰等没有生命的物质，马、鹦鹉等动物也能成为其作品的一部分。他会把火焰或活着的马、鹦鹉作为一种艺术表现直接呈现给观众。从没有一位艺术家进行过如此大胆的尝试。如果你某天跑去画廊一看，发现屋里竟多了好几匹马……这样的光景，又有谁能想象得出来呢？

库奈里斯就是凭借这样的作品在二战后的艺术界崭露了头角。他是意大利贫穷艺术运动（Arte Povera）的代表人物，这个流派的作品就像是用随处可见的垃圾做出来的，因此得名。

库奈里斯作品的一大特征就是将素材原原本本地展示出来，不做任何加工，刚才举的例子"活马"就是典型。

这种展示手法令人备感惊奇，毕竟在牧场看到马，谁都不会惊讶，因为那太正常了，可是活生生的马要是被拴在了大城市的画廊里呢？大家不妨想象一下这不寻常的光景，的确让人大吃一惊。

综上所述，这种"不可能"也是库奈里斯作品的特征之一。这与 20 世纪的前卫艺术（Avant-garde）有着异曲同工之妙。说到底，达达主义（Dadaism）、超现实主义（Surrealism）等前卫艺术都是在把"不可能"的事情转化为作品，同时质疑人类的常识。

如果蜷缩在时代之中，就很难看清这个时代，要想把握这个时代的整体，更是难上加难。然而，艺术会把光打向那些被时代常识所局限、看不分明的阴影处。这正是艺术有趣的地方。

有一次，库奈里斯就自己的作品对我说道：

"我觉得自己的作品或那些使用同时代工业品及素材进行创作的艺术家的作品，是 20 世纪物质文明的一个写照。

"工业品与我创作的艺术品的关系，是以物质为夹层的正反两面。

"虽然两者位于相反的两极，但都表现了 20 世纪物质文明的光与影，都象征着这个时代。"

库奈里斯是在直岛制作作品时，突然说的这些话。当时的我没能完全吃透他的意思，现在却彻底明白了。

在物质文明日渐远去的时代，过去曾有特定用途的电器与工业品失去了存在的意义，变回单纯的物质。这个过程与库奈里斯创造的作品如出一辙。

长久以来，人类借助科学高效统治着自然，将一切变成资源或素材，孕育出巨大的产业。我们可以把这个过程总结为"自然物的人工化"。20 世纪的物质文明就是把石油、家畜、农作物等大自然的一部分，用作原材料，制成产品。

不知不觉中，原本面貌丰富的自然被变成了物质、资材、原材料等毫无个性的东西。人类以这样的方式把握自然，催生出了始于工业革命的近代，并实现了延续至 20 世纪的量产型制造业的繁荣。

如果说 20 世纪是工业时代、产业时代，那么这样的时代必然是通过"将世间万物转变为对人类有用的资源或资材"才得以成立的。

看到库奈里斯的作品时，观者首先会深刻认识到这一点，然后会清晰地意识到，是某种巨大的力量使大自然变成了材料和原料。因为艺术家直截了当地向我们展示了物质是如何与自然剥离，沦为原料，其属性又是如何转变的。

库奈里斯的作品看上去粗暴，却是一种证据，体现了人类在改造自然的过程中，对其施加的有过之而无不及的暴力。拴在画廊的马显得如此悲壮且充满暴力，正是因为我们透过这一幕看到了人类向马施加暴力的历史。直岛的木料与光秃秃的铅板之所以令人痛心，也是因为它们身上留有人类剥削自然的痕迹。

库奈里斯指出，带有 20 世纪属性的物质有两个侧面。一是

"产品的组成元素",二是"不再具有功能的材料"。库奈里斯认为,这两个侧面看似迥异,实则相同。因为产品的组成元素中暗藏着变成材料的自然物的历史。

我觉得库奈里斯的观点和回收再利用的基本思路有着相似的本质。在思考"物质文明究竟为何物"时,这个观点应该也会成为一条关键的线索。

酒店美术馆之争

在"超国度文化"展之后,我继续为倍乐生之家的运营工作与作品制作奔走忙碌。而与此同时,如何夯实直岛核心的经营问题,也成了亟待解决的课题。

我们不是没有计划,大家也没有偷懒,只是没法摆脱倍乐生大公司里小团队那种摸黑前进的状态。而且,在株式会社直岛文化村成立、倍乐生之家开门迎客、露营场全年营业的第二年,即1992年,运营团队就遭到了缩减,浅野部长也被调去了其他部门。

先一步开业的露营场通过开办夏令营取得了一定的成果,但这样的活动不是一年四季都能搞的。我们也试过在推销时把露营场包装成"企业培训场地",可访客增长还是不尽如人意。所以,倍乐生之家的十间客房总是住不满。由于住客基本都是来度假的,即便遇到好时节的周末与长假,倍乐生之家有几乎住满的情况，但平时的住客仍少得可怜，有时甚至完全没人预约。每一天的运营都跟走钢丝一样。

就在这个节骨眼上，倍乐生之家的别馆开业了，同样是安藤忠雄的设计，整体呈椭圆形，建在比倍乐生之家更高的山丘上。别馆有六间客房，于是倍乐生之家的客房总数上升到了十六间。因此，在1996年以后，公司下达的方针是"调控运营成本，以实现盈亏平衡"。

倍乐生原本是把直岛项目当成住宿业务的一个环节推进的。先有露营场和酒店，然后再添置一些艺术元素……可我们偏偏把艺术活动搞起来了，导致直岛的美术馆业务不断扩张，逐渐引发了日常运营工作上的矛盾。毕竟直岛的运营方是直岛文化村，而直岛文化村压根儿就没有承接艺术工作的体系与人员班组。他们是住宿业务的运营团队，只管酒店和露营场，处理不了艺术工作也是理所当然。

起初，和艺术有关的工作还只停留在"帮忙"的程度，所以人家也没有多说什么，有需要就帮着执行一下。然而，眼看着展览一场接一场，展出的作品不断增加，展出的地点也不仅限于室内，连室外都有展品……这就不是帮个忙、搭把手就能解决的事情了，没有相应的体系与机制，工作就没法顺利开展了。

专为酒店设计的画廊是二十四小时全天候开放的。宾客在餐厅用完餐以后，就可以顺道过去品鉴一下现代艺术。这当然不是什么坏事，无奈有些进画廊的人已经有了三分醉意，对作品产生了兴趣，下意识伸手一摸，就把作品弄坏了……这样的事不是没有发生过。也许是因为展示风格太大气，以至于工作人员误以为"作品被住客弄坏了也无所谓"吧。反正作品被毁坏的频率还挺高的。由于作品没有专人负责，所以总也没人提出改进方案，问题一直没能得到解决。我虽然是负责艺术工作的，却也不能每天守在作品跟前。再说了，要是把户外的也算上，需要照看的作品足有数十件，哪里看得过来。

没想到拖着拖着，画廊又出事了。当时画廊里有一件唐纳德·贾德的作品，由若干个纵向排列的箱形物件组成。有个孩子把作品当成了楼梯，一路踩上去。这下可好，孩子踩过的箱子都塌了。我们不得不耗费大量的时间与成本去修复。这正是"缺乏美术馆意识"招来的恶果。

在外人看来，1996年的倍乐生并没有什么显眼的变化，但是在公司内部，大家已经逐渐意识到，等出了问题再让基层员工想办法应付，绝不是长久之计。围绕业务结构展开的讨论进行了一轮又一轮，直岛文化村的实体究竟在何处？关乎设施定位的"酒店美术馆之争"愈演愈烈。

酒店与美术馆，倍乐生之家在这两者间摇摆不定。

"倍乐生之家到底是'有客房的美术馆'，还是'有更多高级艺术品装点的酒店'？"

我也问过公司的大领导福武先生，结果显而易见，他甩给我一句话："两个都是！"又想看着濑户内海的风光放松身心，又想置身艺术的海洋……领导说得是，我就不该问这种多余的问题。在实现理想的过程中要如何平衡这些功能，大领导根本就不在乎，他反而会觉得："这是你们该考虑的事情！"

可我们这些基层员工要如何理清思路呢？问题就出在这儿。

大家围绕"两者之间究竟存在怎样的关系"，展开了旷日持久的激烈讨论，却迟迟无法得出最终定论。

倍乐生之家是美术馆还是酒店？没人能给出一个明确的答案。如此模棱两可的整体方针已经对实际的运营工作产生了影响，基层员工再努力也没用，只要整体逻辑不清晰，直岛的魅力与震撼力便会大打折扣。

"美好人生"这个企业哲学已经到位了，直岛存在的意义就是打造出一个能以某种形式体验这种哲学的地方。然而，这个目标究竟该以哪种具体的业务形态去实现呢？

对倍乐生而言，直岛究竟是一项赞助业务，还是文化业务？我们可以问得再具体些：直岛是运营酒店和露营场的住宿服务设施，还是运营美术馆的艺术文化设施？现在的直岛兼有两者的元素，这不是什么坏事，可哪一种属性为"主"，哪一种属性为"次"呢？大家都在没有分清主次的状态下一路狂奔。

与此同时，倍乐生也在寻求经营层面的合理化。

始于 20 世纪 90 年代初的全面改革已经进入最激烈的局面，公司开始为 2000 年的东证一部上市做准备。

传统的家族式企业转向美国商学院式的作风，注重合理与高效的经营理念大行其道。无论做什么事，都要靠企划案说话。身体力行、靠实践攻克难关之类的做法都被归入了"野路子"的范畴，遭到了毫不留情的抛弃。凡事都要严格遵循一定的格式，不合乎逻辑的东西是没有意义的，数字最重要，一律定量化，思路要按PDCA循环[25]走（虽然这些东西放在今天都成了企业经营的常识）……写业务计划成了头等要务。

直岛方面也受到了全面改革的影响，不得不调整推进工作的方式。这可把我愁坏了，用语言解释艺术总归是有极限的，但我还是绞尽脑汁，试图从"生意"的角度去分析直岛，游客人数、营业额、媒体报道次数……尽可能用数字说话。可无论如何挣扎，我还是一点儿把握都没有。

就在这样的大背景下，设在公司总部的艺术组和直岛文化村的运营组被合并了。于是，终于来到面向全公司发布直岛文化村业务定位的时刻。

早在倍乐生之家开业时，模棱两可的定位便成了我们的心头之患。此时此刻，负责整体运营工作的株式会社直岛文化村社长笠原良二先生、负责宣传与艺术业务的江原久美子女士和我，必须就这个困扰我们多年的课题给出明确的答案。

汇报定在了1997年的业务计划发布会上，科长助理以上的员工都要参加这项会议，听取各事业部的计划，在数字层面把握公司的整体动向。一般来说，发言是以进研补习班等主力事业部为主的，可不知为何，那年的发布会竟给直岛业务留出了发言的时间。要我说啊，这简直是在"帮倒忙"。

当时，公司的业务中心已经从冈山转移到了东京。在主力事业部眼里，直岛业务已经很边缘了，"相关人员都在冈山办公"，又增添了几分地理层面的边缘感，让我产生了些许"没有容身之地"的感觉。事已至此，只能用自己的语言去组织汇报内容了。大家都拿出了吃奶的劲儿，拼命构思。

在一百多名干部员工的注视下，直岛文化村的笠原社长（即便他当时还不到三十岁）和我上台发言。我已经不记得我们有没有用 PPT 了，只记得汇报资料上有几幅讽刺漫画似的插图。我们总共只讲了十来分钟，却感觉时间无比漫长，仿佛凝固了一般。多亏反反复复的排练，我们顺利完成了整场汇报，全程没有卡壳。

那是我们第一次将直岛业务的主旨与定位正式归纳成白纸黑字。直接引用当时的措辞，应该能给大家带来更多的临场感吧。下面这句话出自笠原先生在 2000 年整理的《直岛文化村小史》"愿景"一节。

通过不断升华濑户内海的景观和现代艺术的价值与意义，定位和传递不会因时代变迁而褪色的普遍价值。

这就是我们当时构思的"直岛业务的目标"。

至于哪边才是直岛业务的主要属性，我们经过激烈的思想斗争，得出了这样的结论——住宿服务的定位是"用来传递讯息的媒介",我们将媒介属性的住宿服务统称为"迎宾"。

而我们要通过"迎宾"传播的直岛文化村内容共有四项,分别是"自然""建筑""艺术"与"历史"。也就是说,艺术的定位是"要传播的内容"。

换言之,住宿服务与艺术都是直岛要大力发展的,但两者并非并列关系。艺术方面要以充实目的为目标,住宿服务方面则要以充实手段为目标。

正是1997年的这场汇报,为今天的直岛文化村经营理念奠定了基础。

现在回过头来看,汇报的内容其实简单到了极点,可就是为了归纳出这点内容,天知道我们开了多少次会。

换个比较绕的说法,直岛业务的目的在于,通过直岛的建筑与艺术作品来探索"美好人生"这一哲学理念,或去追求"活得更好"是怎么回事。而探索的视角中也包括了人文科学、社会科学等人类的智慧。在我们看来,直岛既是探索的场所,又是员工与普通人见证探索过程的平台。因此,我们会通过"住宿服务"来支撑诞生于这个平台的沟通与交流。这就是我们的思路。

姑且先按照这套结论前进吧。这就是我们为"酒店美术馆之争"画上句号的瞬间。

1997年发布"直岛的定位"之后,我们在推进工作时有了明确的方向，不再迷茫无措了。此外，我们在公司内部的业务说服力也有了质的飞跃，以至于公司又调了一个人过来。于是算上合同工，我们组总共有四五个人了。

株式会社直岛文化村的笠原良二社长和负责宣传与艺术工作的江原久美子女士，成了团队的核心人物，负责财会工作的铃木睦子女士也发挥了关键作用。到了 2000 年，直岛的艺术活动开展得更红火了，为了举办大型户外展览，我们还需要再补充一位策展人，于是德田佳世女士加入了我们。艺术专员的强势加盟大大推动了艺术业务的发展。在株式会社直岛文化村内部，艺术业务逐渐确立起稳固的地位。

在 2000 年之后，直岛靠艺术谋发展的业务定位逐步得到了公司的认可。当然，酒店业务依然是直岛主要的收入来源，但公司已经意识到，为了让酒店走上正轨，以艺术为特色，打造直岛的整体魅力是非常重要的。这一切当然离不开大领导福武先生的充分理解，但更归功于包括我在内的直岛相关人员的不懈努力。

远离商业世界

直岛的定位算是明确了，但是在倍乐生内部，直岛业务依然是边缘中的边缘。由于 20 世纪 90 年代后期的经营改革，业务外包的比例直线上升，负责决策的部门与负责执行的部门被完全割裂开，实力至上主义大行其道，能自如操控文字与数字的人备受追捧，不到三十五岁就能当上进研补习班的部长。

而我所属的部门却几乎是一年一换，用"踢皮球"来形容这种状态真是再合适不过了。在激流般的变化中，直岛项目跟浮萍一样，只能随波逐流。

进公司以后，我的级别一直是"科长助理"，已经好久没动过了。但我貌似满足了参加升职考试的条件，于是就在上级的推荐下去考了一次。考试分笔试和面试两个环节，无奈我对商业术语一窍不通，最终只以惨败收场。

福武先生送给我这样一句话："这下你知道自己有多少实力了吧。"商界战士都是残酷竞争的幸存者。我心想，自己是不可能以"商务人士"的身份活下去了。

公司大概也有同感。我在倍乐生工作了整整十五年，可自那以后，再也没人推荐我去参加升职考试了。

不过我对直岛的专注应该得到了公司的认可。从头到尾我都负责直岛项目，一次都没被调走过。

或许因为我是以专业人员的身份入职的，公司大概觉得我这个人没有别的用处吧。但是我自己觉得，除了直岛，我也为倍乐生创造了一定的成果。也许正因为以"商务人士"的身份得到公司认可的这条路被堵死了，我才会更加全身心地投入直岛的工作。

不同于公司的方针，我认为语言与数字并不是万能的，如果偏差值[26] 高的人一定能所向披靡，那人生的胜负岂不是从一开始就已经注定了？眼看着逻辑与效率成了评判业务的标准，眼看着数字渐渐将一切笼罩，我只觉得自己仿佛偏离了倍乐生经营的主流，被卡在支流的某个小河湾中。

关于咨询顾问发布的最前沿的美式经营手法，我一个字都听不进去。我在心中对他们抗议道：

"既然你那么熟悉这些理论逻辑，为什么不自己开创事业，为社会带去新的价值呢？""动嘴皮子有什么用啊，有本事就自己试试啊！"

我没法把自己在做的事转化成白纸黑字，但我坚信自己正在创造一个全新的世界。

直岛的工作的确与传统意义上的商业语境相距甚远，但是在现实世界中，它早已超越商业的极限，渐渐得到了世人的瞩目。

挑战安藤建筑

20 世纪 90 年代末，倍乐生内部不再抗拒直岛开展的艺术活动，困扰我们多时的团队缩减危机仿佛只是一场梦境。起初迟迟不见起色的游客人数也上升了，达到了三万多。酒店与露营场的运营工作也不像原来那样艰难了。

特约作品的制作渐入佳境。1996 年 2 月，丹·格雷厄姆（Dan

Graham）① 在露营场设置了作品。同年 3 月到 4 月，雅尼斯·库奈里斯为倍乐生之家设计的作品也大功告成。10 月，大卫·特雷姆利特（David Tremlett）② 的作品登上了别馆客房的墙面。11 月，我们为倍乐生之家的所有客房都配备了艺术品。

1997 年 2 月，大卫·特雷姆利特又为直岛制作了一件作品，与此同时，我们在倍乐生之家的庭院设置了安田侃先生的大理石雕塑《天秘》。同年 5 月，理查德·朗为画廊、户外露台与别馆客房打造了四件作品。1998 年，直岛迎来了第一届"倍乐生奖"得主蔡国强先生打造的《文化大混浴》。

经过大家的不懈努力，小岛南侧的倍乐生之家周边地区，总算成为一个能体验"自然、建筑与艺术共存"的场域。

在"Out of Bounds"展和雅尼斯·库奈里斯在倍乐生之家内设置装置艺术作品后，安藤先生设计的倍乐生之家与艺术的互动，变得越来越具规模且频繁。

安藤先生貌似也觉得我们带进倍乐生之家的现代艺术品还挺有意思的。起初，他还会提一些改进意见，但久而久之，就放手让我们自由发挥了。

我们曾请安藤先生来直岛做面向公众的演讲。在演讲中，他提到了自己的设计信念。下面这番话给我留下了格外深刻的印象：

---

① 以概念艺术、极简主义作品见长的美国艺术家。
② 英国装置艺术家。

"只有一脚跨进对方的领域，才能打造出有创意的东西。要鼓起勇气，跨越你心中的界线！"

当时我正好在为各种琐事纠结，听完安藤先生的话，我深受感动，不由得在心中激励自己："没错！出界吧！"多亏有安藤先生推我一把，我才能和库奈里斯等艺术家并肩制作出那么多的作品。我以他说的"一脚跨进对方的领域"为信条，勇敢地跨过了"安藤建筑"这条界线。正因为我们踮起脚，与高水平的安藤建筑积极切磋，才能在倍乐生之家孕育出各种各样的场域特定作品。

这也是我们向安藤建筑发起的挑战。

自那时起，安藤先生便经常在介绍自己的建筑作品时提及直岛的倍乐生之家和岛上的艺术品。尤其是理查德·朗的作品《濑户内海雅芳河的泥之环》（*River Avon Mud Circles by the Inland Sea*），他几乎每一次都会提到，还以半开玩笑的口吻说，这位艺术家弄脏了他的得意之作，好端端的白墙上都是泥。他以关西漫才式的口吻述说，像是在看待和自己截然不同的野生动物，但他的观察却表现出对现代艺术家的理解，也包含对现代艺术家独创性与突破常识的勇气的赞赏。

起初安藤先生对现代艺术究竟会产生怎样的效果也是半信半疑，但他渐渐接受了现代艺术，并将这些作品定位为"把自己的建筑变得更加有趣的元素"。他甚至说了这么一句话："现代艺术真叫人兴奋！"

建筑师仿佛也受到了艺术的刺激，在直岛接连打造出全新的建筑。而直岛项目也在艺术与建筑的交融中不断升华。

我们完全可以说，在直岛这座舞台上，艺术与建筑展开了激烈的对话与创造。而艺术作品在与岛上风光、濑户内海景及安藤建筑的深度交流中，也变得更有"直岛范儿"了。

何为"直岛范儿"的灵魂

与威尼斯双年展、CIMAM 的一流策展人，以及大牌收藏家潘扎伯爵的邂逅，让直岛走向了国际化。通过与各路艺术家的合作，我们切身体会到，重新挖掘直岛的价值、坚持走直岛自己的路线才是我们该做的。

直岛不单是欣赏艺术的场所，我们希望来到直岛的人能够忘却日常，放松身心，在风景环绕的地方细细思考……也就是说，将"哲学空间"纳入生活之中，能让直岛项目更加魅力四射。如果直岛能够化身为"教堂"，为匆忙的生活增添几分精神层面的安宁，帮助大家重置心绪，那么直岛的发展就一定能更上一层楼。而且，打造这样的直岛完全可以和"提升日本居民的文化生活品质"画等号。为此，我们必须重新审视生活中的文化，而非不接地气的文化。

德国的霍姆布洛伊希岛博物馆（Museum Insel Hombroich）、丹麦的路易斯安那现代艺术博物馆（Louisiana Museum of Modern Art）、纽约郊外的迪亚艺术基金会……这些国别、展望各异的美术馆都在实践这一理念，也因此博得了国际社会的高度评价。"所在地"本就是相当重要的，有多少个所在地，就会有多少种"范儿"。

那么"直岛范儿"的灵魂究竟是什么呢？是被濑户内海环绕的风景，还是怀旧的社区，又或者是大城市所没有的恬静乡土氛围？

这三点都不算错，但缔造它们的都是"人"。要让直岛更有"直岛范儿"，当地居民的积极参与必不可少。站在倍乐生的角度看，如果不能与当地社会密切配合，那也称不上真正扎根于直岛。虽说倍乐生开展的活动已经吸引了众多的游客，但想要在直岛长期推进如此大规模的业务，就必须赢得当地居民充分的理解与支持。

过去，我一直忙着跟艺术家、倍乐生内部的各部门，以及安藤先生打交道，可未来如果想要在直岛实现"理想的艺术"，就必须把视线转向生活在当地的人们。

当我察觉这一点的时候，下一个目标便浮出了水面，那就是"与当地人的沟通"。然而要实现这个目标，摆在我面前的，是一道必须跨越的鸿沟。

——第四章——

现代艺术能否拯救小岛

直島
家プロジェクト
Art House Project
Naoshima

位于濑户内海的直岛有着得天独厚的地理条件，作为实现"自然、建筑与艺术共存"这一理念的舞台，怕是没有比它更理想的了。濑户内海夹在两片陆地之间，以风平浪静著称。坐拥直岛的香川县更是出了名的晴天多，用"风光明媚"来形容这样的环境再合适不过了。

从倍乐生的角度看，直岛的确有着十分理想的环境，但对本就住在直岛的居民来说，小岛就是他们过日子的地方，他们当然希望直岛的经济能有起色，但也绝不愿意居住环境遭到无端干扰。事实上，项目刚启动的时候，岛民的态度还是相当不友善的。尽管后来项目慢慢赢得了大家的理解与接受，可业务一旦超出小岛南侧的倍乐生地区，进入岛民的生活区，还是会遭到一定程度的抵触。这毕竟是一座小岛，岛民又过惯了传统的生活，警惕轻率的变化也是理所当然。

而且前车之鉴历历在目，这逼得他们不得不谨慎——

在 20 世纪 60 年代后期，日本国内掀起了一股"旅游热"。藤田观光趁势入驻直岛，大力开发度假村与露营场，开展了一系列承载着岛民期望的业务。谁知经济大环境因石油危机急剧恶化，业务难以维系，藤田观光也不得不撤出直岛。为了招商引资，时任町长的三宅先生和众多岛民耗费了大量的心力，这样的结果让大家大失所望。因此，不少岛民对嘴上说得天花乱坠、局势一变就两脚抹油的公司产生了反感，三宅町长也非常理解大家的感受。如何填补藤田观光留下的空缺，如何发展新的业务，成了三宅町长亟待解决的一大课题。

到了 20 世纪 80 年代，倍乐生的创始人，也就是福武哲彦老社长提出要在直岛开发露营场。当时持反对态度的岛民就不在少数，好在仍有人对业务的前景怀抱坚定的信念，倍乐生才得以有条不紊地开展工作，取得今天的成绩。

直岛的艺术工作慢慢地也得到了岛民的理解。1989 年的露营场、1992 年的倍乐生之家、1995 年的别馆……岛上的设施在增加，艺术品也走进了小岛的每一个角落，艺术工作总算走上了正轨。

战前就有的地下水脉

谁知在 1995 年，局势风云突变。那正是我们好不容易跟岛民建立起信任关系的时候。连续九届当选、担任直岛町长三十六年之久的三宅先生，因年事已高退居二线。把倍乐生带上直岛的正是三宅先生，直岛项目也是在他的斡旋下才启动的，因此他的卸任意味着倍乐生失去了一大后盾。

不过话说回来，三宅先生在位时间如此之长，实属罕见。他的纪录怕是到现在还没人打破吧。不仅如此，三宅先生还兼任着直岛八幡神社的大神官，这样的履历也不同于寻常的政治家。在这个倡导政教分离、否定长期执政的时代，三宅先生却反其道而行。普通的常识在他身上完全行不通，这样的他仍留下了傲人的功绩，从某种角度看，三宅先生也是一位非常有"直岛范儿"的人物。

我们甚至可以说，如果战后的直岛没有三宅先生，那直岛也不会有今天的模样。今日的直岛是他作为政治家不懈挑战的结果。这些年里，面对二战后国家、县政府、大企业的角力，他摸索出了一套能让小岛生存下来的方法。

早在二战前，三宅先生已是一位忧国之士，心中时刻惦念着国家与国民。战后，他借民主主义的大框架，在教育、福利与文化政策之中探寻直岛的自立之路。他的信念是如此炙热，完全不同于"地方创生"[27]那种天真而简单的辞藻。"一岛独立""不自立便孤立"之类的词组才是他执着信念的写照。

现如今，一个人不会因为他来自小岛就遭受明显的歧视。但曾几何时，"重中心、轻周边"的思想根深蒂固。大家也许不会说出来，但心里却认定只有东京才是日本的中心，支持东京才是其他地方城市存在的意义。而偏远地方的城镇只能作为支撑城市生活与产业的底层存在。二战前的社会结构就是如此，即便是在二战以后，社会仍建立在这种中央集权式的价值观与金字塔结构之上。

三宅先生出生在直岛，是八幡神社大神官的嫡长子，曾就读于国学院大学。他在那里接触了无产阶级艺术，了解到社会歧视的存在。他的思想一度左右摇摆，但是眼睁睁看着一位朝鲜朋友因受歧视被打死后，他走上了右派日本民族主义的道路，成了政治结社"勤皇诚结"的一员。

看到这里，肯定会有读者纳闷三宅先生的思想为何会产生如此变化，这其实源自那个时代的思想背景。明治时代以后，日本急速现代化，战前的日本思想仿佛是被掀翻了的桌子，乱作一团。左翼、右翼、达达主义，同时还有重视个人的感官主义与主观主义。换言之，那是个百无禁忌的时代，十多岁的三宅先生正是在这样的时代背景下有了自己的选择。

后来，他参与了针对平沼骐一郎总理的暗杀计划。暗杀以失败告终，三宅先生被捉拿归案。[①] 而审理此案的法官，正是日后当上香川县知事的金子正则先生。后来，他们一个当上了县知事，另一个成了町长，在战后的政治空间，两人在各自的地盘再续前"缘"。

受审的是政治犯，政治思想层面的问题自然成了审讯的重

---

① 有趣的是，三宅先生生前造访宫中御所领受蓝绶褒章时，香川县警专门派人去东京，向他道了一声"恭喜"。受战前这段往事的影响，三宅先生出差时总有县警跟随。

点。审讯的主题归根结底就一句话——"日本的国体应当借由什么去维持"，这个问题与"何为日本精神"一体两面。[①]

据金子知事回忆，在审判中，被告席上的三宅先生与金子法官面对面，围绕"何为日本精神"展开了激烈的讨论。法官问："你为何要染指如此凶恶的罪行？"被告答："为守护日本精神。"为了理解这句话，金子先生翻阅了各种文化论，最后发现建筑师兼城市规划家布鲁诺·陶特（Bruno Taut）关于日本的著作《日本美的再发现》说得最中肯。

战后，三宅先生回到故乡直岛，竞选町长，以政治家的身份东山再起。他大概觉得复兴日本的大业，还得从自己最能倾注激情的故乡开始。尽管当过政治家的秘书，也被推荐去东京从过政，但三宅先生还是想在实践中践行政治，而不是把政治当成政策与思想的倒影。正因如此，他才去竞选了町长。但当时三菱材料公司主导工会活动的人却对他抱有强烈的戒心。

之所以唠叨了这么多战前的往事，是因为我想强调，金子、三宅两人当年在法庭的对峙一直延续至战后，主要反映在香川县与直岛町的文化行政上，并根植于"何为日本精神"这一问

---

① 众所周知，在审判数年后（当时二战尚未结束），文学杂志《文学界》组织过一场以"超越近代"为题的座谈会，但探讨"何为日本精神"的审判发生在座谈会之前，这着实耐人寻味。当时，日本上下都把明确"何为日本精神"视作当务之急。座谈会的主旨是总结明治以后影响日本的西方文化，并提出超越方案。河上彻太郎、西谷启治、诸井三郎、龟井胜一郎、林房雄、三好达治、中村光夫、小林秀雄等十三名当时一流的知识分子试图对日本文化进行概括，但据说讨论的内容极为混乱。

题中。我始终认为，那段往事看似遥远，却像地下水脉一样，连接着今天的香川县和直岛的文化艺术空间。

金子知事在战后不久便请到了丹下健三等建筑名家，走上了以战后民主主义为基调的国际路线。而十多年后，三宅町长则开始朝由石井和纮主导的、以后现代为主旋律的地域主义风格前进。

三宅町政为直岛奠定了基础

三宅先生在直岛推行的一系列举措都非常关键，奠定了今日直岛的基础。

直岛有着离岛特有的问题，这些问题导致生活环境难以快速改善。复兴期的日本人都怀揣着一个梦想，那就是"复兴生活"，直岛当然也不例外。

其中，确保供水稳定是最迫切的问题。为此，三宅先生从水资源丰富的冈山县玉野市拉设了输水管。如此一来，岛上一年四季都有稳定的供水了。顺便一提，为了把这件事办成，三宅先生又跟金子知事起了争执。三宅先生也找香川县政府商量过建输水管的事情，结果金子知事回复说："把海水变成淡水用不就行了！"

在教育政策方面，也有一个能充分反映三宅町长性格的小故事。直岛的托儿所（保育园）和幼儿园有个关乎"幼保一体化"的问题[28]。三宅先生认为，直岛的居民本就很少，所以没必要把托儿所和幼儿园分开，町政府也按照这一方针建设了幼保合一的设施。然而，由于托儿所和幼儿园的主管单位分别是厚生劳动省与文部科学省，二合一的设施无法通过两边的审查。于是三宅先生就在设施正中间装了一块临时的挡板，把空间一分为二，等分别拿到托儿所和幼儿园的资格之后，再把挡板拆掉，合成一个设施来运营。

在三宅先生推行的政策中，与倍乐生的关系尤为密切、影响也最为深远的，当数"颁布自主产业振兴对策与确立旅游事业基础"（《直岛町史》，直岛町史编撰委员会，1990）。总结成一句话就是：把直岛分成三个区域，推行能充分发挥各区特长的政策。

> （直岛）北部应进一步振兴以炼铜厂为中心的相关产业，夯实本町的经济基础；中部是居民生活的核心区域；南部与周边岛屿应在保护濑户内海首屈一指的自然景观与本町历史文化遗产的同时，将上述资源应用于旅游业，将旅游发展为本町的支柱产业之一。

北边继续发展炼铜厂，南边要利用自然资源开发旅游业，中间是留给岛民生活的空间。这套思路奠定了今日直岛的样貌。

其实早在倍乐生进入直岛之前，藤田观光就已经按照三宅先生的布局，对南部进行了开发。1960 年，时任藤田观光社长的小川荣一先生在视察后决定开发直岛。由株式会社日本无人岛开发"藤田无人岛天堂"项目。开发区域与现在倍乐生所有的区域几乎重合，包括直岛南部地区与周边的若干座无人岛。藤田观光计划建设一座综合性度假村，以两百人容量的餐厅为中心，附设海水浴场与露营地。

开发工作持续了一段时间，而后接连遭遇 1970 年伊奘诺景气[29]繁盛不再、1973 年第一次石油危机、1978 年主导项目的小川荣一社长去世，直岛的旅游开发项目就此搁浅。

九年后的 1987 年，这片土地到了倍乐生手里。

说了这么多，我想强调的其实是，没有这段直岛的"前史"，就不会有倍乐生对直岛的开发。直到今天，大家依然可以在钓鱼公园、浮式栈桥、养鱼场旧址等地找到藤田观光时代的印迹。

* * *

三宅先生平时是个非常温和的人，说话柔声柔气的，看着一点儿都不像政治家，说他是文艺工作者可能更像那么回事。他原本就很和善，卸任后变得更加从容了。身材矮小的他，衣着非常整洁。我对他那分边齐整的白发印象深刻。这样的三宅先生信念相当坚定，虽然直岛南部的开发遭遇过挫折，但他没有放弃，最终成功引入了倍乐生。上门拜访时，他经常和我聊起当年的往事。

故事往往从直岛南部的开发讲起，先是与藤田观光小川社长的相识，"藤田无人岛天堂"的开张，紧接着是项目因石油危机等诸多磨难关门，当时他心里多么煎熬，最后再用1987年总一郎社长决定买下这块地收尾。据说福武哲彦老社长突然去世时，三宅先生还以为这个项目彻底没戏了，好在接手的总一郎社长决定继续开发，他才着实松了口气。我们每次都会聊到这里。

三宅先生致力于发展旅游业，将其作为和平时代的象征，所以他无论如何都要把直岛南部打造成享誉海内外的文化区。把土地转让给藤田观光时，也是他亲自出面做了町民的思想工作，才把岛的南部统合在一块。为了不辜负那些全力配合的岛民，让倍乐生进驻直岛，三宅先生也算是了却了夙愿。

石井建筑塑造了直岛的雏形

在建筑方面，三宅先生也非常讲究，最好的证据就是，他请石井和纮为直岛设计了公共建筑。提到日本的后现代建筑，石井出品的直岛町公所往往会被当作典型案例，但三宅先生委托石井先生设计的建筑不止这一处。从1970年的直岛小学开始，到后来的幼儿园（直岛幼儿学园的前身）、初中与配套的体育馆、武道馆、综合福利中心……这些设施全是石井先生设计的。在三宅先生担任町长时，直岛兴建了不少公共设施。其中，石井和纮的作品占了大头。

身为建筑师，石井先生批判过分欧美化的日本建筑，并采取后现代手法设计作品。

直岛小学是他的出道作。当时正是东大纷争[30]闹得最凶的时候，据说石井先生是在混乱不堪的校内坚持完成了方案。三宅町长好像十分中意石井先生的设计，所以之后的一系列公共设施都交由他负责。说句冒犯的话，即便是在那个崇尚自由与挑战的年代，把如此大规模的公共设施委托给一个未满三十、初出茅庐的建筑师去设计，着实是个大胆的决断。

石井先生最著名的作品就是上面提到的直岛町公所。他果断借鉴了京都西本愿寺内飞云阁的设计元素，用钢筋混凝土结构仿效了金阁寺、银阁寺等国宝级木结构建筑的样式。其他如窗户、围墙、楼梯、走廊、天顶等部分，也用了不少借鉴性设计。除了数寄屋建筑[31]的经典之作，他还大量参考了辰野金吾、伊东忠太等近代日本建筑名家的重要作品，并以一种稍显强势的方式将它们组合在一起。

从某种角度看，这是一座相当奇怪的建筑，但它释放了强烈的讯息，仿佛是想通过建筑回顾日本的近代。与此同时，这座建筑说不定也为三宅先生的思想嵌上了最后一块拼图，毕竟他是一个从战前就开始思考"何为日本精神"的人。石井先生之所以对"日本"产生兴趣，是不是因为结识了三宅先生而受到了一定的影响？由于两位前辈都已不在人世，如今我们无从得知。但我事后发现，石井先生曾把本村定位为直岛的中心，并对建于江户后期的民宅做过一番调查，还得到了建筑史学家铃木博之、伊藤公文、植村贞夫的协助。可见他不单单是在调查老宅，更是在重点调研有名门之称的家族，因为石井先生认为这是孕育直岛社区的历史根基。

直岛不仅是"艺术之岛"，更是"建筑之岛"。但是现在提起直岛的建筑，人们率先想到的肯定是安藤先生的作品。殊不知截至20世纪80年代，提及"直岛建筑"其实更多是指"石井建筑群"。

在我刚开始跟直岛打交道的时候，石井先生也来过好几次。我有幸见过他几面，认为他是个很有威慑力的人，浑身散发着一种不同于安藤先生的紧迫感。小小的直岛竟有多座石井与安藤的建筑作品，这是何等的幸运啊。

空屋问题

让我们言归正传。三宅先生退居二线后，直岛迈入了新的时代。然而，町政在之后很长一段时间里不甚稳定。这也难怪，毕竟三宅先生连任了九届，当了整整三十六年的町长。无论谁来接这个班，日子都不会好过。新上任的町长松岛俊雄，曾在读卖新闻社当记者。他上任后，町政开展得很不顺利，于是只做了一届就卸任了。

当时的直岛可谓屋漏偏逢连夜雨，老龄化与人口减少的问题日益严峻，无人居住的空屋也越来越多。

1991年，我刚开始跑直岛的时候，岛上约有四千六百名居民，然而到了1995年，岛民仅剩四千一百余人了。换言之，居民正以每年一百人的速度减少，这样的减幅绝对是肉眼可见的。

事实上，直岛的人口自20世纪60年代达到峰值后，便开始缓慢减少，"能明显感觉到人变少了"是最近才有的事。这与三菱综合材料公司的裁员不无关系。最先减少的是直岛北部炼铜厂附近的人（他们住的是公司的宿舍），后来才波及原有的村镇。虽然这是大势所趋，但正值壮年的人纷纷移居岛外，对直岛而言确实是非常严重的损失。

处在这样的大环境下，直岛最需要的是对下一个时代的构想。

那段时间，即便我正忙着为南边的美术馆挥洒汗水，也能明显感觉到村镇显得愈发冷清了。大家都隐约意识到，一定要想办法解决日益凸显的空屋问题。

那么倍乐生能不能帮上忙呢？浅野部长提议，利用东部本村地区的空屋当作艺术家驻留项目的基地。倍乐生因此想要购买或租用民居，这证明福武社长也非常关注直岛面临的难题。

直岛有三座村镇，本村就是其中之一。它建于室町时代末期，是岛上历史悠久的城下町，而非单纯的渔村——有一位奉高原次利为领主的水军统领，统治了直岛和周边岛屿。他在本村的八幡山建起了直岛城，本村的街道与神社寺院都是在他的领导下修建的。从这个角度看，本村堪称直岛的核心，可就连这样一个核心地区竟也走向了衰败。

我记得艺术家驻留项目很早就被提上了议程，不过浅野部长貌似没有让我参与的意思，他让当时负责住宿业务的同事特意去了一趟德国的美术馆视察，所以我并不了解项目的详细情况，想来是要把本村的空屋改造成艺术家的工作室兼住处吧。

也许是出于酸葡萄心理吧，原本我是反对这套方案的。因为我怀疑艺术家是否有这方面的需求。当时直岛在艺术界还没有多大的名气，艺术家凭什么要选这里呢？在我看来，直岛还处于"打磨内容"的阶段，它得先能吸引一批对新艺术敏感的专家和爱好者才行。所以，我们的当务之急是打造出高水平的作品，既能让艺术家看了就冒出"我也想试试"的念头，又能打动艺术爱好者。

我心想，如果能把老宅改造成艺术作品，那肯定很有意思。早在那时，我已经在为日后的"家计划"默默酝酿构想了。

眼看着艺术家驻留基地的图纸画好了，项目也推进到了某个阶段，可就在这个节骨眼上，房主突然改变主意，不想卖了。项目也就因此搁浅。据说房主反悔的原因是，土地毕竟是老祖宗传下来的，如果在他这代易主，总觉得有愧于先人。在历史悠久的地方开展工作，常会遇到这样的情况。

后来，利用空屋的方案也被屡次提上日程，但都无果而终。

就在这时，松岛町长走马上任。他不希望倍乐生深入本村地区、改造空屋。据说，他对倍乐生的态度相当消极，巴不得我们"老实待在南边，一步都别往外走"。

松岛先生是被三宅前町长认可的候选人，但三宅先生的支持者万万没想到新町长是这么想的。本以为尽管一直有看不惯前任町长方针、看不惯倍乐生的岛民，但只要能拿下选举，就不至于演变出大问题。谁知最后事态发展得更糟糕了，因为三宅先生正式承认的町长，居然发表了反对倍乐生的意见。

有的人是个政策就会反对，有的人对倍乐生的初来乍到抱持戒心。总而言之，松岛町长貌似不希望倍乐生进来"捣乱"。

束手无策之际，空屋不断增加，村镇也愈发萎靡不振了。

谁知突然有一天，松岛町长联系我们说，本村有一间老宅，屋主想跟我们商量一下处置方案。他本人并不喜欢倍乐生，但老居民的要求，他还是想尽力满足，所以说妥协就妥协了。

屋主是位老婆婆，原本独自住在老宅里，如今决定去大阪投靠家人，便想把房子卖了。据说在做这个决定之前，她犹豫了很久很久，毕竟她家世代居住在本村，她本人跟松岛町长也是老相识。

老宅的历史能追溯到江户时代末期，历经多次改建，虽然也添加了一些现今的设计元素，但建筑主体竣工于两百多年前。

只是老宅已经破败成再难住人的状态。老房子都是修了这边坏那边，修的速度赶不上坏的速度，久而久之就无力回天了。

日式民宅打理起来总是格外费事，必须经常保养，否则就难以维持良好的状态。总之，没人管是不行的。

这栋老宅的外观惨不忍睹。瓦片剥落了，土墙塌了一部分，又被白蚁啃坏了一部分，里里外外都破得不行，为了生活勉强修缮的痕迹也随处可见，不难想象屋主为这间屋子付出了多少辛劳。她本人也哀叹道："我自己已经没法修了……"虽然舍不得，但已是心有余而力不足。

这毕竟是我们第一次收购老宅，其间也经历了不少波折。1997 年，双方总算签订了合约，倍乐生成了老宅的所有者。

当时我所在的团队又被划去了某个部门，组织结构有了变化，浅野部长也被调走了。我心想不如趁此机会，试着把"家计划"搞起来吧。

与生活接壤的艺术

其实"家计划"的灵感，来源于一段令我印象深刻的经历。

那应该是 1992 年前后吧。倍乐生之家的开业事宜已经告一段落，于是我去了一趟毗邻高松市的牟礼町（离直岛不远），拜访了现代艺术大腕野口勇的工作室。

牟礼位于香川县东北部，从高松市开车约三十分钟就能抵达。它是高品质花岗岩庵治石的产地。庵治石经过精心的打磨能呈现出非常细腻的光泽。有好石材的地方自然少不了优秀的石匠，所以牟礼也是全日本首屈一指的"石匠之乡"。据说野口先生就是受此吸引，才在当地设了工作室。从他六十五岁前后到1988年离开人世，二十年内，野口勇往返于纽约和牟礼两地，潜心创作。

如今，这间工作室已经变成了"野口勇庭园美术馆"，面向公众开放。但我去的时候，美术馆还在筹备期间，所以我应该是通过引荐拜访的。当时那里还留有一丝野口先生私人生活的气息。

美术馆的主旨是保留工作室的原貌，所以负责管理工作的和泉正敏先生没有对它做丝毫的改动。

和泉先生本人也是雕塑家，继承了野口先生的衣钵。与此同时，他还经营着一家大型石材店，雇了许多石匠。野口先生生前在牟礼的饮食起居也都由他负责。

我造访那里时，野口先生已经去世了，但我仍能捕捉到他的气息，就好像他随时都会从不远处的某个角落现身似的。

艺术家悉心打磨过的空间是如此精彩，我为那座美术馆所折服。它的作品是根据空间来制作、陈列的。虽然我用了"陈列"这个词，但不同于美术馆的是，它展陈的目的并非"给他人看"，而首先是为了艺术家自身。

四国特有的大仓库被用作了画廊，内部的设计也和野口先生的作品相呼应。住所则改建自昔日武士的家宅。实际的设计工作交由香川县的建筑师山本忠司先生负责（后来我们也有幸与他在直岛合作）。精美的土墙与铺瓦则出自香川的泥瓦匠石田贞夫之手。

我在这里体验了作品与场地的完美融合。"此物只可存在于此",这是我第一次见证并感受到这种物与物、物与空间的存在方式。

那样的空间让人不由得联想到山林的清晨,在那里能呼吸到清新的空气,拂晓时分飘荡着澄静的气息。除了作品,空间中的其他元素,如三合土[32]砌成的地面、墙壁和泥土等,也以最美的姿态存在于我眼前。

我内心被深深地震撼了,原来这才称得上是艺术的空间。

在回直岛的渡轮上,我一遍遍反刍着参观野口勇工作室的体验。我想这就是直岛所欠缺的美,一种只存在于那里的、独一无二的美。相较之下,直岛的美简直就像舞台布景。

大家千万别误会,我的意思并不是"直岛的一件件作品像布景"。它们怎么可能有问题!

硬说哪里有问题,那也是"串联作品的动机太薄弱",以及"缺乏审美意识"。

我从每件作品中萃取了怎样的哲学?又如何以语言来描述并与作品的容器安藤建筑进行对话?

我自我反省,是不是每个环节都没有做到极致?野口勇工作室的体验,成了我审视直岛艺术的标尺。对我而言,这段经历就是如此震撼。

它让我睁开双眼,觉察到了另一种追求美的态度。就是这个觉察的瞬间，促成了我们打造特约作品与场域特定作品的方式。换句话说，我们把艺术活动作为一种实践，在创作的过程中触及直岛的土地、风土与历史，并深耕直岛的社区。

虽然我没能在当下即刻全盘理解，但是在震撼之中，我切身感到了某种预兆，它关乎我们即将开展的、独具直岛风范的创作活动。

这是一段弥足珍贵的经历。自那以后，我便开始思考，自己是不是也能像野口先生那样，执着探求作品的理想状态直至极限呢？

"这才是鲜活的空间创造，这才是艺术应有的姿态！"

每每触及那个倾注心血的空间，我都备受鼓舞。

那么，野口先生为什么能创造出这样的作品呢？在我看来，这一定是他从早到晚都待在那个地方，在自己生活的空间中完成创作的结果。他的手法不同于只追求概念截取的现代艺术。他是在生活之中发现了美，然后把这份美升华成了作品。

换言之，野口先生的作品表明艺术与我们的生活是接壤的，而这正是我长久以来在现代艺术中苦苦追寻的东西。

既然如此，我们在直岛也得用与之相近的形式展开创作。直觉告诉我，也许当艺术家充分感知直岛、爱上直岛、开始为直岛打造作品的时候，我们也就更加靠近野口先生那份艺术表现的本质了。

注定要邂逅的建筑师

我们搭建了新的团队，着手推进"家计划"。可建筑方面的事情也需要我操心，而我对建筑却并不在行。

于是，我想到了身在总务部的倍乐生建筑专家三宅副部长，请他推荐一位合适的建筑师。

"将老宅打造成艺术品"有两个必要的步骤。第一步是要将老宅修缮、改造得富有魅力。第二步则是邀请懂老宅的艺术家来创作。建筑的修缮是一切的基础，所以选艺术家固然重要，选建筑师同样不容小觑。

参与项目的建筑师必须在改造古旧民宅方面有很深的造诣，如果能再懂点艺术，那就更合适了。而三宅副部长向我推荐的人，正是野口勇庭园美术馆的设计者——家住香川县的建筑师山本忠司。

事不宜迟，我立马跟副部长一起赶赴山本先生的建筑事务所。

山本先生当年是参加过赫尔辛基奥运会的三级跳远运动员。他个子很高，一米八出头，再加上一头长发，怎么看都像是艺术家。我第一次登门拜访时，他已经七十四岁了。遗憾的是，次年也就是 1998 年，他便离开了人世。不过，我们见面时，他还干劲十足地活跃在一线，完全感觉不到生命力有丝毫的衰减。直岛的"家计划"就这样成了他的收官之作。

印象中，山本先生沉默寡言，善于倾听，思虑周全。副部长向他介绍了直岛的情况，我略作补充。为了让我们了解他的工作，他带我们参观了丸龟市的笠岛地区，那里以保存良好的古朴街景闻名。除此之外，他还介绍了好几处他经手过的建筑。我当时没能从真正意义上理解他的过人之处，只是一知半解地打量着那些作品罢了。

不过事后回想起来，我们能把岛上的第一个老宅整修项目委托给山本先生，真是幸运极了，现在反而更能强烈地体会到这一点。

发出正式的委托后，没过多久山本先生便画出了现状图，甚至连项目的整体草案都构思好了。事情推进得实在太快，弄得我都有点怀疑他是否真正理解直岛的状况了。

同一时期，在直岛南侧的倍乐生之家周边，艺术活动遍地开花，在以专家为主的海外艺术圈，直岛逐渐建立起知名度。也许是因为直岛进入了上升期吧，那时的我志得意满，说话口无遮拦，现在回想起来简直能出一身冷汗。我绝对没考虑到自身理解力的极限，对山本先生给出的方案也一知半解。

一切都刚刚起步。多亏了山本先生的修缮计划，"家计划"才能顺利启动。

再给大家稍微介绍一下山本先生吧。他的工作领域甚广，这也许跟他的职业生涯有关。早年他入职县厅，在金子正则手下担任建筑科长。金子知事是出了名的建筑、艺术知事。我们今天之所以会把香川县跟艺术联系在一起，也多亏了这位大领导。至于他和直岛三宅町长的渊源，我就不赘述了。

二战后不久，金子知事便试图从建筑与艺术的角度构思城市设计和战后复兴。画家猪熊弦一郎、建筑师丹下健三、现代艺术家野口勇都是他的朋友。他将"何为日本文化"这个问题始终置于思想中心。而这个问题的背景，与战前那场审判，以及金子知事和三宅町长围绕"日本文化"展开的交流密切相关。山本先生正是在持有这种思想的金子知事手下担任了县政府的建筑科长。

金子知事人脉广阔，除了上面提到的三位，他与建筑师大江宏、乔治·中岛[33]，室内设计师剑持勇，雕塑家流政之、空充秋，音乐家秋山邦晴等走在时代前沿的人都有交流。

香川县有许多和上述名家有关的、战后日本最具代表性的现代建筑与艺术作品。战后的香川县会聚起一批青年建筑师、艺术家，他们充分利用本地石材与工匠技术，创造了超越时代的建筑名作。

不仅如此，香川县也留下了山本先生亲自设计的作品。

要想了解山本先生的建筑特征，不妨去看看濑户内海历史民俗资料馆。这座资料馆位于五色台之巅，山本先生把平整土地、挖坑奠基时切下的岩盘石块高高堆起，直接用在了建筑的外观设计中。光是看一眼那石砌墙的威容，就能揣摩到山本先生对待建筑的态度。全球化与本土化、设计理念与工匠技术，以及材料、光、风土等，与今日相关的主题随处可见。

山本先生认为"建筑不可能在脱离土地与环境的状态下存

在"，这是他的基本态度。但这并不意味着建筑要与自然保持漫不经心的和谐。在他看来，直面自然、思考人类的行为才是建筑的起点。山本先生从濑户内海的风土与历史出发，执着追求城市与建筑的理想状态。他从头到尾都扎根本地，年满退休后，便创办了"山本忠司建筑综合研究所"。

远赴日内瓦说服宫岛达男

合适的建筑师已经找到了，剩下的问题就是"找谁来创作艺术作品"了。实不相瞒，"家计划"推进到这个阶段，我的思路依然不是很清晰，脑子里像是蒙着一层雾似的。

可艺术家还是得选啊。考虑到种种条件，我觉得宫岛达男先生应该是最理想的人选。之前为了在倍乐生之家的圆筒形画廊展出他的作品，我已经给福武社长做过一次汇报了，但我还是一直想邀请他来直岛创作。只是我能力有限，没法让社长感受到宫岛作品完整的魅力，这让我心焦得很。

我给社长办公室递了好几次资料，都迟迟没有得到令人满意的回复，也不知道该怎么推进这件事才好了。谁知天上突然砸下来一个大馅饼，福武社长居然从别人口中听说了"宫岛达男很不错"。

"秋元！我听说有位很厉害的艺术家姓宫岛，你赶紧联系一下！"这就是福武社长当时给我下达的指示。他的指示总是这么突然，我都蒙了。但我告诉自己，只要事情能往好的方向发展，管他是谁吹的耳边风呢。不过话说回来，这件事也从侧面说明，我当时在公司里真是一点儿存在感都没有。

事不宜迟，必须趁热打铁。我决定立马联系宫岛先生。

然而，宫岛先生当时身在瑞士。因为日内瓦大学要改建，他得负责设置那里的艺术品，此时正忙得不可开交。人虽然是联系上了，但他一时半刻是没空回国的。

不过，宫岛先生告诉我："只要你过来，我还是能抽空跟你聊聊的。"于是我便飞往瑞士，向他发出正式的邀约，顺便考察一下日内瓦大学的项目。

我在瑞士的工作室见到了宫岛先生，并跟他从头讲述了直岛的情况，还有我们计划开展的"家计划"。起初，宫岛先生显得有些困惑："我想象不出这项目是怎么回事。"不过他大概是被我的一片热忱打动了，最后答应我会来直岛看一看——"总之先去瞧瞧吧！"

也难怪他起初没有一口答应。拿他在日内瓦大学参与的项目和直岛的"家计划"做对比，两者都是公共艺术，但考虑到安置作品的建筑样式、地区文化和地域特性的差异，不难想象两者瞄准的方向是截然不同的。

除了石材与木材的差异，一边是在国际文化多元的瑞士推进的项目，另一边却是日本的本土文化、濑户内海小岛特有的风情，以及偏僻村镇小小的老宅。这两项工作的差距实在是太大了。

更何况，正因为是老相识，才深知彼此都处于工作的关键时期。我们的目标在现代艺术的最前线，并不想做无用功。站在宫岛先生的角度看，他的确没有闲心因为一点儿老交情就随口答应一个项目，肯定需要再斟酌这个项目对他的职业生涯有无必要。

我们当时都是三十多岁，他正在通往"世界级艺术家"的阶梯上全速攀登，不难想象宫岛先生难免会在心里犯嘀咕："我为啥非得跑去直岛这样的乡下地方……"也不知道他是被慷慨陈词的我说得没辙了，还是用他独到的眼光挖掘出了直岛的有趣之处，反正最后宫岛先生还是点头了。也多亏了他，"家计划"才能如此完美地启动。

顺便一提，宫岛先生当初的作品风格和现在并不一样，是微型且概念化的。他的个性隐藏在作品背后，作品则是禁欲、抽象、形而上的。

用一句话概括其风格，就是"排除了具体的人物形象"。据我猜测，这应该是他故意所为。

宫岛先生追求贯通时空、超越个人的某种普遍性。换句话说，他想要寻找的是某种超越人类世界的宇宙观。所以这样构想出来的作品极其抽象。

如今的宫岛先生会通过"Art in You"（艺术在你心中）的概念与行为艺术等方式同人们互动，在重视与他人关系的前提下开展创作，但当年的他并非如此。

宫岛先生之所以能在世界级舞台登场，得益于他突然受邀参加了威尼斯双年展。照理说，日本艺术家一般会代表日本在日本馆展陈，但威尼斯双年展还有一个不问国籍、专门推介青年艺术家的开放单元（Aperto）。负责该单元的海外策展人向宫岛先生发出邀约，成就了一场令人印象深刻的初次亮相。

　　顺便一提，同时接到邀约的还有森村泰昌先生和石原友明先生。那正是非欧美圈的现代艺术家开始受到瞩目的时刻，现代艺术的多元化与全球化也能追溯到那个时期。

　　业界传奇策展人哈罗德·塞曼（Harald Szeemann）最先向公众介绍了战后（尤其是 20 世纪 60 年代）同时在世界各地掀起的前卫艺术运动，也是他在 1980 年创设了开放单元，不拘泥于国籍，自由推介符合时代潮流、备受瞩目的艺术家。

　　塞曼在 20 世纪末先后两次担任威尼斯双年展的总策展人，推介了大量来自中国、南美等地区的艺术家，奠定了延续至今的全球化基调。话说当时塞曼还考察了直岛，并举办了讲座。通过那次访问，他发现了一颗新星——提倡"照护艺术"的折元立身先生。折原先生在直岛抓住了向塞曼推荐自己的机会，获邀参加了 2001 年的威尼斯双年展。

　　在与直岛结缘的艺术家中，雅尼斯·库奈里斯和瓦尔特·德·玛利亚也是塞曼发掘的千里马。当年，正是塞曼将还很年轻的他们推向了世界。

　　宫岛先生在 1988 年开放单元展出的作品，就是我们今天在直岛看到的作品的原型。它以"时间"为主题，用 LED（发光二极管）数码计数器构成基本元素，反映出带有佛教色彩的世界观。在连续不断的时间中，人以"点"的形式存在。这就是他日后的代表作《时间之海 '98》（*Sea of Time '98*）的原型。

我并不想把老宅单纯地用作展示本地文化的舞台，也不想把它们变成民间艺术馆、民俗资料馆之类的地方。我希望能把整栋老宅打造成现代艺术。

我之所以这么想，也许源自野口勇工作室的那次体验，野口作品与老宅组合孕育出的空间大大感动了我；也许源自拜访潘扎伯爵宅邸的见闻，现代艺术与古建筑的结合催生出历史感浓重的时间，令我久久不能忘怀。

总而言之，我想要打造的是，只存在于此处的特殊空间。

如果硬要诠释这句话，那就是存在于日常中的非日常空间，就像老城中历史悠久的神社、寺院那样，我想在直岛打造出这种在日常生活中带有特殊意义又能超越日常的空间。

我想要探索日常根基的深度。

而宫岛先生作品特有的抽象性与哲学性非常契合这一构想。

一等一的金点子

据直岛町史记载，本村地区在天明元年（1781）经历过一场大火，村里四成的房屋被烧毁，而我们这次找到的老宅躲过了这一劫。老宅主屋正面的玄关与旁门开在同一侧，内有四间日式房间，排成"田"字形。主屋旁边有一间小仓库，一看便知设计者为把有限的地皮充分利用起来，简直煞费苦心。

主屋、围墙与仓库都以灰泥粉饰，点缀着些许黑色的烧杉板[34]。烧杉板是濑户内海周边地区惯用的木材，防虫是它的一大特性。

我们着手修缮时，老宅已经历过好几轮的修复，建筑主体严重破败，几乎不辨原貌，我一度怀疑它不能变成有传统韵味的房屋。多亏了山本先生，我的担忧并未成真。

山本先生的修整方案可以归纳为下列两点。

其一，传统的日式民宅房间较小，因此要调整房间的布局，把它整合成符合当今时代需求的大空间。其二，要抬高天花板，并降低地板高度[35]，以增加垂直空间。这两点有着共同的思路，即根据现代人的体格与生活方式，把房间内部改造得更宽敞。

人们一直把这栋老宅称为"角屋"，于是"角屋"便成了作品的名字。之后每一件"家计划"的作品也都沿用了相应建筑物的名称。

宫岛先生的展示方案是周末在直岛敲定的。

当时福武社长有个习惯：得空就会来直岛的码头，上游艇放松放松。

利用这个机会向社长做汇报，时间是最宽裕的，所以不知不觉中，挑周末做关于直岛的汇报便成了常态。一般来说，我会先确认社长在直岛逗留的时长，然后再联系社长的专属司机难波师傅——毕竟社长不为公务来直岛，相关事宜自然不属于秘书的管辖范畴，加上休息日往往不会完全照着日程来安排，秘书自己也不愿掺和。所以我得找休息时也跟社长待在一起的难波师傅帮忙。

当然，私下来见社长的客人也是有的，调整日程的时候还得考虑到这方面的因素，所以汇报时间往往是一个很宽泛的范围，傍晚的这个时间段、下午的那个时间段……我得随机应变。不过，比起在工作日和公司的其他业务部门抢时间，这么约要轻松得多，能争取到的时间也更宽裕。

那天，我、宫岛先生和时任富士电视台画廊负责人的加藤先生（他当时是宫岛先生的经纪人）一起登上社长的游艇，向他汇报了作品的构想。记得我们好像是上午去的，刚出海回来的社长显得很放松。

虽说那艘游艇已经不算小了，但船舱的空间仍然很狭窄。我们三个紧挨着坐在社长面前，讲述作品的方案。谁知社长听完之后如此说道：

"听着好像不是很有意思啊。这样吧，我给你们几个小时，你们再好好想想。如果能想出好方案，我就让你们做。"

然后他还补充道：

"宫岛想方案的时候，秋元和加藤就帮着打扫一下游艇吧。"

社长的话无异于晴天霹雳，可我们没工夫嚷嚷了。

我赶紧开车送宫岛先生去倍乐生之家，让他在客房静心思考。然后我再跟加藤先生折回码头，拿出水管和拖把，开始打扫游艇。

等到游艇焕然一新时，我们又杀回倍乐生之家。在此期间，宫岛先生一边唉声叹气，一边构思方案。虽然只有两三个小时，很难想出好点子，但也只能放手一搏。

好不容易抓住这个机会，大家打死都不肯说"没想到好主意"。我们肯定想一块儿去了——

唯有那件作品，才是突破困境的金点子。

宫岛先生坚决抗议。

"不行！那是我的代表作啊！难道我得在这种地方把它实现吗?!""我绝不答应！"

"这种地方"的弦外之音必然是"在这个时候，以及在这么偏僻的地方"。宫岛先生肯定会想："为什么这件作品亮相的地方不是欧美艺术中心那种更受瞩目的舞台？"

"求你了，宫岛先生！我们绝不会让你后悔的，一定会有好结果的！"

我哄着连连摇头的他，试图说服他在直岛制作心血的结晶《时间之海》。

为什么他当时如此抗拒呢？因为在威尼斯双年展之后，他还从没有在任何地方以"正式作品"的形式再现过《时间之海》。

也就是说，在威尼斯展出的是临时性的装置，它尚未成为永久性的梦幻之作。

所以，宫岛先生必然希望自己最重要的作品，能被著名且主流的美术馆或收藏家带走。

可渐渐地，连他都开始觉得《时间之海》是唯一的出路了。他露出严肃的表情，眼睛凝视着远方，双唇抿成一条线，浑身散发出慑人的魄力。自觉能征服世界的人，岂能在这里缴械投降。

我们再次前往码头，宫岛先生向福武社长讲述了新的方案。

"啊，有意思，"社长好像很满意，"民宅象征着四面环海的小岛生活，而走进民宅之后，看到的就是艺术的海洋。它表现的是在历史中流逝的人的时间，是吧？"

这就是方案被批准的瞬间。

方案的具体细节如下：在主屋中设置一个水池，池水缓慢循环。之后，把一百二十五个用来计时的 LED 数码计数器放入池中。设置计数器的步骤由岛民配合完成，他们会自行调节数字跳动的速度。在黑暗中，计数器上的数字不断从一跳动到九。这件作品会占据主屋的主要空间。（见图 5）

艺术家把世界观投射在了科技产物计数器上。如前所述，这是宫岛先生的成名作，也是 1988 年威尼斯双年展展出的《时间之海》的进化版。

LED 数码计数器以各不相同的速度在昏暗的水中无休无止地闪烁。它们闪烁的速度由参与制作的岛民决定，众人共同创造了一个有一百二十五种不同时间存在的空间。

《角屋》改变了什么

参与制作的一百二十五位岛民有男有女，年龄也各不相同，上至九十五岁的老者，下至五岁的孩童。

大家按照各自的喜好，分别调节了计数器的跳动速度。宫岛先生向岛民颁发了带有亲笔签名的证书，上面标出了计数器在水池中的位置。

起初，宫岛先生先是请岛民参加了他举办的数码计数器"定时会"，在会上岛民设定了各自计数器的跳动速度。

对岛民而言，现代艺术原本是属于"另一个世界"的玩意儿。但是通过参与宫岛先生的创作，艺术在一瞬间走进了他们的生活，逐渐有了意义。岛民见惯了的老宅"角屋"，正一步步变身为艺术作品。这个过程并不莫名其妙，变化是以岛民肉眼可见的形式发生的。而他们也以制作者的身份参与其中。

我们之所以举办这样的活动，也是因为当时的松岛町长和岛民仍在用批判的眼光看待我们。我们使出浑身解数，希望能增进他们对现代艺术的理解。

既然要在镇上制作艺术品，自然希望它能对生活在岛上的人有意义。而且，我们也想借机让大家理解，倍乐生的活动是不计较得失的。

对直岛项目来说，"家计划"是一项前所未有的尝试。对制作者宫岛先生而言，这也是一次全新的挑战。

在此之前，他从来不让别人插手制作，"家计划"是他第一次让第三者（岛民）介入制作环节。

这是一项具有划时代意义的尝试。除此以外，他还做出了另一个重大的改变。

宫岛先生在创作以往的作品时，不喜欢赋予数字记号性的意义，或是将数字与某种特定的意象联结，更别谈将计数器的跳动速度和特定的人物挂钩这样的事。宫岛先生用计数器呈现的时间是抽象的时光洪流，是某种通用性的东西，它不可能被特定。

然而在《角屋》中，特定的个人与数字产生了关联。《角屋》的数字归属于个人，我们知道那是属于谁的时间。至于安置作品的老宅，两百多年前建于直岛，其具体性就更强了。宫岛先生的抽象数字借由濑户内、直岛、本村、《角屋》、岛民，瞬间变得具体起来。

在"定时会"结束后，宫岛先生为配合《角屋》开幕，举办了另一场互动型活动"倒数表演"。会场设在了倍乐生之家的圆筒形画廊。

在活动中，参与者化身人肉计数器，按各自的节奏从九往一倒数，并把数字念出声来。计数器会在走到零时变暗，所以参与者也要在数到零时，保持沉默，不发出声响。

参与者在倒数时是可以自由走动的，但数到零时，则必须保持静止、沉默不语。大约七十位参与者就这样在圆筒形的空间内一边数数，一边走来走去。

我们与岛民共享了这段奇妙的时光。大家怀着忐忑的心情听宫岛先生讲解规则，然后集体行动起来。

通过这次活动，我们意识到岛上有一批愿意带着好奇心参与项目的人，这让大伙儿备感欣喜。如果没有他们，项目就进行不下去，他们为我们创造了最初的契机，帮我们打破了僵局。

宫岛先生在那之后提出了"Art in You"的理念，举办了许多互动式的工作坊和行为艺术活动。原本远离人群的宫岛先生，以直岛项目为分水岭，进一步与他人建立起联结。

在次年的威尼斯双年展上，宫岛先生继续保持制作《角屋》的势头，以日本馆代表的身份参展，创造了他的至高杰作《幻灭》（*Mega Death*）。[①]

在这件作品中，宫岛先生以他的独到视角，对始于 20 世纪的以原子弹为首的大规模杀伤性武器时代提出了批判。与此同时，他也批判了背靠今日科学技术与资本主义社会的军事产业。就像美军在广岛、长崎投下原子弹那样，正是军事产业让单方面利用高科技发动攻击成为可能。

回到直岛，在一切都是全新尝试的情况下，"家计划"总算

---

①我还记得就在宫岛先生正式入选威尼斯双年展的时候，为了给《角屋》装上名为"达男垣"的篱笆，他在直岛逗留了一段时间。这期间，他请我们帮忙找齐全套的《新世纪福音战士》。团队里刚好有个爱看漫画的工作人员，很快就满足了他的要求。宫岛先生在逗留期间看完了整套漫画。虽然我不确定《新世纪福音战士》对他产生了多大的影响，但这却是个能体现他与直岛关系的小插曲。

顺利启动了。原本只能默默腐朽的老宅，被赋予了新的价值，重获新生。这也成了"家计划"不变的方针。

《角屋》在今年迎来了它的二十岁生日。项目的一百二十五名参与者已有不少离开了人世。于是《角屋》成了逝者家属寄托思念的地方。

安藤忠雄主动请缨

尽管《角屋》在一定程度上获得了岛民的接纳，但这并不能立马让日渐冷清的村镇恢复往昔的热闹。对身在直岛的我们而言，《角屋》是值得纪念的一大步，可在艺术界它有没有激起一丝涟漪呢？

就在这时，安藤忠雄先生最先做出了反应。

"那个叫《角屋》的作品挺有意思的嘛！秋元，干脆把项目的第二期交给我做吧！"

其实早在《角屋》之前，我就跟安藤先生介绍过"家计划"，可他当时并没有什么反应。大概是因为我讲得总不够吸引人吧。

谁知在跟福武社长一起参观过《角屋》后，安藤先生便立刻表示"我想做第二期"。他说这句话的时候，福武社长也在场，决策速度自然快得惊人。一眨眼的工夫，事情就敲定了。

安藤先生在这种情况下的反应着实让我佩服，他的动作真是太快了，但凡他觉得某个东西"有意思"，就会立刻打定主意尝试，完全不把权威和知名度放在心上。我就喜欢他的这份率直。

总而言之，安藤先生的一句话，成就了"家计划"第二期的作品《南寺》。

其实在启动"家计划"之前，我就给自己定了一条规矩：作品必须设在本村，而且要使用具有一定历史积淀的老宅。毕竟整修老宅，将其转化为艺术，正是"家计划"的核心。

没想到项目才做到第二期，如此简单的规矩就碰了钉子，因为安藤先生表示，他想新建一间房。大腕都发话了，我能有什么办法呢？

不到一小时的工夫，项目就在安藤先生和福武社长的对话中迅速推进。他们漫步于本村，找寻有可能新建房屋的地方，但那毕竟是个很小的区域，哪有那么合适的空地啊。最后，他们相中了极乐寺边的广场，或者说公园旁边那块地。在老人家们平时打门球的广场边，刚好有一栋老房子。如果把它拆了，腾点地方出来，就能建新房了。"哦哦，不错"，福武社长如是说。事已至此，谁都拦不住他们了。要是贸然插嘴，后果不堪设想。还是老老实实闭嘴听着吧。

话说回来，"家计划"是建筑与艺术的有机结合，所以还得找一位艺术家。然而，能与安藤忠雄旗鼓相当的艺术家并不好找，而且安藤先生的"快节奏"也是个问题，能跟得上他的艺术家简直凤毛麟角。

突然，我灵光一闪。倍乐生刚好购买了美国现代艺术家詹姆斯·特瑞尔的作品，一直都没有机会展出。

把特瑞尔的作品设置在这儿不是很好吗？我立马构思起了作战计划。

特瑞尔是美国最具代表性的大地艺术家，留下了诸多以"光"为主题的杰作。其中，《罗登火山口》（*Roden Crater*）项目是他毕生的事业，创作对象是美国亚利桑那州的一整座山。这一项目始于 20 世纪 70 年代后期，直到今天仍在进行中。

《罗登火山口》看似是利用天然地形建成的天文台，但其实是吸收运用了天体与光等元素的艺术作品。不过光看文字，大家怕是很难想象吧，反正特瑞尔走的是始于达·芬奇的西方艺术王道，兼具科学性与艺术性。

由于作品太过宏大，他在资金方面吃了很多苦头，不得不数次中止项目，克服重重困难才坚持到今天。在我们联系他的 1997 年，他不顾艰难困苦，积极前往海外参展，开展各种项目。为了继续创作《罗登火山口》，他在世界各地制作了代表作"Aperture"系列和"Skyspace"系列作品。

20 世纪 90 年代之后，特瑞尔才开始以艺术家身份到访日本。1995 年，他在水户艺术馆举办了个展，1997 年至 1998 年又分别在埼玉县立近代美术馆、名古屋市美术馆、世田谷美术馆举办了个展。

1999 年的《南寺》是他为直岛制作的第一件作品，也是他第一次在日本制作自己最擅长的常设作品。

其实在 1995 年 3 月，就有一家叫横滨港边艺廊（Yokohama Portside Gallery）的私人画廊举办过特瑞尔的个展，其时间早于其他美术馆。与《南寺》相同的大型作品被设置在会场中，成为展览的头号卖点。我虽然用了"设置"一词，但这件作品不同于普通的雕塑与绘画，它不能用手搬动，反而更接近建筑的状态。

只有打造出符合特瑞尔要求的建筑结构体，作品才算完成。结构体发挥着近似科学实验装置的作用，只有透过它，观众才能看到某种视觉现象，享受美学体验。

特瑞尔的作品是人能轻松进出的大型装置，须配合场地进行搭建。所以购买特瑞尔的大型作品，其实就是购买能够打造出这种结构体的图纸。

现代艺术发展到这个地步，普通人肯定会疑惑，究竟从哪儿到哪儿算是作品呢？作品的形态不断变化，这种神似"大型建筑内部"的作品的确也是存在的。

深挖场地的意义

说回《南寺》，准备放置在建筑内部的作品名叫《月球背面》（*Backside of the Moon*）。

其实福武社长是在看到水户艺术馆举办特瑞尔个展的报道后，才对这位艺术家产生兴趣，跟我提到他的。我不知道社长对他抱有多高的期望，但我想着要是能有机会请他给直岛制作一件艺术品就好了。社长总对以"光"为主题的作品感兴趣，从他喜欢莫奈这点便可见一斑，也难怪他会被特瑞尔的作品吸引。对我来说，这是求之不得的机会，因为特瑞尔也是我非常尊敬的艺术家之一。

特瑞尔的作品有一个特征，那就是"作品能靠自己站稳脚跟"，这正是直岛所需的特质。而且"将物理层面的光学现象原封不动地转化为作品"这种直接的创作手法也特别适合直岛，因为在直岛这个大环境下，艺术家需要从头打造能让作品成立的环境。将创意与环境联系起来，转化成作品，这个观点本就很有直岛范儿，把场地也一并转化成艺术的思路也很棒。

某天，时任世田谷美术馆策展人的长谷川祐子女士联系我说，为了讨论个展的细节，特瑞尔来日本了，她可以趁机带特瑞尔来一趟直岛。我当然热烈欢迎，特瑞尔说不定也想在日本寻一处能留下作品的好地方吧。

机会难得，我特意带特瑞尔去了几处有可能打造户外作品的地方，他对其中一处小海湾产生了兴趣。那是一片僻静的小沙滩，沿着山丘的陡坡往下走，两侧凸出的小海角，夹出了一个与外界隔绝的别样天地。站在那里看到的风景，没有任何人造物。

特瑞尔计划在山丘部分挖出一个类似山洞的空间，在里面安置以光为主题的作品。我不禁感叹他真不愧是把一整座死火山当成创作对象的艺术家。在与直岛合作的艺术家中，还没有人提出过这么大手笔的方案，简直跟修栋建筑有得一拼。

我找福武社长商量了一下，他果然没有一口答应。但我实在不想错失这个机会，就用了点"非常手段"。我向社长提议，购买在横滨港边艺廊展出过的《月球背面》。

其实我当时也没有想到合适的展示场所。虽然《月球背面》的规模比特瑞尔的提案小很多，但它仍然远超直岛已有的任何一件艺术品。我们不能忽视特瑞尔那样以超大尺度构思艺术的艺术家，从直岛项目的未来看，与之保持来往是十分必要的。福武社长好像也有同感。于是，倍乐生买下了《月球背面》。

就在这时，安藤先生主动提出要负责"家计划"的第二期。我想这真是天赐良机。只不过，场地虽已敲定，可我还得找个理由，让它能被纳入"家计划"之中。毕竟"家计划"的初衷是通过整修老宅、化老宅为艺术来挖掘直岛的历史。没想到才做到第二期就得调整路线，改用新建筑，我想至少得在大方向上有一脉相承的点。

通过调查，我发现了一件耐人寻味的事情。

这一带集中了本村地区的多座宗教设施。小山上有八幡神社和护王神社。山脚下原本有三座寺庙，从北到南排成一列，最北边的是高原寺，极乐寺在中间，地藏寺在南边。①

而社长跟安藤先生选中的场地，恰好是地藏寺的原址。

特瑞尔是用光创作的艺术家，尽管他制作了许多从科学角度探求光的作品，但"光在宗教中的象征性"仍隐现在其作品

---

① 然而如今除了中间的极乐寺，都只剩下小小的佛堂了。

背景中。这也难怪，因为特瑞尔本人及其全家都信奉贵格会（Quakers）。贵格会的信徒不崇拜偶像，认为每个人都有"内心灵光"（Inner Light）。这种思想也对特瑞尔的创作产生了影响。

特瑞尔的作品跟这块场地简直是绝配！

不是重建原来的宗教设施，而是通过艺术作品深挖场地的意义——这个想法大致符合"家计划"的方针。

于是，《南寺》正式启动。细心的读者肯定已经发现了，"南寺"这个作品名称正来源于当年地藏寺的俗称。"家计划"第二期的大方针总算是敲定了。

安藤先生设计了一座简约的建筑，立方体加屋顶，外墙以烧杉板覆盖。立方体的尺寸是特瑞尔指定的，但入口处的设计很有安藤建筑的风格。烧杉板的处理手法也很"安藤风"，只做最小限度的打点。外观就这样大功告成了。

我们需要在特瑞尔来到日本之前，在建筑内部按照设计图纸搭建好他指定的装置。照特瑞尔的说法，装置的精度直接决定了作品的好坏。

装置顶着"艺术作品"的名头，本质却类似建筑结构体，所以我们委托了本地的建筑公司来施工。直岛的安藤建筑一直都由鹿岛建设负责，但这次要搭建的却是小小的木造建筑，于是我们找来了擅长这类业务的内海建筑。

特瑞尔的精度

工程稳步推进，眼看着特瑞尔就快来了。由于他实在太忙，我们必须利用他逗留直岛的有限时间，搞定从"完成作品"到"正式亮相"的全过程。这就意味着我们得在短短三四天内把工作迅速推进到"大功告成"这一步。

在安藤建筑里设置的《月球背面》已经在横滨的画廊展出过了，特瑞尔本人也来过直岛，所以他没有在工程途中到场把关——其实那个时候我已经隐约有了些不祥的预感。没等我反应过来，特瑞尔的助手就先来了。

当时距离我们计划完工的日期大概还有两周吧。助手一到直岛便匆匆忙忙换了身衣服奔赴工地。抵达工地之前，他还是个典型的美国人，性情爽快，笑脸迎人。谁知他进到安藤建筑内部，一看到我们搭建的装置便说："这样不行！"

我们忙问问题出在哪里，他竟回答："全都不行！所有的精度都没有达到特瑞尔的要求！"

大事不妙，原本慢悠悠操作的施工人员顿时紧张起来。

我已经跟好几位不好伺候的艺术家合作过了，自以为做好了万全的准备能避免这样的事情发生，但好像还是失败了。助手不顾工作人员慌作一团，开始按特瑞尔的要求，给反射光线的小房间上色。由于涂料特殊，必须注意涂法，所以只有特瑞尔的助手才能执行。

时间有限，大规模的修改是没戏了。况且，决定特瑞尔

"是否中意"的精度，貌似是以毫米为单位的，所以我们只能反反复复微调。可在动辄几十米的建筑规模中，他真会纠结那一两毫米的精度吗？大伙儿很是怀疑，却只能着手调整。其实在见到特瑞尔之前，我也不相信他会对精度有那么高的要求。

然后，特瑞尔来了。

我们最担心的事情果然发生了。特瑞尔对安藤先生的建筑好像还是很满意的，可是一看到内部的作品，他便不假思索道："不行！"据说是呈现光线的关键结构没有实现他想要的精度。

长方形的内部空间被墙壁一分为二。隔断墙上开了一扇横放的长方形大窗，其中一个房间发光，观众在另一个房间观看，作品的结构就是这么简单。

那感觉就像是在看一块没有影像、只有光的电影银幕，看起来像一幅白色的抽象画，又像是光投射在大银幕上。但其实不然。观众看到的并不是被投影的反射光。那些光是径直朝他们射来的，只是被窗口截成了长方形。

只要接近光源就会明白，原以为是个平面的"光窗口"背后，还有一片空间。原本跟画作一样的白色平面，竟变成了有深度的空间。特瑞尔以此向我们呈现：光本身就是一种有量感的物质。

特瑞尔稍稍挺起胸膛，平静地说：

"莫奈以描绘光线见长，但他画的是反射光。反射在水面的光，反射在树木上的光……那都是间接的光，是光的效果。我呈现的则是光本身。而且我会以观众能直接用身体感受到的形式把光呈现出来。"

"我也没有像莫奈那样去'画'光。观众能直接体验光，体验光本身，这个过程没有我的介入。"

提供体验的装置，就是我们正在搭建的房间，包括窗口的细节。借由隔断墙的窗口，光从平面的变成了立体的，因此这一部分是特瑞尔作品的核心，不容有零点一毫米的误差。

这可如何是好。墙上的窗口得跟光学仪器一样精密，否则就无法打造出特瑞尔想要的作品了。

以建筑的尺度来看，这样的精度是不可能实现的。鹿岛建设的直岛团队跟同样讲究细节的安藤先生合作了那么久，总归积累了一些经验，于是我连忙找团队领导丰田先生请教，可他和我持同样的看法。更要命的是，负责本次工程的是本地最擅长木造建筑的内海建筑，直接负责人更是全公司技术最过硬的佐藤部长。

两位专家都瞠目结舌，一脸难以置信。特瑞尔的要求的确超出了常人的理解范围，就像是开玩笑。其实在跟施工队传达艺术家的要求时，我自己心里也充满了疑惑——"真要那么精确吗？"

我们改了一遍又一遍，特瑞尔给出的回答永远是那四个字——"这样不行。"

我一边用眼睛追赶扬长而去的特瑞尔，一边悄悄问他的助手：“他的话有几分真啊？”助手每次都急得双手抱头，一脸严肃地回答：“都是真的！”

眼看着原计划的完工日就要来临了。

我们还是不知道该如何满足特瑞尔的要求，只能照着图纸反复修改。用水平仪重新测量。图纸上画的直线，施工时也要再现成直线；平行的部分就要修改到完全平行。问题是，即便以精密仪器的标准去施工，由于施工的前提条件是不完全水平的地面与不完全垂直的墙壁，所以哪怕看起来再水平再垂直，实际的建筑物也是存在歪斜度的。不，我们甚至可以说，正因为容许一定范围内的误差，建筑才能造起来。容许误差出现，吸收各种扭曲与歪斜，才能让整个结构形成一个整体。

更何况，如果要按精密仪器的标准打造建筑物，给再多的时间怕是都不够用。太过拘泥于这些，建筑就不可能造得起来。建筑层面的标准就是相对模糊的。

“NO！”——然而，特瑞尔就是不点头。

我们只能接着改。

如果特瑞尔要的就是精密仪器般的施工精度，那么无论我们在现有基础上如何修改，也不可能尽善尽美。必须从头来过，重新搭建。

但我们既没有时间，也没有预算。等全工地都充分理解了特瑞尔的标准时，大家都陷入了深深的绝望。

人们总以为艺术是感性的。诚然，特瑞尔的作品试图打动的也是观众的感性。观众凭感觉鉴赏。但是为了让观众产生艺术家想要的感觉，作品必须按照精确得可怕的工学标准去构建。通过与特瑞尔的合作，我深刻意识到，艺术作品的制作建立在"将理论贯彻到底"的工学态度上。

明天就是纪念竣工的开幕会。为了顺利迎接这一天的到来，我们必须在那之前完成作品。换言之，我们必须让特瑞尔认可这是他的作品，让他产生继续制作的想法。如果特瑞尔不承认这是他的作品，我们就无法更进一步。无法更进一步，就意味着这件作品永远都不会迎来完成的那一天。

看到这里，可能会有读者纳闷：都进行到这个地步了，难道他还会喊停不成？我可以明确告诉大家，特瑞尔真干得出来。杰出的艺术家就是这样的人。为了自己的审美观念，他们甘愿舍弃一切，无论是人际关系还是金银财宝，和"美"相比都不值一提。

决定命运的时刻终于到来了。特瑞尔将做出最终的决定：他是否认可这是他的作品。

已近傍晚五点，该收工了。我们已经理解了特瑞尔的精度要求，放眼望去，只觉得到处都是精度不达标的地方。可事已至此，已经做不了什么了，我们只能请特瑞尔根据这个版本下定论。

众人屏息凝神，提心吊胆。就在这时，特瑞尔说："就用它吧。"

无论如何努力，我们大概都无法满足特瑞尔对精度的要求吧。不过，也许是勉强够到了作品得以成立的及格线，也许是我们的"干劲儿"打动了他；反正特瑞尔表示，他会用傍晚到晚上的这段时间做最后的收尾工作——调节亮度。

"雄史，你留下来帮忙，不需要其他人。可以让施工队回去了。"

我点头后，他平静地宣布：

"让我们一起完成这件作品吧。"

《南寺》如期开幕

请容我再强调一遍：如果东西不达标，特瑞尔就不会承认那是他的作品。

世界上的确存在"特瑞尔不承认的作品"，所以这个问题不容小觑。特瑞尔是个好人没错，可一旦事关作品，他就绝不会妥协。

他的判断标准极具工学色彩，容不得一丝含糊。这样的特瑞尔表示他要完成这件作品。也就是说，他已经认可了它，同意继续往下制作了。

晚饭后，我与他一同前往夜色中的《南寺》。为什么要在晚上做最后的收尾工作呢？因为肉眼在夜间对光的变化更为敏感，有助于调节亮度。在昏暗的环境下，即使是微弱的亮光，眼睛也会做出敏感的反应。所以这项工作没法在白天进行。

我们走进打扫得干干净净的房间。放眼望去，已经看不到任何施工的痕迹了。施工队帮忙打扫过房间，室内变得非常整洁。

为了调好亮度，天知道我跟特瑞尔忙活了几个小时。四周已是一片寂静。

对特瑞尔的作品而言，"保持光线均匀"非常重要。他留在房间里下达指令，我则待在走廊，负责转动调光器的旋钮。谁知在这个节骨眼上，新的问题又出现了——普通的调光器旋钮不够精细。局势对我们非常不利，特瑞尔却没有挑明，只是一遍又一遍地调节亮度。

亮度一旦超出特瑞尔所想，我们便重回黑暗，一切从头来过。

经过一次次调试，《月球背面》终于完工了。

最终，这件作品成了"Aperture"系列里空间最昏暗的作品，没有比它更昏暗的了。

观众要在黑暗里待上十分钟乃至二十分钟，等候光亮的降临，直到肉眼看见光。原本被封锁在黑暗中的观众会被光彻底解放。

光真是不可思议。再微弱的光，也与黑暗截然不同。通过这件作品，观众能切身感受到这一点。

光的存在能带来极大的安全感。我们感知到这个世界，认识到自己置身其中，进而才会感到安全。

完成作品，走出建筑一看，平时漆黑一片的直岛充满了光亮，我发现各种各样的东西被光照亮了。即使在夜晚，大自然也是有光的，真正意义上的黑暗并不存在。

我把特瑞尔送回房间，然后折回值班室准备第二天的开幕活动。忙完以后，我才彻底放下了心中的大石，钻进了被窝。

第二天，福武社长和安藤先生来到直岛。各路宾客从东京、冈山、香川以及关西等地赶来。不少岛民也前来一睹新作的真容。

直到这时，安藤忠雄与特瑞尔才第一次见到对方。他们都高度评价了对方的工作成果，并一起度过了数小时的美好时光。大家都很开心。

在记者招待会上，特瑞尔的致辞妙语连珠：

"在漆黑的建筑内部，肉眼会渐渐习惯周围的环境，这时正面墙壁上的屏幕状空间会慢慢显现出来。这件作品的亮度比'Aperture'系列的任何一件作品都要低，营造出了一种近乎全黑的状态。因为我觉得日本人比较有耐心，把握作品实际状态所需的时间稍微长一点大概也无妨吧。

"光所呈现的模样视场地的条件而定。我希望大家不仅关注场地中能看到的东西，更要去体会从'一片漆黑'到'看见光亮'的全过程。"

虽然名称相同，但直岛的《月球背面》与横滨的展品完全不同。这正是场域特定作品的有趣之处。对特瑞尔的作品来说，这一点尤其关键，因为作品的精度取决于现场施工团队的理解能力与技术实力。能容许多大的误差，是否认可这件作品，全都在特瑞尔的一念之间。

特瑞尔认为直岛的《月球背面》有这点亮度刚刚好，而绝不是因为他只想打造一件昏暗的作品。

无论是对特瑞尔作品的理解还是施工的技术，我们都有许多不足，可即便如此，我们还是坚持拼到了最后一刻。我觉得这一段话，也许就是特瑞尔用他的方式给我们的回应。

虽然我们并没有聊过这一点，不过他的的确确把直岛《南寺》的《月球背面》纳入了特瑞尔全球作品名录。

后来，我们对最成问题的窗口进行了多次改良，回炉重造，总算做出了能让特瑞尔满意的完美结构。

鹿岛建设的直岛负责人丰田先生和内海建筑的佐藤部长在第一轮施工中留下了不小的遗憾，于是他们赌上了自尊，一雪前耻。

自那时起，两支原本专注于建筑工程的团队渐渐萌生出了"我们是在打造现代艺术品"的意识，也许不同于建筑的施工精度激发了技术专家们的挑战欲吧。

在干劲十足的"家计划"施工现场，一支团队变得既能完成建筑施工又能完成艺术施工。这是施工团队睁开"艺术之眼"的瞬间。

"家计划"的第三期

接着，我们迎来了"家计划"的第三期——*KINZA*。

每一件作品的制作过程都不是一帆风顺的，内藤礼女士的 *KINZA* 也经历了不少波折。但与此同时，它也成了我们进一步深化"直岛式审美观"的契机，我个人同样收获颇丰。

在"家计划"使用的民宅中，*KINZA* 的原型应该是最简单朴素的一间了。它的尺寸很小，建筑构件也很纤弱。"家计划"使用的基本都是司空见惯、没有明显特征的民宅。其中，*KINZA* 这间最不具特色。

有人说，那地方曾经有过一间类似"渔民小屋"的房子，也许就是现在这座民宅的原型。其实从那里到海边（往老町长大三宅家去的方向）貌似都是江户时代填海而成的土地，所以当年那一片很有可能就是海滨，有渔民小屋倒是合情合理，而渔民小屋成了这座民宅的原型也算是顺理成章。

这座民宅原本是某个家族的老人安享晚年的地方。老人去世后，宅子空置了很久，可以长期租借。机会难得，我们决定用它开展"家计划"的第三期。

至此，"家计划"得以回归原先的宗旨——"使用直岛本村的老宅"。尽管《角屋》与《南寺》让本村的居民慢慢接受了这个项目，但仍有人对出售、出租老宅抱有抵触情绪。

从某种角度看，这也是人之常情。毕竟是在自己这代把老祖宗传下来的土地转让给外人，的确令人难以接受。虽说这可以让日渐清冷的本村重焕生机，岛民对此倒是喜闻乐见，但大家还是不太愿意出租、出售自家的宅子。在这一时期，众人心中难免会有这样的矛盾吧。

我觉得 *KINZA* 这间民宅就反映了岛民这种矛盾的心情。房主也知道这块小地皮怕是没有用武之地了，却不敢在自己这代转让给他人。可如果能够有效利用这块土地，他还是很乐意把握机会的。正是出于这种矛盾的心理，房主才以"长租"的形式与倍乐生签订了合约。

我希望委托内藤女士在这间民宅中创作，因为她在"创造特别空间"方面有着过人的才华，用"纯净"来形容她打造的空间真是再合适不过了。

内藤礼的"严密"

然而，与内藤女士的合作面临一个棘手的问题，那就是她的作品非常细腻，恐怕无法向大量的游客展出。

在直岛之外，内藤女士此前的代表作当数 1997 年代表日本参加威尼斯双年展的装置艺术作品《大地上的某个地方》。内藤女士擅长把"整个空间"塑造成作品，先营造出舞台般的空间，然后把小小的物件一一摆上，就像是画廊里出现了一个独立的房间，里面摆着各种各样的东西。在威尼斯双年展中，这件作品的观看方式是请观众逐一进入，再单独欣赏她创造的空间。

由于一次只能进一个人，其他人须在外面等候，于是入内的观众就能独享一段鉴赏时光了。让自身与空间一对一对峙，正是感受内藤作品的正确方法。

为了让后来的观众也能有同样的体验，艺术家每隔一小时还得打扫一次展览空间，重新摆放小物件。

　　威尼斯双年展的内藤作品就是以这样的形式展出的。谁知观众蜂拥而至，会场外大排长龙。漫长的等候激起了观众的不满，引来了诸多批判——"岂有此理，这是在无谓地浪费观众的时间！"

　　内藤女士只是想原原本本地展示作品的理想状态而已，但很多人无法理解她的良苦用心。艺术总是被给予各种各样的诠释，有人甚至说，艺术家是在通过这种方式炒作。内藤女士当然毫无此意，无奈展示方法特殊，的确容易遭人误会。那内藤女士为什么要采用如此复杂的展示方法呢？

　　原因在于她的"严密"。

　　内藤女士认为，只要有人进入展示空间，就会带来影响。人会扬起微风，稍微走动一下，便有震动传导至作品。换作平时，这些微弱的影响根本无关痛痒，但内藤女士打造的世界细腻至极，仿佛是由微粒子组成的。在这样的世界中，再细微的动作也能造成巨大的影响。她能感到一粒尘土的滚动，也仿佛能看见光的粒子。

　　敏感的内藤女士希望观众也能像她那样去感受这个空间。正因为她渴望观众也能拥有同样的视野，才会造成如此棘手的局面。需要频频修整作品的内藤女士很不容易，但需要用这种严密去鉴赏作品的观众也并不轻松啊。

　　所以即便展出一整天，最多也只能接待二十余位观众。如果内藤女士精疲力竭，展览还会提前告终。作品与她的关系就是如此密不可分，几乎已经融为一体。

所以内藤女士此前从未制作过常设展品。她貌似认定像"家计划"那样长期面向公众展出的常设作品超出了她的能力范围。

艺术家本人不在场，作品就无法成立；没有制作过常设作品的经验；作品一次只能接待一位观众参观；每一项都让人裹足不前。可即便如此，我还是向内藤女士发出了邀约。现在回想起来，只觉得自己当年是在瞎胡闹。天知道能有几分胜算。

内藤女士本人好像也有些犹豫。她一贯认为作品是与她同在的，只有她守在旁边，作品才能成立。这样的作品怎么可能长期展出呢？

另外，内藤女士是个完美主义者。只要稍稍脱离她的掌控，作品就不再是她的了。作品与内藤女士一心同体，只有在百分百反映艺术家凝思的状态下，作品才能成立。

综上所述，内藤女士作品的设立条件非常苛刻，而且她也不愿意去迎合寻常的展示条件。在威尼斯吃的苦头貌似更坚定了她的这种决心。对普通的艺术家来说，能在威尼斯双年展发表作品的确是无上的光荣，正因如此，内藤女士才要执着追求她所定义的完美。然而，她的一片苦心没能得到众人的理解，这段经历可能给她留下了某种心理创伤。

内藤女士是决不妥协的，怎么办？我只得绞尽脑汁。

我想还是先请她亲眼看看场地，比起口头沟通，这样能更快找到答案。于是我便请她来直岛考察一趟。

虽然经过威尼斯一役，内藤女士在各方面都变得慎重了，但她终究是个艺术家。我想这片未知的舞台一定能激发她的想象力，点燃她挑战的欲望。

内藤女士的确慎重，但看到老宅之后，如我所料，她对项目产生了兴趣。

参观完未经整理的老宅，她向我提出了第一个要求——"把老宅收拾干净，拆除多余的部分，只留骨架。"

内藤女士大概是觉得，如果老宅里还留有人的痕迹，她就很难把思路整理清楚吧。等到建筑内部被清理到几乎只剩柱子的状态，她才能慢慢构思作品。

在从直岛前往冈山的车里，我跟她聊了聊她对本次创作的顾虑。她提到了以下几点：制作过程会比较费时，成品无法面向许多人展出，以及需要有她信任的人负责管理作品……我们能给予的配合，我都当场告诉了她。不过我也表示，这次要制作的毕竟是常设作品，而且还是"家计划"的一部分，所以我们也希望她能在想法上更为开放。

她当时……应该是点了头的。

计划总算是前进了一小步。接下来就是漫长的制作环节了。从 1999 年 1 月内藤女士首次造访直岛，到 2001 年 8 月底作品大功告成，中间隔了足足两年半。其间的1999年底，内藤女士甚至将创作基地从纽约转移到了日本，持续创作。

她这样做的原因是多方面的。首先，内藤女士本就是那种"需要大量时间打磨作品"的艺术家。其次，这次的作品用到了她平时从来不用的材料，而且还会接触到建筑方面的工作。但内藤女士勇敢地直面一切，稳步推进她的创作。她给人的第一印象也许是敏感且温顺的，但作为艺术家，她其实非常坚定，做事也有始有终。

1999年6月，内藤女士第二次来到直岛，看到了只剩基本骨架的老宅。之后，她便回到纽约，立刻着手制作模型。基本方案在10月成形，直到最后都没再改变。

这样的一贯性着实罕见。其实，艺术家中途调整方案是常有的事，这种倾向在日本艺术家身上体现得尤为明显。所以，内藤女士这种在最开始的阶段便把握住全局的艺术家可谓凤毛麟角。在这方面和她比较像的也就瓦尔特·德·玛利亚了吧。他也是总能在初始阶段就清晰地看到作品的最终样貌。

不同于以往的"家计划"作品，内藤女士还得负责建筑方面的工作。在专家的协助下，她成了第一个以"艺术家"身份主导整个项目的人，从建筑的外观到内部的作品均由她一手负责。

这也让"家计划"愈发接近艺术作品"一体化"的状态。宫岛与山本，特瑞尔与安藤，"家计划"挑战的原本是艺术与建筑的有机结合，而内藤女士的尝试终于让两者由同一位艺术家整合成了一件"艺术作品"。在那个决定性的时刻，仿佛连"艺术"这个词语也被重新定义了。接下来，摆在我们面前的下一个课题，就是"如何把作品打造出来"。

用惯了布、细金属丝与小物件的内藤女士转而处理起石头、木料、土墙等高耐久性的材料。她原本只打造过短暂无常的空间，此刻却要挑战永久性的空间。她必须把自己的造型世界先从艺术层面升级到由木料、土墙、瓦片等元素构成的建筑层面。

在这个过程中，需要有人从旁协助，弥补她在建筑方面的不足。建筑师木村优便是我们请来的帮手。山本先生在1998年去世了，我们必须另寻一位既熟悉日本建筑又能提供参考意见的建筑师。就在这时，小柳画廊（拥有内藤女士、杉本博司先生等艺术家的作品）的小柳敦子女士表示，她认识一位很优秀的建筑师，想要介绍给我们。这就是我结识木村先生的契机。

比起寻常的建筑师，木村先生更像是研究建筑史的学者。他以渊博的知识，为内藤女士提供了全方位的协助。

建筑师与艺术家有许多不同之处，尤其是在最后的施工现场。建筑师基本不会进工地干活，但艺术家往往会亲自上阵。内藤女士也属于这种类型，她孜孜不倦地在现场忙碌着，勤勤恳恳地打造作品。最后她干脆常驻直岛，全身心地投入创作。这对她的体力也是个巨大的考验，在她最疲惫的时候，周遭的岛民都不由得替她捏了把汗。但她还是独自居留直岛，全力制作。有时候，她甚至会批评我跑现场跑得不够勤快。

在探索全新的空间与材料时，内藤女士发现了泥土的奥妙，并坚持将它作为作品的核心。揭开老宅的地板，地面就会露出。房子是人创造的结构体，是极具人工色彩的产物。然而，如此"人工"的结构体仍须倚靠大地而存在，它的根基是架设在地面上的。内藤女士通过 *KINZA* 的民宅发现了这一点。她的创作从"发现地面"开始，最终的作品也围绕这一点被打造而成。

无论何时，人始终存在于大地之上。即便看不到脚下的大地，双脚也仍然朝向大地。内藤女士的作品就像是为了"在人世间寻觅立足之地"而创作。"人能单凭存在得到祝福吗？"她的作品就建立在这个关乎人类存在与尊严的问题上。

制作途中，我们意识到，在牟礼雕刻大理石的工作单靠内藤女士是肯定来不及了，于是便请冈山的雕塑家吉本正人先生来帮忙。

在濑户内海地区，要想加工石材，找牟礼的和泉石材公司最为合适，所以我们把基础的加工委托给了他们，但是后期的收尾工作还是得由内藤女士完成。她的精度和其他顶尖艺术家一样，绝非常人可想。和泉石材与野口勇等雕塑家合作过，但他们也费了好一番工夫才达到内藤女士的要求。

历经重重波折，*KINZA* 终于完成了。它成了内藤女士的第一件常设作品，堪称她职业生涯的里程碑，同时也是直岛的重要作品。

KINZA 的尝试为日后的丰岛美术馆打下了基础，不过那又是另一个故事了。

"家计划"孕育了什么

　　在本村这个日常到不能再日常的地方，因为三件个性迥异的"家计划"作品，一个非日常的世界被创造了出来。原本只能用"落伍"来形容的村镇渐渐拾回了往昔的时光，也展现出未来的无限潜力。

　　人们开始寻回过去的历史与记忆，原本枯燥乏味的城镇也呈现出全新的面貌。这种改变并不像书页中记载的那种单纯的乡土史，它是在人们实际居住的城镇中，以生活所拥有的"深度"呈现出来的。

　　不知不觉中，大家渐渐产生了这样一种意识：我们并不是在单纯地打造艺术作品，我们是在打造城镇的"当下"，同时重拾与过去的联系。

　　原本闭门不出的岛民重新走上街头，聊起尘封已久的过去。这个变化与他们诉说的一切都反馈在了城镇的面貌中，充满了生命力。

　　始于1998年的"家计划"日渐壮大，截至2007年，已诞生《护王神社》《石桥》《碁会所》《牙医之家》这四件新作，算上之前的《角屋》《南寺》与*KINZA*，向公众开放的共有七间。

如今，本村已经成为热闹的旅游胜地，其实我们当时还是以服务岛民为先的。

今时今日，"老宅再生艺术"等于"将老宅转化为旅游资源"，已然成了振兴地域的经典手法。但我们启动"家计划"时，似乎还没有这样的概念。

当时驱动我们的只有一个强烈的念头：必须用尽一切手段，帮助小岛摆脱窘境。能靠艺术办成的事非常有限，但在直岛这样一个很小的社区，一件作品说不定就能带来很大的变化，从中衍生的互动定会成为不可替代的财富。

最先参与"家计划"的三位艺术家都和岛民建立了密切的联系。宫岛先生被工作搞得精疲力竭的时候，总有乡亲请他去家里喝茶；特瑞尔经常兴高采烈地和岛民聊天；内藤女士在直岛住得最长，岛上的每一个人都很关心她，默默关注她的创作过程。她忙着倒腾泥地间的三合土时，总有人特意在院子里放果汁等饮料给她解渴，还有些岛民每天都要过来瞧瞧她。因此，从不让第三者插手制作的宫岛先生才会把作品的部分环节交给岛民完成；特瑞尔也在《南寺》竣工后数次返回直岛，留下了好几件作品；多亏了岛民的大力支持，内藤女士才能走过那段艰苦漫长的旅程，变得能把作品托付给他人管理。

特瑞尔曾表示，"家计划"与欧美的大地艺术、环境艺术的区别，在于"社群的介入方式"。

在他看来，日本是一个由中产阶层的社会公论与道德观念支撑的国家。中产阶层的受教育程度是日本社会的支柱，虽然有时会成为牢固的脚镣，却也是确保社会健全的标尺。直岛"家计划"的坚实后盾就是这些普通人，正是他们维系着小岛社群的健全，"家计划"也让他们再一次走到了聚光灯下。

建筑师石井和纮先生在调查本村老宅时，从另一个角度提到了这一点。建筑史学者铃木博之先生也参与了这项调查，他通过场所精神（Genius Loci）理论，把有人介入的本地风土与历史唤回了建筑领域。

直到这时，我才有了直岛（而非"直岛的一部分"）正在慢慢接纳倍乐生的实感。通过艺术展开的沟通的确为小岛注入了生机。我渐渐萌生出一个大胆的念头：真想把"家计划"的手法推广到整个直岛，而不止步于本村地区。

让"家计划"更上一层楼

2001 年，美国发生了震撼世界的"9.11"恐怖袭击事件。

我看了晚间新闻节目才知道这件事，震惊得话也说不出来。一遍遍看着被劫持的飞机撞击大楼的画面，我渐渐觉得这件事和我们正在筹备的、以重新审视地方主义为主题的展览产生了某种奇妙的呼应。

这起事件是不是对发展至今的全球主义喊出的"暂停"呢？

从这个角度看，"家计划"正是一个重新审视地方主义的计划。随着时间的推移，直岛这个地区在不断萎缩，几乎快要被人遗忘。而我们在做的事不就是通过现代艺术，重新挖掘直岛拥有的价值吗？

我逐渐产生了这样的想法：我们能不能把契合时代变化的"家计划"以更具冲击力的形式扩大，让它朝着已经逐渐显现的直岛未来的发展方向更进一步，力争在立足于本地的同时，与现代艺术的全球化挂钩。实现这个目标将成为我重要的使命。

直到不久前，还常有艺术家问我："为啥要特地跑到那种乡下地方去啊……"事实上，我在摸索如何借助艺术，将消极要素扭转成积极要素的过程中，渐渐品尝到了乐趣。换句话说，这是一场通过现代艺术改变凋敝小岛的挑战。自那以后，我有了"促进地方发展"的视角。

过去，我认为"家计划"的确对直岛的社区形成了某种刺激，但这充其量不过是结果，我们绝不能以此为目的，而是应该把更多的精力放在"打造作品"上。再加上，我始终觉得抱着"救世主"式的英雄主义搞艺术，总归有些动机不纯，况且我也不是什么政治运动家。

不过直觉告诉我，在现在这个时间点，如果能做到不忽视岛民的想法，展览或许能成为改变地方的支点。

用艺术发掘直岛的日常

于是，我们策划了为期三个多月（2001 年 9 月 4 日—12 月 16 日）的"THE STANDARD"展。会场几乎遍布直岛全境。德田佳世女士在这个时候加入了我们的策展团队。

在展览中，我们把全球标准放在一边，重新聚焦直岛本土。不料展览刚开幕，美国就发生了"9.11"恐怖袭击事件。

除了四件"家计划"作品[36]，我们还准备了许多限时展品，以民宅、小巷、理发店、诊所等建筑为舞台，邀请十三位艺术家通过作品挖掘直岛的"日常"。

岛民深入参与了这次展览，这是我们在小岛南侧的大自然中无法感受到的与岛民的直接接触。为了突出"岛民"这一主题，我们请土生土长的直岛人菊田修先生担任了宣传海报的模特。海报上的他跟平时一样戴着棒球帽，满面笑容。

在《角屋》完成之后，倍乐生的艺术活动渐渐为岛民所接纳，愿意帮助我们的人也越来越多了。

"THE STANDARD"展招募了大量的志愿者。在艺术展的监管作品、引导游客、售票检票等工作中，我们得到了岛内外志愿者的大力协助。

如我们所料，志愿者成了展览的一抹亮色。我觉得通过这样的志愿者活动，岛民会更加理解现代艺术，并把它内化到自己的生活中。

原本闭门不出的老人家扶着腰走出家门，和年轻人一起投身志愿活动。而来自岛外的年轻人也对老人家讲述的各种故事表现出了浓厚的兴趣。还有不少来自大都会的志愿者在踏上归途前，从直岛的环境中得到了心灵的治愈。总而言之，展览的每一个环节都建立起了有机的联系，社群与展览的良性循环就此形成。

艺术为人们牵线搭桥，整个城镇被迅速激活的过程真是太有趣了。

大竹伸朗先生的作品《落合商店》位于渡轮码头所在的宫浦地区，刚好就在今天的《I ❤ 汤》隔壁。原本这里真有一家叫"落合商店"的杂货铺，是宫浦居民购买日用品的地方。大竹先生以艺术作品的形式复活了这家停业已久的商店。《落合商店》的外观和店内的商品（展示品）都跟当年一样，艺术家在巧妙利用这些元素的同时，还放入了新的作品与摆件一并展示，形成了一个现实与非现实浑然一体的奇妙空间。街坊们熟知落合商店的历史，所以都备感怀念，时不时来店里瞧瞧，或是以志愿者的身份参与其中。

从《落合商店》出发，稍微走上几步，便能看到折元立身先生的"艺术妈妈"系列作品。折元立身的母亲患有阿尔茨海默病，而他把照顾母亲的过程转化成了行为艺术表演。我们看到的作品，就是他的照护记录。

展览期间，虚拟的艺术空间与实际的直岛日常交织在一起。

甚至有些住在展示地点附近的街坊，每天都往会场跑。而另一边，每日都有岛外的游客前来观展，借由作品感受直岛的魅力。岛民则通过岛外的来客，重新发现了被埋没在日常中的价值。岛内的价值观与岛外的价值观相互交融，造就了一段不可思议的时光。

在岛民看来，这场展览也许为他们提供了一种全新的"节日"形式。

有些岛民看不懂作品的内容，却因此爱上了小岛的风景与生活。一天，某位街坊家的老阿姨看着现代艺术创造的奇妙时空，突然感慨道："好艺术呀！"她这话大概是形容眼前的那些难以名状的、不可思议的东西吧，但也许是因为说的时机特别凑巧，这句话立刻在当时的志愿者圈子里流行起来。大家都会在遇到莫名其妙的状况或神奇的东西时说出这句话。

有些来自岛外的年轻人为了给展览帮忙，干脆住在了岛上，通过志愿活动与直岛的老人家建立起全新的关系。有位青年和几个上了年纪的岛民志愿者共度了一段美好的时光，临走时还说："我反而成了被服务的人。"也就是说，这段经历治愈了他。

被艺术改变的人们

对于"和岛外的年轻人交流"这件事，直岛的老人们起初也是有顾虑的。但是超越世代的联系一旦建立起来，新的社群便诞生了，而且双方的交流仍在继续。

"THE STANDARD"展落幕后，岛外的青年不仅通过邮件与书信继续和老人们保持联系，还重新关注起了家里的老旧日用品，变得更珍惜它们了。这些都是老人们告诉我的。还有人把视线转向了原本漠不关心的院子，干劲十足地打理起来。也许有很多人都受到了这场展览的影响，开始在日常生活中发掘新的价值。

公共空间与私人空间的界线本来是很微妙的。可不知从何时开始，公共性被日本社会逐渐排除在外，越来越多的人无论对待什么事都抱着"总有人会代劳"的态度。最典型的例子就是大企业的福利制度及优厚的行政服务。也许这次的展览正是一次好机会，促使大家重新认识自己动手的快乐。

大家想从自己做起重塑生活，奈何老龄化与人口减少夺走了活力。这就是直岛的现状。那么如果能想方设法解决这些问题，不就是在构筑全新的"公共"吗？如果艺术能在这个过程中提供某种线索，那就再好不过了。

在"THE STANDARD"展期期间，我们制作了一款原创门帘，挂上即表示"欢迎参观"的意思。

这些门帘也是染织家加纳容子女士的草木染 [37] 作品。在她的故乡冈山县胜山的城市景观保护区，这种"门帘艺术"已经推行了许多年，而我们这次采用的就是它的直岛版。

当过着传统生活的人允许游客参观自家的院子或宅邸时，就会把门帘挂上，不方便的时候则取下来。通过这件事不难看出，原本对城里人怀有戒心的老人们多么配合我们的工作，他们的态度发生了多大的转变。我们也许可以据此判断，人们重拾了当年的社群意识。和其他小岛的居民相比，直岛人的性格本就比较开放。在直岛历经种种变化之际，这种特质再一次显现了出来。

小岛南侧的自然与艺术、本村的"家计划"，以及遍及整座小岛的"THE STANDARD"展，让原本"莫名其妙"的现代艺术变得更加平易近人了，也让艺术从"被动接受的东西"变成了"主动参与的东西"，然后进一步升华为"给予别人的东西"。

从那时起，岛民开始自然而然地接纳现代艺术了。现在回想起来，那也许就是直岛脱胎换骨，重生为"艺术之岛"的前兆。

第五章

"圣地"终于诞生

直島
地中美術館
Chichu Art Museum
Naoshima

来自股东的意外发问

"THE STANDARD"展是在 2001 年举办的，而当时的倍乐生正在经历巨大的变革。

还记得 1991 年我刚入职的时候，公司的目标营业额还是一千亿日元。十年过后，倍乐生已经成了一家营业额突破两千亿的大公司，在 2000 年实现了东证一部上市的凤愿。

在上市之前，倍乐生一直致力于维护公司与顾客的关系，可是一上市又多出了公司和股东的关系，股东大会变得尤为关键。公司要提前预测股东可能提出的问题，并准备好相应的回答。问题一般集中在报表数据和主营业务上，但不怕一万就怕万一，所以关于直岛的问题也得提前准备。

高层设想的问题如下：

"站在企业经营的角度看，直岛有着怎样的意义？这项业务对倍乐生的经营是必要的吗？"

"利润理应用来强化现有业务、开拓新业务或用于股东分红，倍乐生却把一部分利润用在了与主营业务没有关系的文化活动上，此举的意义何在？"

思考如何应对这些问题的重任，当然落在了主管部门头上。我们接到指令，着手构思恰当的回答。

我们搜集了各方面的信息：直岛在倍乐生的经营活动中扮演的角色、业务的运转情况、活动业绩，还有艺术品的数量、种类、资产价值……问题是，在股东大会上，发言的董事没有时间做出冗长的解释，所以这些信息会以参考资料的形式出现在他的手边，万一有股东问及细节便能及时翻阅。我们的首要任务其实是归纳整理出能简洁说明"直岛定位"的资料，如此一来董事就能简明扼要地做出回答了。

"直岛是表现倍乐生企业哲学'美好人生'的地方……"我们在资料开头如此阐述直岛业务的理念，谁知领导立刻指出："这描述太抽象了，谁听得懂啊！"天地良心，我们就是按这个定位开展工作的，还能怎么说啊……

这种类型的企业活动一般会被冠上"赞助活动""企业的文化贡献"之类的名头，所以直接用这样的说法是最省事的。奈何福武社长格外抵触这类表达，想省事都不行。我曾多次向他建议："虽然从严格意义上讲，直岛并不是这么回事，但这么说会比较好懂一些，您平时要不就改用这种说法吧？"可他总是斩钉截铁道："我们又不是在搞赞助！"更何况，直岛还有不同于倍乐生主营业务的另一个面向，它是表现"美好人生"这一企业哲学的地方。

可董事们还是想用更好懂也更容易被接受的方式来描述直

岛。我们只能绞尽脑汁，探索两边的平衡点。为了组织那短短数行的文字，天知道我们费了多少工夫。最终，我们总算推敲出了方便董事介绍的内容，只是整体听下来颇有些在找借口的味道，言外之意即"直岛就是个不起眼的小业务。"

前几届股东大会都风平浪静，公布完公司的业绩就顺利结束了。

可是渐渐地，股东开始主动提问了。当时，各大企业都在告别单纯走形式的股东大会。负责筹备大会的倍乐生干部焦虑不安，我们常常听到他们嘟囔："天知道今年会是个什么情况……"

在某届股东大会上，该来的终于还是来了。想就直岛提问的股东真的出现了。

在场的所有人都蒙了。负责发言的董事不得不手忙脚乱地翻找直岛的资料，那可是这些年几乎从没用过的。他好不容易找到了，才长舒一口气道："哦哦！有了有了……"会场的工作人员迅速冲向提问的股东，递上了话筒。

举手的是一位中年女性。她拿着话筒，如此说道：

"倍乐生在一个叫'直岛'的地方开设了现代艺术的美术馆等设施，为当地做出了贡献，同时也推动了现代艺术的发展。这是很有意义的举措。倍乐生是不是应该更积极地宣传这些活动呢？这么好的活动内容，难道不值得更大力度的宣传吗？"

董事拿着我们设想的问题与回答，听到的却是大大超出设想的意见，不由得愣了一下："啊?!"好在片刻后，他意识到是善意的提问，这才放下心头的大石。据说这件事让董事由衷地感叹："原来还有人用如此不同的视角看待直岛啊。"

如今，"企业的社会责任"这个概念已经相当深入人心了，关心社会弱势群体、支援地区社会、实现积极的社会正义……在社会中举足轻重的企业理应在文化与福祉层面履行它们的责任。反过来说，如果企业的雇用方式与业务结构存在歧视与不公，稍不留神，企业的存续就会遭遇巨大的危机。我们就生活在这样的时代。

也许这位股东就直岛业务提出建议的背后藏着这样的观点——从今往后，企业应当积极履行相应的社会责任，把推动文化与社会福祉的发展作为企业活动的一部分；比起做广告宣传自家的商品，这类活动有时反而可以进一步提升企业的社会存在感。虽然她并没有言明至此，但是现在回过头来想想，她想表达的就是这个意思吧。

直岛业务险遭终止

2000 年过后，倍乐生的经营遭遇瓶颈。2001 年与 2002 年成了非常难熬的两年。在此之前，公司的业务不断扩大，业绩也直线上升。谁知跨进 2000 年后，增长的势头便开始放缓。终于有一天，营业额甚至出现了同比下降的情况。这也是倍乐生首次遭遇经营危机。

事已至此，公司必须调整经营方针，优化在经营层面显得"冗余"的业务。站在这个角度看，直岛的项目显然最有可能被公司缩减或喊停。

在20世纪90年代后期，直岛业务围绕艺术这一主题蓬勃发展，公司内部却一直都有反对的声音，觉得做得太过火了。"何不暂停直岛的活动"之类的意见反反复复出现了很多次，不过此时此刻，我们才忽然有了几分实实在在的危机感。

话虽如此，直岛毕竟是福武社长亲自牵头的业务，董事们也不太好开这个口。可要是真到了不得不下调营业额与利润目标的地步，高层怕是也顾不了那么多了。

不久后，负责财会工作的董事下达指令，让我统计公司收藏的艺术品数量及市值，然后汇总成报表交给他。虽然只是估算市值，但我还是找了有实力的画廊或拍卖行帮忙，逐一估价。

倍乐生的藏品网罗了茶器和备前烧等工艺品、以印象派为首的近代画作、国吉康雄的作品，以及20世纪的现代艺术品，可谓种类繁多。涉及的领域如此之广，不可能只请一位专家估值，得分别咨询古代美术、近代绘画、现代艺术等领域的专业人士。我又不想把过多的信息列在清单里，只能找平时就有交情，也相对靠得住的商家。而且为了保证客观性，我把评估工作同时委托给了好几家公司。藏品清单通常能提供极有价值的情报，所以在选择委托对象的时候，我也得细细斟酌一番。①

就这样我一边推进项目，一边完成了各类藏品的评估工作。

评估结果都出来以后，剩下的问题就是"卖哪些、留哪些"了。倍乐生当时开展的文化活动共有两项，一是国吉康雄美术馆，二是直岛项目。这两项活动的运营成本高达每年数亿日元。于是"要不要终止这些活动"成了高层亟须探讨的课题。

而且，当时的艺术品采购限额是每年两亿日元。换句话说，每年最多可以在艺术品上花这么多钱。可我们从没实际用到过这个金额，预算也不是按这个固定金额划拨的，所以"能不用则不用"是最理想的情况，这与行政预算的模式截然不同。不过话说回来，会以规定形式明确采购限额的公司也不多见吧。换作寻常的公司，肯定会更低调些。

在上述背景下，营业额低迷成了公司重新审视直岛项目和艺术业务的契机。

高层规划了好几套方案。其中最有可能成真的，就是把直

---

① 插句题外话，其实收藏家都不希望让商家过分了解自己拥有哪些藏品。因为手里的好作品越多，商家就越容易把你当成"仓库"列入他们的清单。对商家而言，"明确知道好作品的所在"是最有价值的情报。所以收藏家住得再远，大型拍卖行也会定期拜访，维系人脉。为什么商家如此重视作品的所有者？因为作品总是供不应求的，好作品永远稀缺。看看拍卖取得好结果（创造了比较高的销售额）时的拍品列表，你就能切身体会到这一点。列表中一定会有超高水平的杰作。只要有杰作，就能吸引到一批顶级收藏家。大家都想拍下杰作，于是便会争相出价。然而，能成交的人只有一个。没能如愿的收藏家哪怕有一腔热血无处发泄，也只得退而求其次，拍下其他作品。人类的心理就是如此有趣，一旦激动起来，即便无法如愿，也要找些替代品，否则就会浑身不舒服。

岛项目里有较强艺术属性，或带有促进地区发展属性的业务抽出来，成立专门的财团负责运营。其余的酒店业务留在倍乐生，作为营利业务继续运营下去。总而言之，就是把直岛的公益事业与营利事业分开。

之前提到的"整理藏品"也是优先级较高的选项。首先是出售几乎没有用武之地的茶具和古代美术作品。至于四百多件国吉康雄的作品，将不被用在倍乐生的艺术活动中，而是与公司多年收集的资料一同寄放在冈山县立美术馆，进行正式的研究与展出。然后位于冈山总部二楼的国吉康雄美术馆正式闭馆。

这不全是我的主意，而是我根据相关方针，在福武社长和负责相关业务的董事之间协调出来的结果。其实福武社长本人早就想把"公司能做的事情"和"福武家能做的事情"明确区分开了。而且他深知，公司迟早要给直岛业务和艺术活动指明前进的方向。他大概觉得"现在是个好机会"吧。

新社长的经营改革

直岛业务和艺术活动在公司改革期的方针算是敲定了，但整个公司的经营改革却并不顺利，情况时好时坏，迟迟不见起色。

话虽如此，直岛面临的问题也不是简单地缩减、放弃就能解决的。我们必须在倍乐生内部一边多方协调，一边摸索前进的方向。

不难想象福武社长肩上的担子有多重。我暗暗祈祷改革能够"软着陆"。

就在这时，倍乐生迎来了有史以来第一位外聘的社长——森本昌义。他担任过索尼的执行专务董事与爱华的社长。2003年6月，他正式就任倍乐生的社长兼首席运营官。福武先生希望他能重振倍乐生，他没有辜负众人的期望，以前所未有的速度推进了经营改革，在短短一年时间里带领倍乐生实现了业绩的触底反弹。

于是，倍乐生回归上升轨道，重焕生机。这轮危机总算是熬过去了。

但是，关于直岛业务改革的审议却仍在继续，公司认真考虑了成立财团的可行性。这倒不是说倍乐生对直岛的态度变得消极了。事实正相反，公司是想借此机会，把福武先生想要开展的文化活动和倍乐生的业务彻底区分开，分别划定明确的界限。财团的创办和新酒店的构想就是为这一目的服务的。后者由福武先生与新上任的森本社长提出，是强化经营制度的措施之一，充分考虑到了直岛业务的营利能力。具体内容是增加酒店的客房数，提升营业额。

倍乐生旗下的直岛项目与艺术业务就这样朝着"构筑新体系"的目标迈出了第一步。

在倍乐生风雨飘摇之际，直岛也经历了一段相当难熬的时期。福武先生通过外聘社长，为经营引入了新点子，又通过创办财团，让直岛的活动进入了新的阶段。

作为倍乐生负责艺术业务的一员，我在这一系列巨大的变革中努力工作，尽我所能为扭转形势出力。我逐步推进了国吉作品的托管事宜，并关闭了国吉康雄美术馆。

直岛艺术的变化

从 20 世纪 90 年代后期到 21 世纪初，倍乐生的艺术业务也经历了不少变化。总而言之，就是从经营基础和艺术活动这两方面入手，为进入下一阶段做准备。

在 1997 年的公司大会上，我们明确了直岛的定位，为"酒店美术馆之争"画上了句号，使艺术活动得以全面开展。20世纪 90 年代初，直岛的艺术活动从摸黑办展起步。1994 年到 1995 年，我们得到了南条史生先生的大力协助，实现了对标全球化背景的策展。到了 20 世纪 90 年代后期，我们开始大力发展以直岛风土、环境与历史为主题的场域特定作品。

虽然这些活动都在艺术领域，但其开展方法、目的与结果却有显著的区别。

这些区别可大致总结成以下两点：其一，前期是策展人主导的艺术，后期则是艺术家主导的艺术。其二，前期是基于国际艺术脉络发展出的全球性艺术，后期则是根据直岛的风土人情和历史打造出的地方性艺术。这两方面的变化是不容小觑的。

之前介绍的"THE STANDARD"展就是第二种变化的绝佳

体现，我想读者应该不需要我赘述了。至于第一种变化，可能需要略作补充。而且剖析这种变化，也有助于大家理解为何一度面临业务缩减危机的直岛能实现逆转。

* * *

如今，"策展人"与"策展"已经成了互联网行业的用语，肯定有不少读者在别处听到过。按某个特定主题搜集网上的内容，孕育出新的价值，这就是所谓的"内容策展"。其实"策展"原本是艺术领域的术语。拥有艺术史和美学知识的专家被称为"策展人"，而策展人根据特定主题组织艺术家和艺术作品的行为就是"策展"。美术馆等设施举办的主题展就是策展的成果。

现代艺术的策展还有一个更具体的特征：将作品组织起来，结合美学、艺术史、社会学、文化史等各种学术脉络，呈现现代社会的课题与倾向，即通过艺术去解读或批判社会。从这个角度来说，我们看到的一场场国际大展与主题展其实都发挥着"知识实验室"的作用。

按这一思路策划的现代艺术展已成为全球性艺术的主流。颁发"倍乐生奖"的威尼斯双年展，还有五年一次的德国卡塞尔文献展（Kassel Documenta）都属于这种类型。其他国际大展的基本思路也大致相同。由南条先生策划的倍乐生更名纪念展——"超国度文化"展也不例外。

二战结束后，策展在艺术界的重要性逐步提升。进入20世纪90年代，策展人开始关注贫困、人种、性别歧视等社会问题，借由视觉艺术批判现代社会。这股注重社会视点的艺术潮流一直延续至今。

探究人性本源的大地艺术

上面介绍的就是策展人主导的艺术。而直岛在20世纪90年代从这种以策展为中心的艺术活动逐渐转向以艺术家创作为中心的艺术活动。我们的灵感来自瓦尔特·德·玛利亚、特瑞尔等创造大型大地艺术作品的美国艺术家，及其背后迪亚艺术基金会赞助的各项活动。①

1974年，天才艺术经纪人海纳·弗雷德里希（Heiner Friedrich）和他的妻子菲利帕·曼尼尔（Phillippa de Menil），以及身处一线，为基金和艺术家牵线搭桥的海伦·温克勒（Helen Winkler），共同创办了迪亚艺术基金会。弗雷德里希堪称业界传奇，约瑟夫·博伊斯（Joseph Beuys）[38]、西格玛尔·波尔克（Sigmar Polke）[39]、格哈德·里希特（Gerhard Richter）[40]、迈克

---

① 除了这两位以外，致力于创作大规模艺术项目的艺术家还有罗伯特·史密森（Robert Smithson）、唐纳德·贾德、迈克尔·海泽等等。虽不属于大地艺术，但场地特殊的作品有马克·罗斯科（Mark Rothko）的"罗斯科教堂"（Rothko Chapel）、伦佐·皮亚诺（Renzo Piano）设计的"曼尼尔收藏馆"（The Menil Collection）以及赛·托姆布雷、丹·弗莱文（Dan Flavin）打造的空间。

尔·海泽（Michael Heizer）[41]、赛·托姆布雷、瓦尔特·德·玛利亚都在他的推介下走向了世界。后来他远赴美国，与迪亚艺术基金会的另一位创始人菲利帕坠入爱河，结为夫妇。菲利帕是著名石油富豪和收藏家多米尼克（Dominique）与约翰·曼尼尔（John de Menil）的女儿，他们曾筹建了休斯敦的曼尼尔收藏馆和罗斯科教堂。

弗雷德里希的创意、菲利帕的雄厚资金和温克勒的管理手腕，奠定了玛利亚的代表作《闪电原野》（*Lightning Field*）等重量级大地艺术作品的成功。基金会将艺术作品搬出美术馆，为它们创造了可以长时间展出的环境。艺术不是临时性的，而是永久性的。迪亚艺术基金会为《闪电原野》提供了一百万美元的创作经费，也为特瑞尔、贾德、弗雷德·桑德贝克（Fred Sandback）[42] 等众多艺术家提供了高达数百万美元的赞助，帮他们实现了艺术构想。但不久后，庞大的经费支出使得基金会的经营举步维艰。而且菲利帕还迷上了伊斯兰教的神秘主义派别苏菲派。

在 20 世纪 80 年代，迪亚艺术基金会深陷经营危机，不得不通过变卖作品、更换馆长等一系列改革勉强维持经营。到了 20 世纪 90 年代，基金会聘请迈克尔·高文（Michael Govan）担任新馆长，并新设了纽约迪亚·比肯美术馆（Dia:Beacon），重新启动了中断已久的针对大型大地艺术项目的援助。迈克尔在二十多岁时便在托马斯·克伦斯（Thomas Krens）馆长麾下参与了毕尔巴鄂古根海姆博物馆（Guggenheim Museum Bilbao）的创建工作。就任迪亚艺术基金会的新馆长时，他不过三十九岁，却展现了天才级的经营手腕，深得玛利亚、特瑞尔、海泽等艺术家及基金会创始人弗雷德里希与温克勒的信赖，成了美国大地艺术作品守护神般的存在。话说在地中美术馆竣工后，高文、弗雷德里希与温克勒都曾分别造访直岛，留下了正向的评价。

迪亚艺术基金会和寻常的美术馆有很大的区别。他们本就不是作为"美术馆"起步的，而是先有若干个理想的艺术项目，为了实现这些项目才创办了基金会。基金会的业务并不限于艺术方向，戏剧与音乐等领域也有所涉猎。另外，他们对作品的评价也反映了其独特的思想，是颇具理想主义与哲学色彩的。

"艺术作品第一，艺术家第二，观众第三"是基金会高举的理念。"以艺术作品为中心"这句话高度概括了他们对待艺术的态度。如果没把作品放在首位，他们又岂会在观众难以到达的沙漠正中央打造作品呢？在他们看来，艺术的探索是最紧要的任务。

大地艺术的作品都具有审美性与精神性。与此同时，它们超越了被现代艺术策展视为规范的艺术史范畴。大地艺术的特征之一，即让作品立足于人类史的视角之上。因此，位于绘画与雕塑延长线上的艺术框架已经无法诠释这些作品了。它们反而更接近金字塔、巨石阵这类适合从文明史视角阐释的东西。

耐人寻味的是，许多大地艺术作品都集中分布在美国西南部的亚利桑那州、犹他州、新墨西哥州与得克萨斯州等地区。

一方面的原因是，艺术家能以广阔的沙漠地带为背景，开展地球规模的项目。另一方面的原因是，原住民的圣地就零散分布在这些地区，它们既是精神、宗教的重要场所，又是让现代人感到神秘的地方。

不同于之前介绍的走社会批判路线的艺术，或是带有政治色彩的艺术，大地艺术家会抱着更具哲学性（有时是宗教性）的态度，围绕宇宙、自然、人类的存在乃至时间与空间这些主题进行创作。这些创作既科学又神秘，直指人类面对的本源性问题。它们的制作周期往往比较长，比起"作品"，把它们称为"项目"有时候更加贴切。

最具代表性的大地艺术作品当数詹姆斯·特瑞尔的《罗登火山口》项目。艺术家从 20 世纪 60 年代开始构思方案，直到1979 年才在旧金山火山带的罗登火山口正式启动项目，这是一项创作过程至少持续四十余年的长期艺术项目。特瑞尔有飞行员驾照，他亲自驾驶小型飞机，耗费数年四处寻觅才找到这个火山口。项目的规模异常宏大，整座死火山都被他改造成了作品。①

玛利亚的《闪电原野》也是大地艺术的经典之作。它诞生

---

① 对特瑞尔而言，只有罗登火山口才是作品不可或缺的关键场地，但为了得到它，特瑞尔必须同时买下周边牧场的土地与牧场的经营权，为了实现该项目，他买下了上述所有权限。在特瑞尔居住的旧金山，他以牧场主而非艺术家的身份受到敬重，他致力于养殖一种名叫"黑安格斯"的品种牛。为了自己理想中的艺术，大地艺术家就是如此不惜代价。

于 20 世纪 70 年代后期，位于新墨西哥州的沙漠地带克马多镇，有四百根不锈钢柱子呈网格状分布，吸引闪电雷击（稍后会详细介绍）。为了这件作品，玛利亚开车跑遍了美国西南部各州，只为寻找一片无限水平的沙漠地带。在《闪电原野》的所在地，除了那四百根柱子，的确没有任何人工物体了。在"找地皮"这方面，玛利亚丝毫不逊色于特瑞尔。

其他的大地艺术家也对土地有着执着的追求，他们以无比宏大的规模，耗费数年时间开展艺术项目，才打造出一件件令人震撼的作品。

原本定居纽约的唐纳德·贾德也不例外。他受够了艺术始终被传统美术馆主导的流行所掌控，又觉得在这样的流行中，美术馆应对时事做出的解释太过轻率。于是在 20 世纪 70 年代，他来到了得克萨斯州的马尔法镇，着手缔造属于自己的宏伟艺术王国。这座乡下小镇离机场所在的埃尔帕索市足有三百二十公里，毗邻美墨边境。

在前往马尔法的途中，你会看到零零星星的废墟，除了干燥的土地与一望无际的蓝天，四周再无他物。美墨两国爆发边境冲突时，两军的前线基地就设在这里。后来在二战期间，基地曾被用作陆军航空队的训练设施，但没过多久就关闭了。贾德耗费数十年，把这里改造成了自己的艺术圣地。

2000 年到 2004 年，我先后三次造访了这些地方。我不单单是去"参观"的，在特瑞尔与玛利亚为直岛创作期间，我得到了从旁协助的机会，于是便想深入了解一下，他们的作品究竟诞生于何处，创作的背景又是什么。

有时是通过纽约的瓦尔特·德·玛利亚工作室牵线，简单地见面磋商一下，有时则会与福武先生一同访问，感受所谓的"体验型艺术"①。负责监督建筑施工现场的丰田先生也曾跟我们一同前往。

当时我们经常坐的航班大多降落在亚利桑那州的菲尼克斯市或者新墨西哥州的阿尔伯克基市。在这些地方，车是最主要的交通工具，我们常常要在高速公路上连着跑好几个小时，因为我们的目的地都在不来一场"美式旅行"就无法到达的地方。

亚利桑那州、新墨西哥州、得克萨斯州……干涸的大地与无垠的蓝天是美国西南部的主色调。笔直的公路一眼望不到头，车总是先进入一个平缓的下坡，然后再开始一段新的爬升。毫无遮挡的视野一直蔓延至路的尽头。这三个州的风景虽略有不同，但"视野三百六十度无遮挡"算得上是共同的特点。

顺便一提，特瑞尔住在《罗登火山口》所在的亚利桑那州弗拉格斯塔夫市。而全美屈指可数的灵修之地塞多纳镇就在不远处。那边本是原住民哈瓦苏派人 [43] 与西纳瓜人 [44] 的聚居地，可以接收祖先的能量，据说光是站上那片土地就很有意义了。进入 20 世纪 70 年代后，许许多多对既有社会抱抵触情绪的人

---

① 所谓"体验型艺术"，就是"与作品对峙时的体验本身即艺术"。玛利亚、特瑞尔、贾德等艺术家打造的大型作品与大地艺术创造的时空就能给到访者带去特殊的体验。换言之，体验型艺术就是受作品影响激发的审美事件。

（好比相信灵界存在的人，以及当年非常多见的嬉皮士）朝塞多纳拥来。如今，原住民的圣地已经变成了尽人皆知的"灵修之城"，每年有四百多万游客造访。岩山上每天都有人举办冥想会，纪念品店的招牌上印着 psychic（灵媒）、aura（气场）之类的字眼。

我是 20 世纪 90 年代后期开始往那一带跑的，当时塞多纳的商业化程度还没有那么高。谁知 2000 年一过，局势便急转直下。从 2010 年开始，塞多纳以惊人的速度转型为"旅游景点"，日渐世俗化，失去了当年的开拓精神。

周边一旦沦为景点，"为作品留有广阔的土地"就成了一件难事。玛利亚的《闪电原野》和贾德的马尔法也不例外。尤其是《闪电原野》，"除了不锈钢柱看不到任何人工物体"是作品成立的条件，为了维持这种状态，艺术家肯定花了不少工夫。

能用身体感受时间与空间的《闪电原野》

玛利亚的《闪电原野》堪称大地艺术的经典。我想借此机会，尽我所能为大家描述它是一件怎样的作品，能给参观者带去怎样的体验。我甚至可以说，《闪电原野》在很大程度上决定了直岛 2000 年之后的发展方向。在我和福武先生眼里，它的创新意义就是如此巨大。

要想前往新墨西哥州参观《闪电原野》，你得先把车开到一座叫克马多的小镇，然后把车撂在这里的办公处，再换乘管理作品的本地牛仔① 驾驶的四驱车。

为什么不能开自己的车去呢？原因之一是不想让游客锁定作品的具体位置。《闪电原野》的确在地球的某个地方，但它的地理位置没有被锁定，它不在一个有明确地名的地点。

原因之二是自己开车过去太难了，甚至有可能遭遇危险。一般人完全不知道去那地方的路在哪里，车仿佛是在没路的地方行驶。

还记得我在 2004 年前后又去了一趟《闪电原野》，谁知正巧遇到了暴风雨。无数雨滴使原本干涸的大地瞬间泥泞起来，牛仔都开得格外艰辛。一旦陷进泥坑，就甭想爬出来了。连开惯了这条路的牛仔都觉得吃力，没有经验的驾驶员肯定应付不来。由于路况实在糟糕，这一趟花费的时间是平时的好几倍。

那次我是陪着福武先生一起去的。刚下飞机的时候，天色已经不太对劲了，没过多久便下起了大雨，外加雷声阵阵。天气正以惊人的速度变化。

福武先生倒是高兴得很，因为完美契合《闪电原野》这个

---

① 忘了牛仔叫什么名字了！好像叫罗伯特吧。早在 1979 年玛利亚刚开始制作《闪电原野》的时候，他就参与了这个项目，知晓关于作品的一切。他的本职工作是牛仔，但好像也会利用业余时间管理用于接待游客的小屋。我第一次去的时候，他还带着一个年幼的孩子。有一次，我们请他去阿尔伯克基的机场接人。要知道，他可从没有离开过那一带。还记得那天他开车格外紧张，样子有趣极了。在我看来，在没有路的地方开车显然比跑公路难得多，可是对他而言，把车开上穿越城市的高速公路更加令人不安。他坐在驾驶座上身子前倾，表情都僵硬了。这份紧张好像让他很过意不去，还跟我们道歉来着。

标题的景象就展现在他的眼前。

一道道雷电落在远处的不锈钢柱子上。眼看着雷云朝我们靠近，我着实捏了把汗。放眼望去，四周没有任何遮挡物，除了那些柱子，雷电别无去处。我们就站在供游客落脚的小屋的房檐下。在广袤的大地上，小屋就是个孤零零的凸起物。天知道它会不会被雷劈中。遇到这样的天气，不怕才怪呢。

在很长一段时间里，我们只看到闪电与不锈钢柱纵情纠缠，不时落下几声惊雷。渐渐地，天色变亮了，雷声也远去了。不知这样的状态在我们到达后持续了多久。

我们是下午两三点到的，离日落应该还有一阵子。福武先生一动不动地站在房檐下，看着雨越下越大，看着天开始打雷。就算雷电引得大地鸣动，他也纹丝不动。待到雷电远去，能透过云层的缝隙看到天空的时候，他幽幽地说道："真有意思啊……"然后才走进小屋。我连忙提醒他，这边的落日也很值得一看，他却回答："我觉得差不多了。看明天的日出好了。"说完便再也没出门。他大概觉得自己已经完全体验到了作品的妙处吧。

这地方我先后来过三次，却是第一次见到如此富有戏剧性的光景。我找熟悉情况的人打听了一下，大家都说要想亲眼看到符合作品名字的落雷，其实并不容易（虽然这一带的确是有名的"落雷区"，看来福武先生果然是"天选之人"啊）。

别看玛利亚给作品起了《闪电原野》这样的名字，但其实他创作这件作品并不单为落雷。这件作品在平日里是非常宁静的，我甚至怀疑他之所以这么命名作品，只是因为这片土地"以落雷闻名"而已。反而是电闪雷鸣的戏剧性光景背后，隐藏着艺术家注入作品的深意。

《闪电原野》仅在每年 5 月至 10 月开放参观，从春天开到秋天。参观方式也有点奇特。首先，游客必须在当地住上一晚。

游客要先去办公处所在的克马多，然后换乘本地牛仔（受雇于迪亚艺术基金会）驾驶的四驱车，驶过一片无路可走的原野。一个多小时后便能抵达作品的所在地。在称不上沙漠也算不上草原的平地上，有一间孤零零的小木屋。通常会有一两个由数人组成的团队在这里集合，一起过夜。

撂下行李，走出小屋，孤身站在草原上，周围没有任何东西可以倚靠……时间流动的速度比想象中还要慢，慢到我们这些游客激动的心情也逐渐沉静下来。阳光是如此灼热，却连一处阴影都找不到。你能看到的只有从未见过的广阔天空，还有脚下那纤弱无助的枯草。枯草堆里不时冲出一只消瘦的野兔。枯草随风摇摆，沙沙作响。

据说玛利亚当年走访了好多地方，才寻到这片水平面足够宽广的自然地形。为了满足作品在几何学层面的要求而去寻找合适的地块，这一点和特瑞尔的《罗登火山口》有着异曲同工之妙。

利用自然的艺术家大致能分成两种类型。一种把自然视为野生之地，自己也返璞归真，直面野生。另一种虽然同样把自然定位成未经驯化之地，但自己却站在了人类文明这边。两者有着截然不同的世界观。前者认为人是自然的一部分，后者却把自然作为一种客体去观察。在后者的体系中，人类试图成为拥有上帝视角的存在。换言之，两者的区别在于前者是"进入其中"，后者是"从外往里看"。

玛利亚与特瑞尔属于后者。不过正如我刚才所说，在他们的价值观中，人类只是"试图"成为上帝而已，他们也知道人类不可能完全拥有上帝视角，总有无法看透的部分。他们并不认为人类的智慧体系是完美无缺的（这种不完美正是魅力的源泉）。

仔细观察《闪电原野》，你会发现看起来不太牢固的不锈钢细柱呈网格状分布，相互之间有近七十米的间隔。单根柱子的直径在七厘米左右。作品总共使用了四百根柱子。整个作品从此端到彼端的距离相当远。这是一个非常空旷的空间，让参观者不知置身何处。站在外面往里看也就罢了，一旦踏入柱子两两相隔七十米的空间，就会有置身迷宫的错觉。

这就是《闪电原野》给人的第一印象，完全不同于流传甚广的"大地艺术代表作"的照片，并没有闪电落地那样的震撼画面，也没有划破漆黑夜空的闪电、震耳欲聋的雷鸣，唯有空洞的虚无。小屋的日子匆促得惊人，一眨眼的工夫，时间便过去了。红日西斜，天色渐暗。太阳在离地面很近的位置照亮地表。斜阳落在不锈钢柱的顶端，亮得仿佛开了灯一样。当太阳继续下沉，阳光照射在柱子的侧面时，柱子又变成了巨大的灯管。

就在这时，之前毫不起眼的四百根不锈钢柱赫然浮上广阔的高原。垂直轴线林立，十分规整。它们按透视原则，朝着消失点井然有序地排列。站在此地，既能感受到无垠的深度，又能联想起几何式的三维空间。

然而，这样的描写并不准确。空间本就在那里，只是我们之前并没有辨识出来罢了。此时此刻，我们借助按透视规律排列的不锈钢柱，认识到了纵深，感知到了空间。这种空间认知的过程具有决定性的意义。只要经历过一次，认知空间的方式就会彻底变样。游客每天能有两次体验的机会，早晚各一次，分别在日出和日落的时候。

这种空间体验正是《闪电原野》的本质。太阳会落山，然后再次升起。通过其间的光线变化，我们能切身感受到不可逆的时间与空间。这是一种置身宇宙般的身体感觉，因为你能同时感觉到"时间"与"空间"的存在。

《闪电原野》并不像寻常的大地艺术作品那样体积庞大。它也不是那种把观者的意识集中在物体上的作品。它没有利用物质感与重量感占有空间，也没有让观者的焦点变得集中。玛利亚使用的反而是小体积的物体和物质稀少的空间。

然而，玛利亚在自然中谨慎安装的装置带来了超出想象的效果，激活了我们的知觉，让它变得更敏锐了。用极为抽象的话语描述在那里体验到的一切，就是我们用身体感知到了广阔

"空间"与"时间"的概念。

时空无垠，用"广阔"之类的词语来形容并不够味。我们真能直接感觉到那样的时间与空间吗？我们真能用身体感受佛教、基督教等宗教世界勾勒的无限时空吗？敢于挑战这些难题的人，正是名为瓦尔特·德·玛利亚的艺术家。

我要再强调一遍，玛利亚并没有象征性地表达时间与空间，也没有去呈现自己脑海中的时空印象。他是为我们打造了一个能置身其中，用各自特有的方式邂逅时空的平台。

玛利亚说过这么一句话：

"艺术的目的是让观者思考地球和宇宙的关系。"

正因为如此，自然才是必要的，当天的天气与阳光等元素同样是必要的。每一次体验都"只此一回"，却同时与"永恒不变"息息相关。

体验完《闪电原野》之后，参观者得回到来时的小镇。那是个非常非常小的地方，小到笔直的马路两边只有些稀稀拉拉的房子。开过这段路，就意味着开出了克马多。这地方简直跟西部片的舞台一样。第一次来的时候，我甚至没意识到这里就是"镇子"，直接开过头了。

镇上只有一家餐厅。有一年，我跟丰田先生一起参观完作品之后走进了这家店。也不知这家餐厅是什么时候开业的。上次来的时候，我好像没在这儿吃过，天知道当时有没有它。

我们点了咖啡。来点单的服务员是个典型的外向型中年妇女。她用稍微有些夸张的态度，热情款待了我们这些游客。她穿着可爱的连衣裙，看样子像是参考连锁店制服设计的。

这里是不折不扣的美国乡下小镇。人们压根儿不知道邻近的地方有那样一个仿佛能跟宇宙通信的奇妙场所。这种对比让眼前的光景多了几分"非日常"的色彩。

为了维修养护，《闪电原野》每年冬春两季不对外开放。这段时间的气候比较严酷当然是一方面的原因，但据说主要目的还是给场地留出喘息的时间，工作人员可以趁机把不锈钢柱调回垂直状态。要在如此宽广的场地检查一根根柱子有没有出现毫米级别的歪斜，这简直难以想象，但工作人员每年确实要做这件事。在得知此事的那一刻，我的眼前顿时浮现出一位在荒野的正中央埋头调整精密仪器的牛仔。

有一次，牛仔因为工作来不了，便派太太来接我们。她的面相十分和善。面对一群从日本远道而来的陌生人，她也全无戒心，开车驶过凹凸不平的路，把我们送到了小屋。我之前见过她的女儿，便随口打听了一下，原来当年的小娃娃已经是十四五岁的大姑娘了。我说她送过我一个史前时代的石器箭头，是她在沙漠玩耍时发现的。母亲面露微笑。这个箭头承载着我对《闪电原野》的记忆，它和特瑞尔《罗登火山口》的红岩碎片一起，成了宝贵的纪念品，被我珍藏至今。

在我看来，这一路上的种种，从某种意义上说，也是作品的一部分，至少是旅行的重要过程。正因为作品不在随随便便就能去到的地方，路上也会发生各种小插曲，我们才会记忆深刻。而且，在玛利亚和特瑞尔的心目中，这些小事的地位完全不亚于抽象的概念。

贾德的圣地马尔法

步步紧逼的现实让我们无法继续从容不迫。随着商业化程度的不断加深，就连这些地方也被"服务"入侵了。于是乎，我们就被归入了"顾客"这种莫名其妙的范畴。消费主义席卷全球。

这股浪潮甚至波及了最顽固的老头——贾德的根据地。2005 年，在前往贾德圣地马尔法的必经之路上，突然冒出了一家开在沙漠地带的普拉达（PRADA）专卖店。那是德国双人组艺术家艾默格林与德拉塞特（Elmgreen & Dragset）按专卖店的样式设计的艺术作品。店里甚至有真的普拉达鞋包。据说作品的主题是"对现代物质主义的宏大批判"，可我只觉得这是个拙劣的玩笑。如果贾德还在世，怕是要气得脑袋冒烟，破口大骂吧。[1]

我第一次去马尔法是在 20 世纪 90 年代。当时它还是个只有一千多人的小镇，地理位置十分偏僻。即便如此，我去的时候还是看到好几个团队会算准早上集合的时间开车从各地赶来，

---

[1] 顺便一提，特瑞尔曾如此形容贾德——"他真是个令人作呕的家伙。"不过嘛，他眼里的玛利亚大概也好不到哪儿去。

只为一睹贾德的艺术作品。大家脸上的表情仿佛在说："真是这儿没错吗？"但汽车还是在路上排成一列，等候集合时间的到来。

要维护如此巨大的场地绝非易事，当时，马尔法是由贾德基金会与辛那提基金会（Chinati Foundation）[①] 合作运营的。前者负责贾德的私宅，后者管理艺术项目。据说现在迪亚艺术基金会也赞助了一部分业务。

马尔法原本什么都没有，就连想吃饭都没处去。这样的地方当然没有旅馆，参观者只能一大早从邻镇赶过去。所以大家都会找个离得近的地方（再近也有三四个小时的车程），订好旅馆过夜。

贾德1977年移居马尔法，直到1994年去世前，他都一直生活在这片土地上。马尔法的私宅是向公众开放的，去参观一下便能了解贾德生前的生活。我去参观的时候，只见大桌上摆着一堆史前时代的石箭头，到处都装点着原住民的编织物。

众所周知，贾德擅长运用塑料、合板和混凝土制作几何形物体，以哲学形而上的概念打造费解而不加修饰的作品。耐人寻味的是，这样的贾德竟然在日常生活中把史前时代的箭头放在身边，用原住民的编织物装点房间。也许他是在这片令人无

---

① 话说辛那提基金会当时也在开展艺术家驻留项目（不确定现在还有没有），把空屋用作工作室，邀请青年艺术家长期驻留，为他们提供创作的空间。有些艺术家会改造建筑，并在自己离开之后以"画廊"的形式把空间保留下来。我纳闷这样的画廊会有谁去参观啊，但是真这么说就显得太俗气了。

比震撼的自然环绕的地方，在数万年前的古人打造的石箭头中寻找人工的痕迹，跨越时空感受人与人之间的联结。他受够了人才搬离大城市，到头来却无法摆脱追求人与人之间的联结这一宿命吗？也许顽固如贾德，也会怀念人的温度吧。

真实的特瑞尔

我去过美国西南部很多次，去得最勤的恐怕就是特瑞尔家了，甚至还小住过几回。如果是好几个人一起去，那肯定是要住酒店的，但只有我一个人去的时候，特瑞尔就会让我住在他家。

听说最近特瑞尔又结婚了（都不知道是第几回了），和太太住在一起。不过从 20 世纪 90 年代末到 21 世纪初，他是一个人住的。他有好几个孩子。还记得有一次住他家的时候，他带着一筹莫展的表情告诉我，他的女儿回他的工作室兼办公室了，那里距离他家只有十分钟车程。女儿交了个男朋友，这貌似让特瑞尔忧心不已。看到他那副样子，我不由得感叹，原来堂堂特瑞尔也是个普通的父亲啊。

特瑞尔是个爱好广泛的人，干什么都能一头扎进去。据说他十六岁那年就拿到了小型飞行驾驶执照，这个兴趣一直延续至今。他有好几架古董飞机，都停在不远处的机场。住在亚利桑那的时候，飞机就是他主要的交通工具。我还坐过好几次他开的飞机呢。

一天早上，他对我说："去吃个早饭吧？"我还以为要开车出门，没想到他直接带我去了机场，上了飞机。飞行员自不用说，就是他本人。[1]开到半路时，他说道："让你体验一下零重力状态吧？"说完便是一个俯冲，可把我吓坏了。听说在二战期间，他还开过战斗机，能做出螺旋式下降之类的动作。这下可好，上了一艘贼船。

正下方就是恢宏的大峡谷。我们飞了一阵子，到了另一座机场，在附近吃了早饭，然后再飞回去。对了，特瑞尔一大早就开始吃牛肉了。光是看着他吃，我都觉得胸口堵得慌。他真的是个肉体跟精神都很强韧的人。

还有一次，他给我一个看着很像徽章的东西，说："雄史，这个还给你。"我一问才知道，那是教他开飞机的师父给的。这位师父在二战期间服役于空军，还跟日本军交过手。[2]我也不知道他给的徽章是日本士兵送给他师父的，还是他师父抢来的，反正是当年戴在日本人身上的。特瑞尔说既然是日本人的东西，那还是让日本人拿着比较好。

特瑞尔在拿到飞行员执照后不久便报名参加了一场国际救

---

①他曾让我在高空"驾驶"过飞机。只要飞机处于平稳向前飞的状态，我直直地抓着操纵杆就行了。不过嘛，光是这样也能有"自己开过飞机"的感觉。

②据说特瑞尔的师父是击落山本五十六座机的人。那就只可能是托马斯·兰菲尔中尉（Thomas George Lanphier Jr.）或者列克斯·巴伯中尉（Rex T. Barber）了。因为他们一直盯着山本五十六的一号机。

援行动。行动期间，他被击落了两次，身负重伤，一度挣扎在生死边缘。①

20 世纪的美国画家山姆·弗朗西斯是特瑞尔十分尊敬的前辈之一。弗朗西斯也开飞机，也有过徘徊在生死线上的经历。他画的是抽象画，不过早期作品的画面中只有"蓝"这一种颜色，让人联想到无垠的蓝天。我们也能把特瑞尔的蓝诠释成眼前展开的广袤蓝天。在上空看到的天空没有上下左右之分，是均质的。特瑞尔的蓝大概也来自天空吧。

从罗登火山口回镇子的半路，我们路过一间小酒馆。特瑞尔雇的牛仔们经常下班后来这里聚聚，喝点酒，吃个晚饭什么的。一问才知道，这里最年轻的牛仔只有十六岁。他说他适应不了高中的生活，干脆退了学，来特瑞尔这里工作了。

他得意扬扬地向特瑞尔讲述自己用手枪打死郊狼的事情。特瑞尔笑眯眯地听着。一旁的牛仔头儿一边往嘴里塞肉，一边问道："子弹打着哪儿了？"小年轻回答："正中它的屁股，打得它满地打滚呢。"牛仔头儿便说："下次得打头。要一击毙命。"据说这就是牛仔界的规矩。小年轻显得有些难为情，为自己蹩脚的枪法而惭愧。特瑞尔平静地点了点头。

---

① 顺便一提，特瑞尔从不曾参与战斗，他只是去救人而已。他是个和平主义者。越南战争期间，他藏匿了好几个拒绝应征入伍的人。另外，他虽然喜欢日本，却不愿去有美军基地的冲绳。他并不讨厌冲绳，只是因为那里有美军基地，所以他不想前往。

听说牛仔头儿是军人出身，参加过越南战争。回乡后，特瑞尔让他来当牛仔的领导。"他这人很不错的。"特瑞尔说。牛仔头儿严于律己，沉默寡言，是个彬彬有礼的家伙。大家还说，牛仔头儿是亚利桑那排名第二的神枪手。我忙问："那排名第一的是谁啊？"头儿说："是特瑞尔。"

特瑞尔来这儿是为了了解牛仔们一天的工作情况，跟他们聊一聊，唱唱歌，以示犒劳。不知道的人还以为他就是个普通的农场主呢。特瑞尔也的确总是穿着长靴，戴着牛仔帽。一面是走在现代艺术最前沿、活跃在世界大舞台上的艺术家，另一面则是我眼前这个老派的农场主。特瑞尔的这两个侧面竟没有丝毫的不协调感，反而完美融合了。

我们在小酒馆也能看到罗登火山口。太阳一点点下沉，山体平缓的轮廓线逐渐融入了夜空。

* * *

在现代艺术界，上面介绍的大地艺术作品都是名作中的名作。它们是在介绍大地艺术、环境艺术等领域时必然会提及的作品。而打造这些作品的艺术家也都是家喻户晓的大师。总而言之，我刚才介绍的都是举世闻名的作品和艺术家。

然而，我亲眼看到的却是他们与本地元素共生的样子，以及由此创作出的作品。虽有抽象而哲学的主题，却又生活、存在于具体的场所中。他们的作品并不只停留在美术史与美学层面的论述中。只知道理念而没有体验到作品真实一面的人不能说"我看过大地艺术"。

大师们在美学层面的见解绝不可能达成一致。但他们异口同声道:"体验才是最重要的。"我一边窥视他们的人生,一边暗暗感叹,"活在艺术中"就是这么回事吧。

正是这一段经历,在日后拯救了深陷窘境的我。

意外"来客"

还是说回 21 世纪初吧。"THE STANDARD"展的成功,明确了直岛的前进方向,即以现代艺术聚焦本地精神。我们与岛民也逐渐构筑了良好的合作关系。虽然直岛项目因为倍乐生的经营问题一度面临缩减的危机,但是多亏了福武先生与新社长的经营改革,公司克服了困难。直岛项目再度顺利推进。

要知道项目刚开始那阵子,我真是一点儿方向都没有,仿佛是在一片伸手不见五指的黑暗中蒙头狂奔。眼看着情况日渐好转,我的脑海中开始不时闪现"稳定"这两个字。

只要沿着这条路继续往前走,我的"直岛梦"也许就能成真。把现代艺术作为小岛的文化悉心栽培,让现代艺术成为直岛的核心支柱,和岛民共同打造出一座"现代艺术之岛",这就是我的直岛梦。

谁知就在这个节骨眼上，福武先生突然提出，要在直岛上展出克劳德·莫奈的《睡莲》。一天，他把我叫去办公室，让我飞去巴黎出差，说是购买《睡莲》的准备工作都做好了，让我去当地跟进。

　　其实为了把这件事办成，纽约的艺术经纪人安田稔先生早就行动起来了。正是他帮福武先生买到了布鲁斯·瑙曼的《100个生与死》，这件作品在备展期间把我折磨得不成人样儿。安田先生跟我一样，也毕业于东京艺术大学，他比我高几届，而且是冈山人。说起冈山人，我刚入职时的顶头上司——倍乐生第一代的艺术业务负责人浅野部长也是冈山人，而且他也是东京艺术大学的校友。福武先生就不用说了，还是冈山人。他大概是觉得找老乡办事比较放心吧，大项目基本都是委托这位安田先生操办的。当年的倍乐生员工本就是冈山人居多，牵涉到艺术业务时，"冈山"与"东京艺术大学"这两个元素更是产生了微妙的交集，形成了一张人脉网。

　　我跟安田先生的关系大概也受到这方面因素的影响。我明明是甲方，却总觉得自己站在了"学弟"的立场上，要听他指挥。《睡莲》那次也是如此。在作品运输期间，要有人担任特使，保障它的安全。而这项任务竟莫名其妙落在了我的头上，而不是由安田先生负责。

　　瑙曼事件的间接原因就出在他身上（反正我是这么认为的），而这次的莫奈也跟他合作。我倒不是对他有意见，奈何八字不合啊。每次都不会一帆风顺。

这次采购的是莫奈晚年绘制的《睡莲》。而且作品的价格超过了六十亿日元。尺寸也很大，足有两米高、六米宽。倍乐生在艺术品上花过不少钱，但在一件作品上花这么多钱，却从没有过。由于金额太大，这笔账是从福武财团走的。另外，在那个时候，倍乐生与财团的艺术业务已经开始划分界限了。

购买莫奈的作品倒也不是完全出乎意料。事情要从1999年说起。那一年，美国马萨诸塞州的波士顿美术馆举办了题为"20世纪的莫奈"（Monet in the 20th Century）的主题展，聚焦莫奈人生尽头的作品。展览相当值得一看。倍乐生也出借了两幅自家收藏的作品。因为这层缘分，福武先生特意前往展馆参观。没想到这一去，他便发现挂在展厅的最后一幅两米高、六米宽的《睡莲》是私人收藏品。顺便一提，除了这一幅，其他作品都归橘园美术馆（Musée de l'Orangerie）等机构所有。

福武先生本就喜欢《睡莲》，也通过倍乐生购买过两幅。他大概是看到那幅大《睡莲》后深受震撼，无论如何都想得到它吧。所以，他才通过经纪人安田先生找到那位收藏家，反复交涉。

能把莫奈的作品放在直岛吗

经过不懈努力，谈判终于进入了最后阶段。到了该签署买卖合约、支付费用、运送作品的时候，我才接到指令。反正每次都是这样，我都习惯了，二话不说便飞去了巴黎。

我怀着忐忑不安的心情完成了作品的交接，把画送上飞机，回到日本。

当时我找法国有关部门申请了艺术品的出境许可，据说在那以后，法国对长或宽超过两米的莫奈作品设置了相当严格的出境限制。"把莫奈带离法国"和"把日本的国宝送往国外"是一回事。在法国看来，这么大尺寸的《睡莲》就是国宝级的。

当时我心里也没底，天知道能不能把作品顺利带出法国。为了在心理层面尽可能接近日本，换来那么一点点安全感，我特意选了日本航空（JAL）的货运航班，没想到这个航班是跟法航共享代码的，飞行员全是法国人，简直跟段子一样。

经过十多个小时的飞行，成田的夜景映入眼帘。那一刻，我着实松了口气。下飞机后，我们再换陆路，将作品转移到大阪的仓库挂好。福武先生和他的家人也赶来了。运输期间，我始终提心吊胆，因为这项工作是跟安田先生合作的，天知道会在哪个环节出问题。在巴黎的时候，众人决定要出动跟装甲车有得一拼的运输车，中途传闻艺术品运输公司的欧洲业务负责人连着拉了好几天的肚子，不过嘛，展出工作总的来说还是比较顺利的。

为了让福武先生全家都能充分领略这幅作品的魅力，我们花了不少心思。要想让画面完整地进入视野，需要留出多长的距离？算上这段距离，整个展厅需要有多大的面积？我们提前进行了估算，并在此基础上选定了展示地点。

其实高两米、宽六米是一种非常尴尬的尺寸，只是普通人可能不太会注意到。"大"就不用说了，更关键的问题在于糟糕的画幅比。

大家不妨看看我们身边的屏幕画面。电视机、电脑和手机的屏幕，画幅比基本都在一比一点四至一比一点六的范围内。电影银幕已经算扁的了，也不过落在一比一点六至一比一点八的区间。而这幅《睡莲》是一比三，足见它有多扁。

这个比例会造成什么问题呢？画幅太扁会导致观者的意识无法彻底投入作品。至于莫奈为什么要画这么扁的作品，我稍后再给大家详细解释。总之，为了让这样一幅巨作完整地进入观者的视野，我们必须摸索出最合适的观赏距离。

经过反复测算，我们发现最合适的距离大概是二十二三米，便照着这个数字[①]准备了一处能留出这么多空间的场地，那就是最先展出《睡莲》的大阪仓库。

其实在那个时候，《睡莲》的展出地点还处于悬而未决的状态。谁知突然有一天，福武先生把我叫去办公室，问道：

"我想把它放在直岛，你觉得怎么样？"

我顿时哑口无言。真要我说心里话，答案肯定是"NO"。

因为我们刚通过"THE STANDARD"展明确了直岛的发

[①] 其实这些测量数据在日后设计莫奈展厅时发挥了重要的作用，但我们当时还一无所知。只是为了搞清"需要多远才能将整张画纳入视野"这么一个简单的问题，我们找好几个人实际观看了一下，测算了所需的距离。

展方向，也就是"同本地社群并肩深耕现代艺术"，而且我也确信，这条路定能为直岛带来美好的明天。

所以对我来说，福武先生的这句话无异于当头一棒。

"呃，这个嘛……我觉得直岛还是继续走现代艺术的路线比较好吧……《睡莲》好像不太符合直岛的理念呢。"

话说到这个份儿上已经是我的极限了。然而，福武先生貌似已经打定了主意。

"你回去想想怎么放比较合适吧。"

"可……"

我是公司最底层的小职员。事已至此，根本没有办法可想。这一点没人比我更清楚了。"好的。"——我虽然答应下来，但原本高涨的斗志瞬间降温，萎靡不振了好久。

我们好不容易明确了努力的方向，正准备乘胜追击，把直岛打造成"现代艺术之岛"，为什么事到如今又要回过头来展出莫奈的作品呢？"艺术在本地诞生，也在本地成长"，这正是现代艺术的妙处所在。虽然这样的作品不能立刻带来金钱收益与名气，但它们的意义在于让观者亲眼见证艺术最具活力的瞬间啊。

莫奈的《睡莲》的确是名垂青史的经典，我也不是说它没有意义。问题在于，《睡莲》已经得到了充分的评价，它的价值属于过去。我们不该把这样的作品放在创造的第一线去探讨。天价艺术品是一种资产，不同于直岛的艺术作品，它们少了几分鲜活的临场感。

艺术家和岛民共同创作的艺术作品和早已定型并在市场流通的艺术作品是截然不同的。为什么现在又要回过头去弄已有定型评价的莫奈呢?

在我看来,此刻能在直岛体验到的乐趣是无法单靠金钱"购买"的,而且我有一种预感,"自主创造"的喜悦就要成真了。

那段时间我一开口就是滔滔不绝的牢骚。策展人德田女士实在看不下去了,便鼓励我说:"哎呀,别愁啦,反正这事是死活都要办的,既然要办,就把它办得漂漂亮亮的吧!"

周围的伙伴们好像都调整好了心态,开始积极探索好主意了。

我也受到这种气氛的感染,决定抖擞精神,行动起来。

为了将莫奈纳入现代艺术

如何才能把近代美术大师的作品和现代艺术联系起来呢?

直岛追求的是地区与自然及艺术的关联,那么我们又该如何将莫奈纳入这一脉络呢?

不克服这些难关,把《睡莲》放在直岛就是无比突兀的。在这样的状态下,除了是价值数十亿日元的画,这幅《睡莲》不会有任何意义,不过是美术馆里司空见惯的天价作品而已。惊人的价格的确能吸引不少好奇的目光,但它能不能孕育出超越这些目光的价值呢? 如果一件作品不能通过"存在于那里"

再一次创造出文化价值，那么它再值钱也是枉然。

怎么做才能让莫奈的作品不落入这种窘境呢？我夜以继日地思考着……

为了实现这个目标，我们恐怕需要用到以前想都没想过的方法，在现代艺术的脉络中挖掘莫奈的意义。与此同时，我们还得通过这份意义，为莫奈增添几分"直岛范儿"。

一言以蔽之，我们要赋予莫奈的《睡莲》全新的意义，并且在直岛打造一处能体验这种意义的场所。

要把如此巨大的莫奈作品有效利用起来，专门为它建一座美术馆是唯一的办法。其实在20世纪90年代中期以后，公司就开始探讨新建美术馆的可能性了。安藤先生已经设计过三套建筑方案。

然而，这三套方案都没能让福武先生说出"就这么办"。最有希望实现的是2000年构思的方案，美术馆建成后，将拥有和倍乐生之家同等规模的画廊。眼看着计划已经取得了相当多的进展，但最后还是不了了之了。

为了展示莫奈的作品，特殊的场地必不可少，所以这一次无论如何都得新建美术馆了。可之前的计划都是在快开工的时候喊停的。如果悲剧再次上演，巨幅《睡莲》将无法融入直岛的大环境。倍乐生还有另外两幅《睡莲》，可都躺在仓库里积灰，没有被充分利用起来。

不过这次新买的《睡莲》无论质量还是尺寸都远胜之前的两幅，岂能让它沉睡在仓库里。如果新美术馆没建成，到头来就只能把它展示在倍乐生之家了，可那么做会摧毁我们辛辛苦苦构筑起来的直岛脉络，万万使不得。福武先生总是按照他那一刻的心情做判断，但这一次我们说什么都得维持住他的兴头，必须提出具有划时代意义的创意，让他心甘情愿陪我们走到底。

奈何说起来容易，做起来难啊……

* * *

莫奈是最具代表性的印象派画家，想必各位读者早已耳熟能详。而印象主义是现代艺术诞生前的时代广泛流行的一种表现类型。它是日本人最喜爱的美术风格，因而莫奈也颇受日本人的追捧。不过大家在这个语境下联想到的"莫奈的作品"大都绘制于 19 世纪末到 20 世纪初，还保留着一定的具象性。你能看出莫奈画的是什么，画的长宽不会超过一米，笔触也比较温和。《日出·印象》（*Impression Sunrise*）就是其中的典型。

而莫奈在七十四岁（1914）以后为橘园美术馆绘制的大型装饰画《睡莲》却简直跟抽象画一样。

你看不清他到底画了什么。比起描摹对象，他反而更强调每一道笔触，表现性更为强烈。这固然是因为当时莫奈患有严重的白内障，他为视力衰退所苦，识别色彩的能力也大打折扣，为治病所做的手术对他产生了很大的影响；但强劲的表现力仿佛压倒了这一切，完全超越了他所在的时代。比起 1926 年莫奈刚去世时，他的晚期作品在二战后的 20 世纪 50 年代获得了更高的评价。没错，莫奈在晚年创作的系列作品《睡莲》被誉为现代艺术的前奏。

尤其是福武先生打算在直岛展出的这幅高两米、宽六米的《睡莲》，更是他在人生最后阶段绘制的大型装饰画之一。

1911 年，年过古稀的莫奈遭遇了接二连三的不幸。先是妻子爱丽丝永远离开了他。长子让也在 1914 年去世了。从那时起，莫奈开始绘制从系列作品中汲取灵感的大型装饰画。同年 7 月，第一次世界大战爆发。仅参战人员就有九百万人丧生，堪称有史以来最为惨烈的战争。失去至亲的痛苦与受伤士兵的惨状，让莫奈决意创作能够抚慰心灵的作品。

对莫奈而言，"近代"原本是个能从乐观角度把握的世界。铁路与汽车带来了便捷的生活，人们的日子也渐渐富足起来。然而，世界大战的爆发改写了一切。现代武器带来的战争刷新了残虐的定义。渐渐地，莫奈的观点有了转变。他不再创作为特定个人服务的小画，而是开始创作考虑到公共场合的大型装饰画。

除了尺寸变大，画面变得抽象也是该时期莫奈作品的一大特征。据说这是严重到让他几乎失明的白内障所致，可那些画却有着光凭这一点无法解释的骇人魄力。就是这个特征让莫奈晚年的作品成了大家口中的"抽象画先驱"。

顺便一提，美国的抽象表现主义（Abstract Expressionism）

与《睡莲》的抽象性有一定的相通之处。这种风格兴起于20世纪40年代后期至20世纪50年代，有三项显著的特征：第一，使用巨大的画布。第二，画面不存在中心，色彩与线条均匀分布。第三，由于重视绘制过程，画面会留有艺术家作画的痕迹。这些特征都能在莫奈的画里找到。不过这些相通之处却是百分之百的巧合。

我们不能说莫奈是怀着跟美国抽象表现主义画家一样的心态去创作的。反之亦然，我们也找不到可以证明"抽象表现主义画家参考了莫奈"的事实。两者的作画观点与态度都不一样。

莫奈笔下的画面看起来再抽象，画的终究是发生在水面上的现象，是对水面上光反射本身的描写。而美国抽象表现主义画家的画不存在可再现的主题，是完全抽象的。他们的兴趣在于激烈的笔触所带来的强劲震撼力，在于神奇而抽搐的世界观，在于布满大画面的色彩产生的效果和随之而来的精神性。

然而，由于作品在视觉层面的共通性，莫奈在二战后的美国广受赞誉，成了大家口中的"前卫画家"。最先给出好评的是20世纪50年代的纽约现代艺术博物馆，不过，也有人指出纽约现代艺术博物馆这么做的一部分原因是：为当时在美国日渐兴起的抽象表现主义寻觅正统性。[①]从某种角度看，这也是为了满足时代的要求，打造出"传承艺术史"的效果，好让美国成为新生代艺术的中心。

---

① 具体而言，艺术家包括杰克逊·波洛克、马克·罗斯科、巴尼特·纽曼（Barnett Newman）等。

进一步诠释莫奈

看到这儿，细心的读者可能已经发现了。把莫奈和现代艺术联系起来——没错，早在 20 世纪 50 年代的纽约，就已经有人做过我想在直岛尝试的事了。而那也恰好是美国取代巴黎，逐渐成长为全球艺术中心的时期。美国借助以莫奈为首的印象派及其他欧洲艺术大师的力量，大力宣扬本国艺术的正统性与世界性。

抽象表现主义就是这股浪潮的急先锋，其作品不光具有艺术价值，还成了冷战时期的美国彰显自由的表现手法，被用在了政治宣传领域。坊间盛传为了实现理想的宣传效果，连美国中央情报局都插手了作品的创作。

抽象表现主义被誉为最具美国色彩的现代艺术，而它的背后就是莫奈那尺寸巨大、如抽象画般的《睡莲》。在美国现代艺术的大本营纽约现代艺术博物馆的重要展区，长期展出着一幅莫奈的巨型装饰画《睡莲》，这就是最好的佐证。这幅作品和日后展出在地中美术馆的《睡莲》是同一时期诞生的姊妹作。

虽然距离 20 世纪 50 年代甚远，但让福武先生在波士顿大受感动的"20 世纪的莫奈"展的用意之一，即再次肯定莫奈在抽象画意义上的前卫性，这种诠释角度是极具美国色彩的。

已经查到这个份儿上，再将这种诠释直接套用在直岛上就很没有意思了。二战后成长起来的日本人本就受着美国的文化影响，事到如今又何必再向美国看齐呢。

既然如此，我们唯一能做的就是进一步阐释莫奈了。于是我顺着这个思路往下想：怎样才能实现这一点呢？

直岛的现代艺术藏品始于战后的美国艺术。众所周知，战后日本的民主化进程是通过美国影响完成的，美国的影响甚至已经抵达了日本人的内心深处。按自己的"喜好"随便挑了件现代艺术品，却发现那是美国的画作……这样的事情比比皆是。接受过"战后教育"的日本人，都会下意识地偏爱美式价值。所以长久以来，大家也特意不去公开探讨这个问题。

可对我来说，现代艺术中也包含着这样一个问题：如何摆脱美国的影响？柳幸典、蔡国强、宫岛达男、杉本博司、内藤礼、大竹伸朗、草间弥生、千住博、须田悦弘……这些年，我一直致力于摆脱美国一边倒的状态，尽可能多地聚焦因亚洲本土的现代艺术而在全球广受好评的艺术家，并将他们的作品留在直岛。

直岛的作品中暗藏着"何为亚洲精神／日本精神？"这样的问题。这不仅是艺术层面的问题，更与直岛乃至二战后日本的文化主题有着共通之处。

二战后的日本文化有两条发展脉络。一是所谓的欧美型文化，二则是传统文化。日本的国宝是个非常典型的例子，虽然战败造成了历史断层，但国宝的文化价值却从战前延续下来，保持着审美的连续性，并在战后的价值体系中得到了传承。文化厅的保护政策也基本反映了这一点。

与此同时，美国在文化领域推行二战后的占领政策。从电视、广播等媒体播放的音乐、电影、动画等大众文化，到以面包、牛奶为代表的饮食文化，还有抽象表现主义、波普艺术等被定位为高雅艺术的现代艺术与设计风格……二战后日本文化的各个方面都是在美国的影响下发展起来的。

换言之，日本一边从过去传承自古以来的价值，一边把美国带来的价值视作"未来"加以引进，从而逐渐形成了现在的价值观。

正是这种价值观造成了日本在思考文化时的不负责主义。逃避当下的课题与现实，审视事物时总是在"过去的日本式价值"和"未来的美国式价值"之间二选一。换句话说，这种价值观造就了日本置身事外、对自己生成的价值不负责任的态度。我们能在日本的方方面面找到这种"核心价值的欠缺"。在文化与艺术层面，这个问题体现得尤为明显。

长久以来，我一直想要在直岛挑战直岛特有的课题，并由此创造艺术的现实。也就是说，我不想抱着"在美国被说是好的，所以应该是好的"这样的心态去做不负责任的移植，与此同时，我也对"这是日本的传统，所以它一定有价值"这种不负责任的态度保持警惕。

日本人通过"不扮演核心角色"的方式巧妙地逃避了文化认

同问题的责任，而我们在直岛开展的活动则试图改变这种现状。

其实东京与地方城市也在同样的构图中被迫各司其职。从某种角度看，这也算是"中心与周边"的问题。

不过说到底，我还是希望直岛的艺术能从我们生活场域的现实出发。"家计划"和由它衍生的"THE STANDARD"展都是受这种观点启发诞生的企划。如此看来，这些企划对我来说也是偌大的进步。再往前回溯，它们与三宅町长和金子知事当年提出的疑问——"何为日本文化"也是一脉相承的。所以，福武先生说他想在直岛展出莫奈的时候，我的第一反应是：又要走弯路了啊！

"共通的疑问"成为起点

无奈事已至此，再扯这些也是徒劳。

在思考的过程中，我首先想到的法子，就是进一步拓宽之前提到的"美国艺术界对莫奈晚年作品的诠释"。莫奈应该还有一些没有被彻底阐释的部分。而那些部分说不定能和今天的直岛艺术联系起来。

为此，我们何不先彻底研究一下目前业界对莫奈《睡莲》的解读，也就是美国式的现代性阐释呢？从某种角度看，这样说不定能够承袭莫奈或美国现代艺术的精髓，并发展或扩大它。

想到这儿，我的脑海中立刻浮现出两位艺术家的名字，瓦尔特·德·玛利亚与詹姆斯·特瑞尔。如前所述，他们是最具代表性的大地艺术家，《闪电原野》与《罗登火山口》项目是两人的代表作。他们既具有美国色彩，又超越了美国的存在。

　　因为他们的战斗与创作都发生在超出现有价值的地方。玛利亚从不迎合艺术市场，在大都会纽约过着世外高人般的生活，沉浸在"丈量世界"这个形而上学的梦想中。特瑞尔则投身于亚利桑那偏远的乡村，坚持推进宏伟的艺术计划，把整座死火山变成了作品。对偏爱新事物的美国人而言，他们像是早已走进了尘封的历史，其实他们却坚守在艺术最前沿，完全没被世俗化，只是专注于各自的创作和人生。

　　而且我也觉得，唯有他们才能与莫奈人生最后阶段追求的世界观产生共鸣。

　　寻求"永恒"的和平，用哲学探索普世世界，以非人类的标尺在自然与宇宙的背景中审视时空……他们三人其实有不少共通点。

　　换句话说，玛利亚与特瑞尔也在用超越个人生死、如宇宙般的视角来审视这个世界。莫奈也有同样的普遍世界观。他通过睡莲这种日常的风景眺望远方的彼岸。他想要超越战争这种人类愚蠢的行为，描绘时间永恒循环的世界。莫奈幻想的就是永远没有终点的世界。从某种角度看，这也是一种颇具佛教色彩的世界观。

而这种世界观的出发点，正是玛利亚与特瑞尔上下求索的疑问。想必莫奈也怀揣着同样的疑问。这个疑问应该可以用下面这句话来概括：

　　"世界究竟是个怎样的地方？"

　　光是诠释莫奈的《睡莲》就够难的了，为了解开这个难题，我也许引进了更难的元素。可要是不这么做，就不可能赋予莫奈的大型装饰画更深刻的含义，也不可能创造出"在直岛展示这幅作品"的意义。而且，这样的展示方案需要相当多的资金，所以它必须有足够的说服力才行。

　　福武先生铁了心要在直岛展出莫奈。为了不辜负他的一片热忱，我们无论如何都要找出莫奈不同于以往的意义。为了达到这个目的，我们需要让每位艺术家背后的理念产生共鸣，然后找到他们的作品只存在于直岛的意义。

　　三位艺术家都在探索"世界的由来"。那么我们能不能通过他们的作品探寻这个疑问本身呢？建筑也能共享同一个疑问。大家用各不相同的手法接近世界的本质，我想把直岛打造成这样的地方。

　　大家的目标都是接近世界，只是各用各的方法。有人画画，有人制作雕塑，有人运用实实在在的光线，有人设计建筑。包括建筑师在内的四位艺术家将在这里呈现他们解读世界的方式。虽然做法不同，所呈现的世界也不同，但最初的疑问却是共通的：

"世界究竟是个怎样的地方？"

除此以外，我们希望打造的艺术空间不可能有别的出发点。

　　我在直岛逗留了一段时间，一刻不停地思索着。有时是望着浪花点点的濑户内海沉思，有时则是在本村的小巷中漫步思考。怎样才能把直岛这个地方跟莫奈联系起来呢？这座小岛跟莫奈没有一丁点儿关系。更不可能像纽约接纳莫奈的作品那样，让莫奈的作品替美国本土的文化脉络代言。毕竟，这是一座偏远的亚洲小岛啊。

　　"世界究竟是个怎样的地方？"——这个疑问其实也是贯串"家计划"的隐藏主题。换句话说，"世界的本质"这个主题和"家计划"所关注的主题"日常的世界"是硬币的正反两面。

　　这个疑问在内藤礼女士打造 KINZA 时已经凸显出来了。她一生的事业主题就是探索"世界与自己的关系"，所以她思考这个问题是理所当然的，不过这也造成了一种矛盾状态：从事现代艺术，一方面要直面日常，一方面又要与极度抽象化的世界观对抗。特瑞尔的《罗登火山口》项目、玛利亚的《闪电原野》和贾德的马尔法都面临着同样的矛盾。

　　艺术是生活的一部分，但同时也是一种哲学。它和超越生活的非日常是相通的。偏僻的小岛鼓起勇气，探索与世界的交点——这才是隐藏在直岛艺术深处的主题。

　　就这样，直岛以莫奈的《睡莲》为媒介，再度回归极为哲学的世界。

玛利亚与特瑞尔

在直岛的探索之旅中，瓦尔特·德·玛利亚与詹姆斯·特瑞尔扮演着十分重要的角色。那就借此机会，再给大家详细介绍一下两位艺术家吧。

1935年，美国现代艺术家、音乐家瓦尔特·德·玛利亚出生于加利福尼亚州的奥尔巴尼市。他曾在加利福尼亚大学伯克利分校就读，主修历史学与美术。玛利亚早期的作品表演色彩浓重，让人联想到达达主义的风格。后来，他开始运用几何状的不锈钢、铝等素材制作极简主义作品。20世纪60年代中期，他制作了两部音乐作品，分别是《蟋蟀与打击乐》（*Cricket Music*）和《涛声与打击乐》（*Ocean Music*），以及一部题为《沙漠中的三个圆两条线》（*Three Circles and Two Lines in the Desert*）的影片。此外，玛利亚还担任过纽约的摇滚乐队原始（The Primitives）和地下丝绒乐队（The Velvet Underground）前身德鲁兹（The Druds）的鼓手。

玛利亚以现代艺术家的身份推出了众多装置艺术作品，逐渐得到世界的认可。如前所述，大地艺术、环境艺术这一全新的艺术领域诞生于20世纪60年代后期到70年代，而玛利亚就是该领域的旗手。他永远按照"地球规模"创作，除了《闪电原野》，位于德国卡塞尔弗里德里希公园的作品《钻地球一千米》（*The Vertical Earth Kilometer*）也很有名。在这件作品中，他往地面垂直插入了一根长达一千米的不锈钢柱。

在直岛，玛利亚通过场域特定作品和"家计划"，实现了探求已久的"场地艺术"的极致。与此同时，他也与直岛的哲学主题"美好人生"建立了密切关联。直岛本就是为了实现"美好人生"这样的哲学态度打造的平台，而在直岛创作的众多艺术家中，玛利亚称得上是最具哲学色彩的一位（所以福武先生才格外中意他）。

我们在 1997 年第一次向他发出邀约，请他制作一件和小岛南侧的自然景观相关的作品。同年五月，他首次造访直岛。

纽约的艺术界人士告诉我们，玛利亚恐怕不会跑去日本制作艺术品。因为他当时正处于非常艰难的时期，几乎没有公开进行创作活动。也正因如此，他正在一点点被人们遗忘。而且玛利亚这人出了名地难伺候。在他生前，公众甚至找不到一张有他正脸的照片，所以连艺术界人士都认不出他来。他几乎从不见人，能见到他的人极为有限。至于作品，除非他自己感兴趣，否则是绝不动手的。这些都不是单纯的传闻，而是事实，这最令人震惊。

也不知玛利亚的心境发生了怎样的变化，他居然回复我们说，他愿意访问直岛。不过当时他强调："我只是来看看，不确定会不会做。"

初次见面时，他给我留下的印象是"文静的哲学家"，绝不多说一句废话。

玛利亚仔仔细细考察了整座直岛。回到纽约后，他构思了三套方案，然后带着它们再度来访，向福武先生提案。三套方案都令人震撼。如今能在海滨画廊[45]看到的装置艺术作品《看得见／看不见，已知／未知》（*Seen/Unseen, Known/Unknown*）就是其中最容易实现的一套。

还有一套方案是"把一个巨大的球体安置在从倍乐生之家能远眺到的山顶"，犹如升上山头的太阳。如果这套方案真的实现了，直岛便会多出一道惊人的风景。

在介绍特瑞尔的章节，我也提到过"没能实现的直岛方案"。这些方案的构思者包括克里斯托·弗拉基米罗夫·贾瓦契夫 (Christo Vladimirov Javacheff)[46]、克莱斯·奥登伯格 (Claes Oldenburg)[47]、安藤忠雄、杉本博司、安田侃等艺术家。每一套方案的概念都极具魅力，让人仅凭概念就想办场展览了。这些方案的规模十分宏大，全是计划安置在小岛南侧的场域特定作品。

在 1994 年的"Out of Bounds"展圆满落幕后，岛上一直没有新添以"南侧景观与艺术"为主题的大型作品。虽然艺术家们设计过好几套方案，但是全没实现，不是因为规模太大，资金难以支撑，就是没能彻底打动福武先生。玛利亚的《看得见／看不见，已知／未知》就是在这样的大背景中顺利诞生的。

玛利亚的作品尺度虽大却毫不粗糙，极具概念性，有着细致的设计。他会反复实验，只要不达到他认为完美的地步，就绝不把方案变为作品。

再看詹姆斯·特瑞尔。他同样来自美国，比玛利亚小八岁左右，1943 年出生于加利福尼亚州的洛杉矶。他擅长以光与空间为创作主题。除了艺术，他还在加利福尼亚大学尔湾分校的研究生院、克莱蒙特研究生大学等地，学过认知心理学、数学、地质学和天文学。与此同时，他还有飞行员执照，飞行经验也对其作品产生了深远的影响。

特瑞尔从20世纪60年代后期开始发表作品，他以"光"为素材制作的极具实验性与挑战性的作品，在世界范围内得到了高度的评价。目前，除了直岛，我们还能在石川县的金泽21世纪美术馆见到他的作品。在探讨《睡莲》的展示方案时，他已经为直岛制作了《南寺》，后来也多次造访这座小岛。

如前所述，位于亚利桑那州弗拉格斯塔夫的《罗登火山口》项目是特瑞尔毕生的事业。项目在20世纪60年代后期启动，将整座山变成作品，可谓规模宏大。这件作品可以用"艺术天文台"来形容，旨在通过特瑞尔制作的集光器状装置，把握太阳、月亮等天体的运行状态。从某种角度看，特瑞尔以一种明朗的方式反映了20世纪的科学探究心。

这类反映美式开拓精神的艺术作品，也是包括玛利亚等艺术家在内的20世纪70年代美国艺术的一大特征。这种艺术不再是单纯的文化现象，它的发展超出了美术馆的范畴，成为一起规模宏大的人为事件，是反映20世纪文明观的艺术品。美国西南部的沙漠地带成了艺术家们的创作基地。除了《罗登火山口》，罗伯特·史密森的《螺旋形的防波堤》（*Spiral Jetty*），迈克尔·海泽的《双重否定》（*Double Negative*）、《城市》（*the City*）也属于这一范畴。论风格，唐纳德·贾德的马尔法艺术项目和它们略有不同，却建立在相似的精神上。

莫奈构想的"空间"

言归正传。这两位艺术家的创作风格都是先拿下一片广阔的土地，然后再创造出独特的时空。那我们该如何把他们和莫奈联系起来呢？除此以外，玛利亚和特瑞尔都是活跃在创作一线的艺术家，可莫奈早就不在人世了，我们又该如何填补他们之间的这道鸿沟呢？这也是下一个阶段需要思考的问题。我们能不能像对待尚且在世的艺术家那样，细细揣摩莫奈的心思？如果莫奈还活着，问起了这座新美术馆的构想，我们又该如何向他解释？

莫奈的研究在法国和美国开展得比较多。近年来，人们也对晚年的莫奈进行了剖析。让福武先生大受感动以至买下作品的"20世纪的莫奈"展，其企划者正是"晚年莫奈"研究领域的第一人，马萨诸塞大学名誉教授保罗·海耶斯·塔克（Paul Hayes Tucker）。他也给我们提了不少宝贵的建议。

在调研的过程中，我们发现了一件很有意思的事情。

原来，莫奈曾就要在怎样的空间、用怎样的形式展示他晚年创作的《睡莲》有过细致的构思与设计。他不单单绘制了那些大尺寸的画，还像建筑师那样，设计了用于安置画作的空间。他对设计进行了反复的推敲，每一次都留下了图纸。为橘园美术馆绘制《睡莲》时，莫奈虽遭遇了视力下降等突发状况，但是从1914年"一战"爆发到1926年去世（享年八十六岁），他花了整整十二年去打磨这些作品。其间，他也对亲自构思的建筑计划进行了反复的修改。

我产生了一种预感，事情说不定会朝着某个有趣的方向发展。莫奈不光提笔作画，还在不依赖任何人的状态下，对这幅画应当被安置在怎样的空间、观者应该如何度过与画共处的时间进行了彻底的思考。

仔细想来，莫奈一定是在绘制《睡莲》这一大作的过程中仔细斟酌过作品要安置在怎样的场所，应当以怎样的形式去组织，所以才会亲自打造种满睡莲的池塘。他不是单纯的园林建筑师或设计师，造池塘也不单单是出于兴趣，一切都是为绘画服务的。

像这样观察莫奈对建筑空间的思考，其过程本就是一件非常有趣的事情。单纯靠一幅画，我们无法想象莫奈的世界观是什么样子，但通过一张张反映莫奈世界观的图纸，我们就可以得知莫奈看待这个世界的方式。

莫奈设计的展示方案从初始版本的"一个正圆"，演变成后来的"两个椭圆"，至于椭圆的大小与形态，莫奈也进行了反复的调整。可惜方案还没有完成，他就离开了人世。所以我们也无法确定橘园美术馆今天的空间形态与展示方法是不是完全符合莫奈的设想，只能说它的确在很大程度上反映了莫奈的想法，至少"选择的展示作品"和"作品的安放位置"都遂了他的愿。

橘园美术馆的第一展厅与第二展厅各展出了四幅作品。最窄的作品位于第一展厅的入口处，尺寸与地中美术馆的展品相同，都是六米宽、两米高。最宽的作品位于第二展厅，足有十七米宽。第一展厅的作品刻画了从早晨到日落的睡莲池塘，光影颇为多变。从逆时针方向看，最先映入眼帘的是清晨的水面，朦胧的紫色分外显眼。接着是在正午的阳光下，清晰倒映出对岸树木的水面。其后是白云朵朵的午后水面，以及日落时分的莲池。安置在这个位置的作品和直岛的《睡莲：日落》描绘了同样的场景，只是版本略有不同。

第一展厅的作品都细致地表现了水面反射的光影和变化，而第二展厅的作品则出现了若干条纵向的柳树树干。虽然树干基本只有粗略的轮廓，但它们给水平方向绘制的《睡莲》增添了几分变化。弯曲的树干能让观者联想到人。展厅的作品两次刻画了莲池的早晨，一明一暗。

第二展厅的氛围十分宁静。画面变化不多，趋于平面。展陈的作品有着无法用一句话解释清楚的图像、构图与主题，颇有些暗号的感觉，但并未超出我的想象。说实话，第二展厅有太多令人读不懂的地方，我也束手无策。

至于要选择哪些作品，莫奈本人貌似也纠结到了最后一刻，除了今天展示在橘园美术馆的画作，他还留下了其他的作品。在橘园美术馆之外还存在一幅宽六米、高两米且题为《日落》的作品；算上地中美术馆的那幅，总共有三幅《日落》，每一幅都刻画得十分精细。

除此之外，人们还找到了不少宽四米、高两米以上（显然是为橘园美术馆准备的正式画作）或接近这一尺寸的作品。其中有几幅被烧毁了，目前还剩九幅。在莫奈去世后，它们都被留在画室中，几乎无人问津，直到二战后才随着美国对莫奈的重新评定而重见天日。如今这些作品已经被世界各地的美术馆收藏。

另外，莫奈还画了一些宽两米、高两米的《睡莲》，应该是习作或试验品。其中不乏笔触十分潦草的。据说算上宽两米、高一米的小型作品和之前的连作系列，《睡莲》共有二百五十幅左右（也有人说是三百幅）。倍乐生收藏的另外两幅，尺寸就是宽两米、高一米。

把话题拉回宽六米、高两米的《日落》吧。同样尺寸的《日落》共有三幅，但色彩与笔触相差甚远。毕竟是大型装饰画，一画就是十多年，所以画家的运笔会在这个过程中产生很大的变化。据我个人推测，从笔触来看，地中美术馆那幅《日落》的绘制时间应该比较接近1914年，也就是莫奈刚开始画这个系列的时期。我为什么会这么认为呢？因为它的笔触和日本国立西洋美术馆收藏的宽两米、高两米的《睡莲》颇为相似。每一道笔迹的尺寸感也很像。记录显示，日本国立西洋美术馆的《睡莲》是1916年直接向莫奈购买的，当时他已年近八十岁。随着年龄的增长，莫奈对色块的处理变得愈发粗略，笔触也愈发大胆，因此我们可以推测出地中美术馆的《日落》也是同一时期绘制的。

橘园美术馆的天顶其实很低，展厅是纯白色的空间，借助自然光烘托作品，这正是莫奈的点子。均质的光线从天顶洒落。那些光并非直射的阳光。展厅为光设置了较长的进入路径，光线经过多次反射，扩散至整个空间，均匀地洒入展厅的各个角落。

在 2006 年，橘园美术馆遵照莫奈生前的意愿，对展厅进行了修整。修整的重点是天顶部分。我们今天看到的便是修整之后的模样。我曾在学生时代（20 世纪 70 年代）去参观过一次，当时的空间还没有让人眼前一亮的感觉。美术馆开业时，莫奈已经是个过气的画家了。他本希望能新建一座画廊，专门用来展示他的《睡莲》，可惜没能如愿。从"橘园"这个名字便能猜出，美术馆是由种植橘树的温室改造而成的，预算十分紧张。据说它有好一阵子无人打理，简直与仓库无异。可见在那个年代，《睡莲》被人们忘得一干二净了。

有趣的是，学生时代看到的莫奈和如今在自然光中看到的莫奈，竟给我留下了几乎相同的印象，那感觉就好像置身水缸一般。这也说明《睡莲》是"很难让视线聚焦"的作品。

相较于人工照明，这种感觉在自然光的烘托下好像变得更明显了。整个人宛如浸泡在水中，有种轻飘飘的浮游感。这不正是凝望水面产生的飘忽感吗？这种不断波动的感觉，肯定是莫奈目不转睛望向水面的感受。我们可以通过欣赏《睡莲》，把自己代入莫奈的视角，体验他是如何把握时空的。

自然光的强弱变化进一步强调了这种浮游感，为它增添了几分不稳定的感觉。坐在摇曳的小船上打量水面，你也会产生类似的感受。这种感受与作品的形态密切关联。作品很大，展厅却是椭圆形的，所以观者不可能和作品保持很远的距离，再怎么后退，也无法将十多米宽的作品一次性纳入视野。观者不可能像欣赏寻常的画作那样，只看一眼便把握住整个画面，于是视线便会自然而然地在画面中四处游走。

莫奈晚年创作的大型装饰画《睡莲》的精妙之处，正在于这种浮游般的空间体验。

莫奈通过描绘池水和映照在水面的光线变化，呈现了看似变化不断、实则永恒不变、如阵阵涟漪般的时间之流。

莫奈本就是一位擅长刻画"光影瞬间变幻"的画家。在以连作形式持续描绘这个主题的过程中，他逐渐意识到，将刻画瞬间的画作串联起来，就能像一帧帧连续拍摄的照片那样，表现流动的时间了。

后来，莫奈便将兴趣转移到了"以瞬间的变化呈现时间的流逝"。分分秒秒、流转不断的时光从不止步，但不断变化的瞬间形成连续，就能构成永恒的时间，并以"年"为周期不断循环。长久以来专注描绘自然的莫奈深刻认识到，自然的时间是无比神奇的，因为它在持续变化的同时，仍在以年为单位一遍遍地循环着。

在理解这一点后，我产生了一个想法：何不借由倍乐生已有的莫奈作品，在现代重现莫奈的时间？虽然仍有很多无法填补、看不透彻的部分，但莫奈给我们留下了不少线索，我认为这个想法值得一试。

建筑项目启动

莫奈设想的展陈空间，加上玛利亚与特瑞尔的作品，三位艺术家都在探索"世界究竟是个怎样的地方"，如果在建筑层面也能聚焦这个问题并建设一座全新的美术馆，迎接我们的定会是一个无比美妙的空间。而且它将只属于直岛，因为世间根本找不到第二个这样的地方。

一想到这样的点子，我态度骤变，再次燃起了无限的热忱，立刻约了时间，直接找福武先生汇报。

听完以后，福武先生给出了一句用词独到的评语：

"不错嘛，你的意思是以莫奈为主尊，让玛利亚与特瑞尔当左右二胁侍[48]，对吧？"

他的归纳很有"福武范儿"。说白了就是借鉴寺院的佛像，以"三尊佛"的形式展开莫奈、玛利亚与特瑞尔的作品，让来客抱着"迈入神圣空间"般的心境鉴赏作品。这应该就是福武先生对我汇报的印象。

我也不确定他当时有没有完全理解我的意图，却觉得"神圣的祈祷空间"是个不错的点子。福武先生的反馈启发了我，让我有了新的灵感。

总而言之，我顺利得到了福武先生的首肯，美术馆将按这套方案兴建。当然，方案要成真，还得克服好几道难关，但上头好歹批准了，也算是开了个好头。

我们要做的下一步工作，就是为了实现宏伟的构想搭建大框架，把展示场地建起来。

"地中美术馆"的建设工程就这样正式启动了。

我通过传真与电话分别联系了玛利亚与特瑞尔，告诉他们直岛启动了一个新项目。当然，我也如实交代说，这个项目的起点是莫奈的《睡莲》。

另外，我还提到了这次的项目邀请了哪些艺术家。两人在听到对方的名字之后几乎没有做出任何反应，不过是"哦"了一声，便立刻埋头钻进了自己的世界。

他们都已经在直岛留下了自己的作品，也知道对方跟直岛有过合作。最关键的是，他们活跃在同一个时代，有着同样的倾向，都是现代艺术界的领跑者。

但两人几乎都没怎么提到对方，只是专注于自身的创作。我觉得这种状态非常不可思议，不过转念一想，这也许就是所谓的职业精神吧。

我也没有闲工夫去打探他们的关系。毕竟更让我忧心的是，他们会拿出怎样的作品方案来。

为了方便艺术家构思，我先把基本的空间尺寸给到了他们。两人分别有十立方米的空间可供发挥。我请他们以这样的空间为基准，构思必要的作品规模。

提供空间尺寸是我的主意，因为我觉得如果一点儿线索都不给，艺术家根本无法构思。等他们想好了作品的粗略概要，我还得向福武先生汇报呢。是每收到一套方案就立刻汇报，还是等整体轮廓稍微成形了再说？汇报的方式也是很有讲究的，天知道会得到怎样的回复。但我只能往前走，先让艺术家们把概要构思出来。事到如今，已经无法回头了。

在直岛新建一座美术馆，以《睡莲》为中心，主打现代艺术。这个项目规模宏大，福武先生还是想请安藤忠雄先生来设计美术馆的建筑。可实话告诉大家吧，我当时对此抱有一定的疑问。

当然，我并不是信不过安藤先生的手艺，更不是看不惯他的设计风格。安藤先生是有口皆碑的建筑大师。他设计的倍乐生之家广受好评，无数建筑爱好者就是冲着它才造访直岛的。

但我当时认为，要想实现我脑海中的构想，像安藤建筑那样"每个角落都彰显着建筑师鲜明个性的空间"可能并不合适，我们需要的是更偏中性的空间。我担心在这次的项目中，安藤建筑的强烈风格会对每位艺术家的个性造成干扰。

安藤先生总会将明确的意图融入作品，而且凡事均以此为先。他绝不会轻易将艺术家的需求放在首位。问题是，这座新美术馆的空间必须由艺术家而非建筑师来打造。玛利亚与特瑞尔都是创造空间的艺术家，要让《睡莲》发挥出它真正的价值，我们也必须采用莫奈的建筑创意。如果真请"建筑师安藤忠雄"

来做，一定会有不少难以达成一致的场面。

所以我向福武先生提议：

"这次要不要考虑一下别的建筑师呢？要想让莫奈在现代艺术的语境中发挥出最佳的展示效果，我们有必要在每个空间重点突出每位艺术家的个性。"

但福武先生不肯让步。

"不行！此时不请安藤忠雄更待何时啊！"

福武先生认为，新建美术馆这样的大工程需要投入大量的资金与劳动力，除了安藤忠雄这位最顶尖的现代建筑大师，他根本没有别的考虑。

福武先生的态度十分坚定，我好说歹说，他就是不点头。事已至此，也只能做好准备，与安藤先生合作了。

选定位置和建筑方针

美术馆的建筑将由安藤先生设计。以莫奈为中心，让玛利亚和特瑞尔联袂献展的方案好像也得到了福武先生的认可。于是我们便请两位艺术家来直岛实地考察。那应该是 2002 年前后的事情吧。特瑞尔当时虽然很忙，但还是找机会造访了直岛。玛利亚也亲自来了一趟。

其实福武先生早就有了在现今地中美术馆的所在地兴建展馆的想法。从倍乐生之家的咖啡厅远眺，恰好就能看见那座小小的山丘。

福武先生带着玛利亚走到院子里，指着准备修建展馆的地方，说他打算把莫奈的画作放在那里展示。玛利亚望着眼前的风景表示："跟倍乐生之家有一定的距离，这样很好。"随即补充道："不能让美术馆的外观破坏了山脊的棱线。"

福武先生也有同感。他们都觉得，最好不要影响到濑户内的绿树青山和海景。

小岛的南侧属于濑户内海国立公园，那片地区的开发工作始终以"尽量不露出人造物"为大方针。在之前的项目中，安藤先生也充分利用了地形，尽量将建筑埋在地下，如此一来建筑的外观就不那么惹眼了。这次的美术馆也采用了同样的方针，只是做得更加彻底了，建筑师打算把整栋建筑都埋进地底。

从倍乐生之家的咖啡厅向外远眺，收入眼中的风景是如此祥和，有着鲜明的濑户内特色。福武先生与玛利亚遥望远处的青山，在心中勾勒即将建起的美术馆……

在特瑞尔之后造访直岛的是安藤先生。他要与福武先生会面，确定美术馆的建设用地。福武先生便带他上山去看早已选好的地皮。倍乐生的艺术专员、直岛的运营团队和鹿岛建设的团队也都跟着去了。

福武先生一副轻车熟路的样子，只见他穿着长靴，大步流星地往山林深处走去。走了一会儿，映入眼帘的便是一片混凝土地。那是盐田的遗址，因为被低矮的松树林挡住了，我们之前才没有看见。

为了晒盐，人们要先把海水抽到山上的池子里储存，等盐结晶之后再迅速把多余的海水放掉。所以形似梯田的"下流式盐田"会一直延续至山脚。混凝土就是当年的盐田遗址。

这片地已经基本整平了。福武先生貌似早就相中了它。建在这儿倒也合情合理。毕竟这里本来是有建筑物的，从公路过去很方便，还能省去不少平整土地的功夫。虽然这一带位于濑户内海国立公园内部，但有了这样的基础，新建美术馆的申请也会比较容易通过。安藤先生用中气十足的声音说："这地方不错啊！"美术馆的位置就这么敲定了。

既然已经定了要跟安藤先生合作，我要做的第一件事就是"阐述新美术馆的方针"。安藤先生手上有很多建筑项目，总是忙得不可开交，因此他的每个项目都有专人负责联络。跟我对接的联络人姓冈野，他从建设倍乐生之家开始就负责直岛业务。总而言之，我得先跟冈野先生讲一讲新美术馆的建设方针。

我提出的要求如下：

"美术馆计划展示三位艺术家的作品，需要为每位艺术家配备独立的展厅。"

"每间展厅均有常设展品。"

"参与本次项目的艺术家都倾向于自己设计空间，所以请把展厅内部留给艺术家自由发挥。"

我以简笔画的形式勾勒想法，向冈野先生讲解美术馆的理念。每位艺术家分别享有一间立方体的展厅，以长走廊衔接。为避免空间的相互干涉，展厅之间要留出一定的距离。

最关键的是，我们希望安藤先生也能以"艺术家"的身份参与到项目中，带着"世界究竟是个怎样的地方？"的问题意识，打造美术馆的内部。最基本的建筑功能肯定是要满足的，但除此之外，我们希望他能专注思考"如何让来访者体验建筑空间"。

四位艺术家将分别陈述他们面对世界的方式。我觉得他们陈述得越彻底，最终实现的效果就会越有趣。所以"请艺术家们专注做好自己的部分"便成了项目的大方针。

漫长的磋商就此开始。

我心想，这一次可千万不能重走倍乐生之家1992年的老路——因为先有了建筑，艺术方面只能使用现成的空间。这是我无论如何都想避免的情况。我跟冈野先生反复强调，我们的目标是打造一个让艺术与建筑正面碰撞的美术馆。在这一点上，我们绝不让步。

关于整体的空间设计，我们给出了三大方针。

第一，依托建筑与艺术，打造"一个"能提供审美体验的场所。这个场所的空间不可间断，须保持连续性，建筑与艺术不能分离，必须共享同一时间。

第二，展厅一律陈列常设展品。作品是永久的，场所是长存的。

第三，每件作品拥有独立的空间且空间之间留有恰当的距离。这些空间均在不同的逻辑、尺度、审美意识下构筑，以确保每位艺术家的"表达方式"足够纯净，不受干涉。

这些方针在某些场合是相互矛盾的，但我们希望实现一个能同时满足上述条件的状态。

这套思路其实跟"家计划"的手法有异曲同工之妙，用一句话概括就是：让艺术与建筑在三维空间中相互碰撞，完美融合。

在安藤建筑的脉络中

安藤先生总把磋商形容为"对话"，可他的"对话"非比寻常，激烈得很。他有鲜明的个性，却也无比注重关系。与委托人的关系自不用说，和工程有关的其他人，乃至建筑所在地的自然和历史，他都格外关注。如果对方是人，他就会思考建筑能和这个人产生怎样的关联、这个人想做什么。如果对象是环境，他便会琢磨"建筑能与那个地方建立起怎样的联系"。安藤建筑绝不是一味张扬个性，它们其实是在与对象的关系中构筑起来的。至于要如何诠释这些关系，如何推进相关的工作，安藤先生有他独特的行事方法，所以我们还得在某种程度上配合他的步调。

早在1991年倍乐生之家动工时，我就开始跟安藤先生打交道了，所以他所谓的"对话"我也经历过好几次。在独特的关西腔措辞的助攻下，事情基本都会按照他预期的节奏推进。

不过一旦让他看到了有趣的东西，他又会像天真无邪的孩子一样欢喜。他对"有趣"的定义是"不寻常""超乎想象""基于全新的思路"。就算是别人想出来的，他也会特别开心，就好像他自己是当事人似的。反正他就是喜欢超群的东西。每次见到那样的他，我都不由得感叹，这一定是天才拥有的独特直觉使然。我也格外喜欢为"有趣"的东西而兴奋的安藤先生。不仅如此，他还能在不知不觉中把看到的东西借鉴过来，这份灵活性与"厚脸皮"也让我佩服不已。

建筑师以理论派居多，安藤先生却是一位以直觉见长的建筑师。说句不怕冒犯的话，其实我一直很纳闷，有必要把混凝土搞得那么厚吗？说不定，那并不是出于结构层面的需求，而是来自安藤先生精神层面的要求。他处理光影、切割空间、解读场所、借用地势的手法，全都散发着一股独特的野性。

总而言之，安藤建筑是"表现力很强的建筑"。在清水混凝土的安藤空间中显现的阴影具有鲜明的心理色彩。我想让安藤建筑的空间与莫奈的空间对峙、对话。让安藤先生、玛利亚和特瑞尔在各自的空间自由发挥。至于莫奈的空间，我们会负起责任，精心推敲。

毕竟合作了那么多年，我感觉自己与安藤先生好像已经建立起了一定的信任关系。"秋元有在认真做直岛的工作，办事还是比较彻底的"，他也许是这么看我的吧。

当艺术家想做的事和安藤先生想做的事出现矛盾，我就需要居中协调了。我有时也会向安藤先生提出反对意见，但绝不是毫无缘由的。提出异议是为了以最佳的状态呈现作品。我坚信他能理解我的良苦用心，否则工作就没法推进下去了。可是理解归理解，遇到问题的时候还是得深入讨论。

我偶尔也会直接跟安藤先生磋商，但是在大多数情况下，出面跟我交涉的是冈野先生。要让冈野先生点头说"好"简直比登天还难。中间隔着一个人，沟通起来难免比较花时间，也更加费事。无论我如何解释艺术家的意图，冈野先生都只有一句话："这样的手法在安藤建筑是行不通的。"把莫奈展厅的边角处理成曲面，以及玛利亚展厅天顶部分的设计，起初都遭到过他的反对。

而我只能一遍遍恳求："麻烦您通融通融！"然后谋求两全其美的平衡点。

站在建筑师的角度看，建筑的内外都是"建筑物"的组成部分，把它们划分成建筑的领域和艺术的领域分别构思，对建筑师来说简直无法想象。问题是，玛利亚、特瑞尔等艺术家打造的是装置艺术作品，在他们的认知体系中，空间也是作品的一部分，所以建筑内部应该由艺术家来设计。他们希望能把这部分交给自己来发挥。

如果要打造的作品是"画"，让作品完结于画框内是有可行性的。可这一次，我们想要实现的是"空间艺术"。换句话说，从打开空间入口大门的那一刻起，来访者看到的就必须是艺术家的领域了。

话虽如此，来到美术馆的游客并不会特意区分每一位艺术家的领域，不会去关注哪里到哪里是安藤建筑，哪里到哪里又是玛利亚的作品。他们体验的是完整、连续的时空，所以以包括安藤先生在内的四位艺术家能在那里交织出怎样的世界观就显得尤为重要了。与此同时，如何保证空间与时间的连续性也十分关键。我们必须让它们有机地融合在一起，创造出浑然一体的感觉。

把地中美术馆比作"电影"可能会比较好懂吧。在电影中，众多演员要发挥自己的特长，拿出动人的演技，突出角色的特点。只有这样才能打造出一部优秀的电影作品。我们想在新美术馆实现的效果也是如此。

只有让每位艺术家充分发挥自身的个性，地中美术馆才能为来访者带去更具戏剧性、更刻骨铭心的体验。

直岛项目的头号任务

后来，"对话"总算告一段落，安藤先生开始设计建筑了。玛利亚与特瑞尔也进入了构思作品方案的阶段。大家的工作是同步推进的。

而我必须利用他们各自钻研的时间，将莫奈作品的展示方法推敲得更加具体。要是这个部分逊色于三位艺术家打造的空间，岂不是白忙活一场吗？莫奈已经不在了，没有当事人发话。这个空缺，只能由我来填补。

换言之，我必须站在几乎与玛利亚、特瑞尔和安藤先生这三位艺术家对等的立场上打造莫奈的空间。而且要展出的画作，是价值六十亿日元的大作。这项工作对我的策展水平提出了极高的要求。但最了解直岛的人是我，直岛项目也一直是由我负责的。这毕竟是最后关头的重要任务，我还是想亲自负责到底。虽然实力还有所欠缺，但我必须硬着头皮把它完成。

我先通过资料，确认要在美术馆展示的作品。那幅宽六米、高两米的《睡莲》正是作品之一。它也是我们新建美术馆的契机。作品描绘的是日落时分吉维尼小镇的莲池。画面右侧有柳树，左侧则是白杨树。

这是莫奈惯用的构图法。在他开始画《睡莲》的20世纪90年代后期，这种构图便时有出现。

莫奈肯定是把每一幅作品当成"最后一幅"去画的。

相较之下，倍乐生之前收藏的两幅宽两米、高一米的《睡莲》就显得小多了，也寒酸多了。我入职的时候，这两幅画已经在倍乐生了，据说是1990年，也就是我入职的前一年采购的。

这种尺寸的《睡莲》不是高两米的正式作品，而是按正式作品的标准绘制的习作，数量很多。和大型装饰画比是小了一点，但是比19世纪的画大多了。

莫奈应该是为了练习和确认构图、笔触、色彩，才画了这些作品。作品的水平参差不齐，倍乐生收藏的两幅已经算好的了。虽然刚才我斗胆用了"寒酸"这个词，可它们再寒酸也有两米宽、一米高呢，已经比普通印象派画家的作品大多了。

其中一幅的构图和宽六米、高两米的大作一样，另一幅的水面偏蓝，画面中央有柳树的倒影。莫奈貌似很中意这种构图，橘园美术馆第二展厅内侧也挂着构图相似的作品。画家将弯曲的柳树树干配置在画面的中心。在莫奈的作品中，这类"柳树倒影"算是表现元素比较强烈的，我们可以看到红色的睡莲盛放在暗蓝色的画面中。

正如我刚才所说，莫奈画了很多同样构图的作品，橘园美术馆也有收藏。为日本国立西洋美术馆奠定了基础的"松方藏品"中也有一幅这种构图的画作，尺寸大约宽四米、高两米。2018 年 2 月，它在巴黎重见天日，引来了各路媒体的关注。[49]不过这一幅的损伤比较严重。还有一幅是松方幸次郎先生在 1921 年前后拜访莫奈画室时直接购买的，我们可以在日本国立西洋美术馆看到它。另外，北九州市立美术馆收藏的《睡莲：柳树倒影》也属于同一类型。

除此之外，直岛还有一幅莫奈晚年的小尺寸作品，画面中有座日本桥。它是美术馆构想成形之后采购的，用作莫奈展厅的候选展品。

创作这幅画的时候，莫奈也许正为白内障所苦。通过画面，我能感到他的视线好像很难聚焦。

我要用这些作品打造出怎样的展示空间呢？如前所述，为了找到这个问题的答案，我深入分析了莫奈晚年的大壁画构想。

莫奈将自己的作品称为"大型装饰画"。当时正是新艺术派、装饰派等装饰性较强的艺术流派逐渐成形的时代，也是

"设计"即将诞生的时代。如果对"装饰"的理解只停留在"装饰表面",我们很难看清莫奈的本质。看到"装饰"二字,大家往往会联想到某种附加物,但莫奈的装饰只为欣赏装饰本身打造,是纯粹的艺术体验场所。

莫奈大型装饰画的精髓究竟是什么?它为莫奈的哲学世界观构建了实体,同时也是莫奈眼中世界观"流动的时间及其循环"的体现。莫奈展厅早期的设计方案,就直截了当地反映了这种世界观。

展厅呈正圆形,直径为十八点五米,配置了由四个主题组成的十二块展板。虽然这一构想没有成真,但它为日后的方案(两个椭圆)打下了基础。

莫奈本人打从一开始便想打造一间"没有方角的展厅",专注于让视线在水平方向流畅地移动。站在圆心,绘画会将你全方位包围,三百六十度无死角。虽然这样令人难以喘息,但是对莫奈而言,顺畅的变化和无缝衔接的连续性也许才更重要吧。

于是,最基础的正圆形便成了地中美术馆莫奈展厅的设计起点。

莫奈带来的视觉革命

不知大家还记不记得,刚买到莫奈的《睡莲》时,我们曾在大阪向福武家的贵宾们展示这幅作品。为了方便观赏,我们在画作和人之间留出了二十二三米的距离。这种展示方法参考了最经典的绘画鉴赏模式，就像透过窗户看外面的风景，在视野中截出一个长方形，然后在长方形的视角下观看，这也是自古以来的传统鉴赏模式。

大家可以回忆一下美术馆都是如何展示画作的——除了极少数例外，画作基本都镶嵌在方方正正的画框里，无论尺寸大小。聚光灯正对着画，四周则偏暗，以此来进一步突显方正的画面。电影院的大银幕也是如此。其实无论是绘画，还是电影、电视乃至手机的小屏幕，视觉图像的呈现方式都是一样的，不同的只是使用的机器与媒介的形式。也就是说，视觉的"格式"是固定不变的。人的中心视野约为二十度，如果画作有六米宽，理论上只要走到离它十七米远的位置，就能一眼捕捉到整个画面了。但你真的站到那个位置，就会发现画的轮廓还是有点模糊，所以实际需要的距离是二十二三米。

我想借此机会，将莫奈带来的视觉革命原原本本地展现在来访者眼前。这句话里的视觉革命也可以替换成"认知革命"。

长久以来，人们已经对莫奈做了各方面的研究，挖掘了他的各种价值，比如他把光影效果替换成了色彩，创造了能将时刻变化的风景完美呈现在画布上的绘画手法，还原了日益富足的市民生活，刻画了铁路、汽车，以及创造出这些文明的城市……二战后的美国抽象表现主义之所以能在全世界范围内广受赞誉，也多亏了莫奈这位幕后功臣。他对现代艺术的贡献是前人发掘出的一大价值。

然而，我并不想停留在这个层面。我想通过新美术馆的构想向人们强调，莫奈的作品依然有着和眼下活跃在一线的艺术家（特瑞尔、玛利亚）共通的现代性与前卫性。

　　我再给大家梳理一下：如果像"透过窗户看风景"那样欣赏绘画作品是寻常的视觉认知方法，那么莫奈在橘园美术馆打造的视觉效果就是一种视觉体验。它和听觉、触觉、体感等其他感觉融为一体，共同发挥作用，即视觉存在于身体感觉之中。不是只有视觉功能一枝独秀，也不是以视觉这种独立的形式去捕捉事物，而是让它与其他感觉融合在一起，共同把握事物。换句话说，莫奈让视觉重回"身体器官"。这正是莫奈带来的认知革命。而且，他用"和空间相辅相成的作品"将这种革命呈现在来访者面前。

　　为了突显出这一点，在展厅中对比这两种"看法"自然是最理想的。司空见惯的"窗户型展示法"，和如环境般将人包围起来的"空间型展示法"，将在展厅内形成鲜明的对照。

　　于是我委托木村优先生为莫奈展厅做了空间建模。早在"家计划"*KINZA*《护王神社》的建筑设计阶段，他就为我们提供了许多宝贵的意见。为了看清六米宽的作品，空间得有二十二三米长，那么如何打造这个空间，才能让来访者百看不腻呢？建模的目的就是弄清楚这个问题。

　　木村先生先在平面上组合图形，然后再切换到立体模式。起初是一个长方形，后来演变成两三个矩形的组合……经过多次建模，我们发现两个四边形搭配好像是最合适的，即一个正方形接一个倾斜四十五度的长方形。我们反复研究"怎样引导来访者才不至于削弱他们对作品的关注",天知道这期间总共建了多少模型。最后,我将木村先生设计的方案交给了安藤先生。

当项目推进到这个阶段时,我们逐渐意识到,手头的莫奈作品显然是不够用的。要想实现现有的构想,还得再添置两幅两米级别的作品。我把倍乐生收藏的宽两米、高一米的作品摆在宽六米、高两米的大作旁,请福武先生过目。他才看了一眼便立刻点头了,因为宽两米、高一米的尺寸相较之下的确太小了。于是我们便在筹办美术馆的同时搜寻两米级别的莫奈作品。

遇到这种情况,当然要找安田先生商量。大型作品本就很少,而且绝大多数名作都被美术馆收走了,我们要做的事简直与寻宝无异。面对寥寥无几的选项,我们好不容易打听到一位长年经手莫奈作品的瑞士艺术经纪人①有一幅宽两米、高两米的作品,但这个尺寸还是差了口气。可是,更大的也不是想找就

---

① 这位艺术经纪人正是鼎鼎大名的恩斯特·贝耶勒(Ernst Beyeler)。他是瑞士游客数最多的贝耶勒基金会博物馆(位于巴塞尔)的创办者,也是二战后最负盛名的艺术经纪人,经由他销往全球收藏家与著名美术馆的近现代著名画作足有一万六千余幅,涉及的画家有莫奈、塞尚、马蒂斯、毕加索、法国立体主义画家与雕塑家布拉克、加泰罗尼亚画家与雕塑家米罗、瑞士画家与雕塑家贾科梅蒂等。莫奈在晚年绘制的《睡莲》也有不少是他经手的,因此贝耶勒基金会博物馆有一幅宽九米、高两米的《睡莲》大壁画,与贾科梅蒂的作品一同在特别展厅展出。至于尺寸更大的莫奈作品,除了橘园美术馆,就只有纽约现代艺术博物馆和另一家德国美术馆才有了。购买《睡莲》时,我曾和年事已高的贝耶勒先生见过一面。他在1997年开办了博物馆,当时正是为运营资金头疼的时候。他手里还有一幅两米级别的莫奈画作放在博物馆展出。其实那幅更符合我们的要求,可惜他不肯卖。要是没有博物馆的运营问题,他怕是连一幅都不会出售吧。当时的交涉负责人也是纽约的艺术经纪人安田先生。

能立刻找到的。我跟福武先生商量了一下，决定就用它了。最开始挂在莫奈展厅左手边的作品就是这么来的。

还差一幅。可缺口哪有那么容易填补啊。我们像侦探一样四处寻觅，好不容易有点头绪，却眼睁睁看着机会从手中溜走。

事情发生在瑞士。协调交易是安田先生的工作。换作平时，我们只能仰仗他提供的情报。但这次要搜寻的是莫奈的作品，所以莫奈的头号专家保罗·海耶斯·塔克也成了宝贵的信息来源。他告诉我们，说不定某位收藏家愿意出售。

我们成功联系上了收藏家的代理人，去瑞士的银行金库看了作品的实物，了解了交易条件。回到日本之后，我们跟代理人谈了好几轮，却迟迟没能取得进展。最要紧的交易条件和价格改了一次又一次，谈着谈着，人居然联系不上了。过了一阵子，对方又主动找了过来，可条件又变了……到头来，我们还是放弃了。直到最后，我们都不知道作品的所有者到底是谁。

我们也通过其他渠道进行了一番搜寻，无奈时间不等人。莫奈的作品是有分类目录可循的，目录收录了他毕生绘制的所有画作。其中的"来历"一栏记录了每件作品的转移路径，以及现在的所有者是谁，信息也相对准确。当然，不是每一件作品都有明确的下落，但是此前无人知晓、连目录都没有收录的作品突然冒出来，这种情况是绝不可能出现的。所以只要照着目录逐一查询，就能大致估算出成功的可能性。追得太紧，反而容易把卖家吓跑，因此必须把握好分寸，别提多费神了。

眼看着美术馆就要开业了。最终，我们决定借用朝日啤酒公司旗下的大山崎山庄美术馆收藏的《睡莲》杰作，为期一年。一年过后，画便物归原主。

我们本以为有一年的时间缓冲，怎么着也该找到替代品了，谁知事情并没有这么简单。请容我稍稍辩解一下，收藏两米级别的莫奈作品在当时算是一种小众圈的爱好，所以照理说，找起来应该比较容易。在2000年之前，画作的价格也的确比现在便宜得多，大概是十亿日元左右。我们不是没有遇到可能通过交涉拿下的作品。

可惜天不遂人愿。到头来，我们还是没找到能够立刻购买的莫奈画作。

白色画布

有没有逆转乾坤的好办法呢？莫奈在作品中运用了丰富的色彩，但白色才是这些色彩的本源。因为白色正是莫奈所钟爱的"光"的隐喻。

棱镜能将白光分解成彩虹的色带。以莫奈为首的印象派画家经常在红、黄等鲜艳色彩上抹一些白色颜料，刷在画布上，借此画出光的反射。

为了准确把握作品的色彩效果，莫奈偏爱有白墙的房间。

白色既是光的代名词，又是组成莫奈造型基调的基本代码。于是我们决定，用莫奈热爱的"白"代替《睡莲》，同时表现"莫奈作品缺席"之意。

《睡莲》虽以花为标题，但画面的中心其实是没有实体的水面。水面通过光的反射显现出倒影，有时我们甚至只能看到被反射的亮光。众所周知，水之所以显现出蓝色，不过是因为天空的蓝色倒映在了水面上。《睡莲》所描绘的池塘风景，几乎就是水面的摇曳形成的光的波纹。换句话说，我们看到的不过是由水打造的虚像，画家描绘的是"虚"的世界。

结合上述几层含义，我们决定向来访者展示一块能反映出各种"虚"的白色画布。它不是"没有上色"的画布，而是涂抹了好几层白色的画布，乍看之下可能看不出来吧。

不过"白色画布的抽象画"其实是现代主义绘画在多方探索之后寻得的终极概念。白色画布可以投射万物，我们也可以说，正因为画布上空无一物，它才有了无限的可能性。20世纪的抽象画家卡西米尔·塞文洛维奇·马列维奇（Kazimir Severinovich Malevich）、美国抽象画家罗伯特·莱曼（Robert Ryman）等艺术家都创作过基于这一概念的作品。

白色画布一挂就是好几年。英国现代艺术家塔西塔·迪恩（Tacita Dean）来直岛参观美术馆时对它表现出了浓厚的兴趣，认为我们是从艺术史的层面对"现代"进行了诠释。

以正三角形为起点

我通过冈野先生拿到了安藤先生的建筑方案。方案为艺术家提供了独立的创作空间，彼此之间留出了恰当的距离，门径也足够长，艺术层面的条件都满足了。不破坏自然景观、充分利用盐田遗址等的环境条件也被充分纳入了考量。说句不知天高地厚的话，我一拿到方案就不由得感叹，安藤忠雄果然厉害。

安藤先生有一套固定的设计流程。第一步是凭直觉绘图。比如在咖啡厅洽谈的时候，他像是被什么东西附体了似的，拿起笔就开始专注地作画，我亲眼见过这样的场面。由于作画总是开始得特别突然，他用来画画的东西都是随手拿的，比如纸巾、一次性筷子的纸套、发票……几张图一画，大致的设计轮廓就出来了。他画画的时候嘴巴不停，始终以惊人的语速说着轻快的关西腔。无论干什么他都快得吓人，而且绝不停歇。

接着，他会根据画好的草图，在办公室仔仔细细地画出设计图纸。先绘制基本图形，以方格线打底，再添加各种实线，画出墙壁与房间。就算这些房间本就有会议室、餐厅、画廊等功能，它们也并不是因其功能属性被打造出来的。每个房间无时无刻不被放在整体中考量，在这一过程中，设计师会推导出它们的形态与大小。

然而，以整个室内空间为作品的艺术家必然会根据他们设想的作品来推导房间的形状与大小。这就意味着"优先整体"的安藤先生和"按各自空间规则构思"的艺术家不可能不产生冲突。实际上，在项目推进的过程中，双方时常为了图纸上的一根实线相持不下。

莫奈的空间自不用说，特瑞尔和玛利亚的空间也在设计和细节处理方面经历了反反复复的协商。

为艺术家打造专属空间的时候，我必须在安藤先生和艺术家之间居中协调。不过贯串整栋建筑的基本概念还是非常明快的，不愧是世界级建筑大师的手笔。

建筑的起点是一个正三角形。安藤先生这次选择的单位是二点五米，因此方格线的间距也是二点五米。大家可以想象一下方格网从三角形的三边各自延伸出去的画面。

这便是建筑的基础。最先登场的图形与单位就是设计的规则。换句话说，它们不单单是辅助设计的图像与线条。画在方格网上的实线将成为日后的混凝土墙，围成一个个房间。所以你要是想在没有方格线的三米处弄一堵墙，在设计层面也是行不通的。

墙壁是安藤建筑的首要特征。墙壁创造了空间。方格网建立起墙壁排列的规则。三角形是边线最少的形态，也是象征"三位艺术家"的形状。正三角形的三边形成了三个六十度的夹角，分别决定了艺术家专属空间的朝向。莫奈和特瑞尔的朝向差了六十度，特瑞尔和玛利亚也差了六十度。三人的空间朝向各不相同，没有重合。（见图6）

三角形伸出了一条走廊，通往另一个四边形，沿着这个四边形又架设起一条回廊型上行的楼梯，通往入口。

游客要从这个入口进来，顺着这条路反向深入美术馆。

以上就是美术馆的建筑形态。讲解的顺序和平时的参观路径刚好相反。不过安藤先生貌似也是从代表三位艺术家相遇的三角形开始搭建这套构想的。

建筑由三角形与四边形组成，但这两个形状的内部却没有任何用途，只是纯粹的空间。它们虽是安藤先生为地中美术馆设置的建筑主题，里面却是虚空的。虽然栽种了木贼，摆满了石块，呈现出一派"现代版枯山水"的景象，但是论意义，这些空间都是虚无的。

衔接三角形与四边形的通路在某些位置是倾斜的，上方也没有天花板。碰上雨天，雨水会直接打进来。晴天则会有强烈的阳光直射而入。大脑能意识到"上"与"下"，身体能不由分说地感觉到天与地。只要站在那个地方，就能觉察到那些东西正在直接触动你的身体。

一旦走上地面，建筑的四周唯有一望无际的绿树青山。

安藤先生本人也对地中美术馆做出了这样的点评：

"为了不破坏小岛的优美风光，利用地势把建筑埋在地底。这个点子与倍乐生之家及别馆的建筑理念一脉相承。"

"在设计地中美术馆的时候，我顺着这个思路更进一步，计划原样保留盐田遗址，把建筑整体埋入地下。我一贯认为，建筑本就不在于形，空间才是最要紧的，所以对我来说，'在外没有可见的形状，但其中确实存在空间'的地下建筑，称得上是直指建筑本质的重大挑战。"

封闭的、神似洞窟的空间意象会定期在安藤先生的设计中登场，好比"9.11"世贸中心遗址"归零地"（Ground Zero）的竞标方案，又好比中之岛项目的"地层空间"和大谷地下剧场计划。也许从某种角度看，"地下"对他而言是与个人气质深度相关的本源性意象。

安藤先生补充道：

"在地下用混凝土塑造出几何学形态的纯粹空间。因为是地下，能照进来的光有限，随着深度的增加，空气中除了'黑暗'一无所有。而在这样的黑暗中，'光'会让空间显现出来。艺术家及艺术总监携手打造的艺术空间被纳入与'光'交错的波动中，这种波动存在于几何形态催生的空间内——我期盼着'黑暗'中的'光明'能带来某种让人感觉到希望的东西。"

安藤先生对黑暗和光明做出的解释耐人寻味。他的言外之意是，射入几何空间的光会和黑暗形成对比，进而唤起"希望"这一极具精神色彩的东西。我只觉得他这种既具有精神性又如表现主义般的创作态度简直跟艺术家一样，可每次听到我这么感叹，安藤先生都会一口否认："我是个建筑师。"即便如此，见惯了安藤建筑的我，还是觉得从这方面看，他的设计很有艺术作品的风范。尤其是在这次的项目中，我格外期待他展现出艺术家的一面。

相较于平时，"地下建筑"的形态让安藤先生给予了"光"

更多的关注，光来自上方，极具象征意义，更能鲜明地反映出心理层面的元素。

混凝土墙壁遮住来自天空的光，仿佛是在截取光线一般，与阴影形成强烈的对比。光与影正是这栋"地下安藤建筑"的重要主题。

福武先生也希望地中美术馆能被设计成一个反映精神元素的地方。他简直把这栋建筑看成了寺庙、教堂之类的宗教设施，而不是寻常的美术馆。他本人也就这一点发表过一番直率的点评：

"我觉得地中美术馆应该算某种圣地吧。与其说游客是去美术馆鉴赏画作的，倒不如说他们是去了教堂。但地中美术馆又跟教堂不一样，人们去那里不是为了向上帝祈祷，那是一个能让人主动思考接下来应该做什么的地方。"

我们不难通过这句话看出，福武先生既把地中美术馆看成了现代艺术的作品，又希望它能超越艺术作品的范畴，不光能带来美的体验，更是充实精神的好所在。

不久后，我收到了玛利亚发来的设计方案，作品正式开工。特瑞尔好像打算制作三件作品。我一边和他们沟通，一边完善莫奈展厅的方案。

和安藤先生的反复协调依旧令人头疼，好在细节一点点敲定了。首先，里外两个展间的关系被梳理得愈发明确了。我们一度计划在外间展览以日本桥为题材的小型作品，但最后毅然作罢，转而以单纯的空间作为通往莫奈展厅的序章。

外间不设照明灯，唯有从内侧展厅漏出的自然光。走到衔接内外展厅的开口处时，刚好可以看到那幅宽六米、高两米的大作。为了让这处开口发挥"画框"的作用，它的尺寸被压缩至三米宽、三米高，墙壁也相应加厚。如此一来，观者站在外间向内望，便会有展厅的纵深被拉长的感觉。

与外间相比，内侧展厅的天花板要高出不少。我们一遍遍测定展厅的亮度，才摸索出恰当的吊顶高度，以便室外的光线能反射进入室内，抵达展厅的光线能亮度均匀地照亮展厅的每一个角落。为了避免出现阴影，我们将展厅的边角处理成了曲面。这样就不会有强烈的明暗对比了。（见图7）

不仅如此，我们还在地上铺了七十万个边长两厘米、棱角磨圆的大理石立方体，让光线充满整个房间。虽然听起来像是"地上铺着瓷砖"，但其实大理石的边长不过两厘米，若以宽阔的地面为参照物，它们产生的视觉效果无异于一个个小点。"每个立方体都没有棱角"也是关键的设计细节。莫奈为了表现光，会用画笔直接蘸取调色盘中的白色颜料刷在画布上，这与我们用大理石打造出来的效果相似。换言之，我们是把覆盖宽阔地面的大理石比作了光的粒子，而非普通的瓷砖。边长两厘米的白点仿佛水面反射的光线，撒满了地面。

这正是莫奈心心念念的空间。找不到一处接缝，光亮永无止境。

大型装饰画《睡莲》就配置在这间展厅。五幅作品被分别安置在四面墙上。为了让作品与墙面融为一体，画的表面和墙面是持平的，这也符合莫奈构想中"大型装饰画"的理想状态。

修复、安置、裱框、嵌入玻璃……一系列的准备工作总算结束了。

用引力丈量世界——瓦尔特·德·玛利亚的方案

玛利亚的方案也到位了。他所构想的空间和小型音乐厅一般大，有一排连续的阶梯，中央的平台上摆着一个直径二点二米的花岗岩球体。混凝土墙面上按一定的规律整齐摆放着若干组贴有金箔的木质棱柱，每组是三棱柱、四棱柱和五棱柱各一根。整个空间超脱尘世，让人仿佛置身神殿之中。

作品的标题是《时间、永恒、瞬间》(*Time / Timeless / Notime*)。没错，作品提到了时间。

长久以来，玛利亚总是远离俗世，在哲学层面进行反复的探索。他的个性在这件作品中得到了淋漓尽致的体现。他对支撑人类存在的世界本身抱有兴趣，始终带着"何为世界"的问题投身于创作。他绝没有试图描绘出世界本身——他不会有如此傲慢的念头。他只是在不断探寻离世界更进一步的标尺。球体是他使用过许多次的几何形体，也是他丈量世界的尺度。

孤独探索世界的玛利亚住在纽约市中心的一处变电所遗址。

造访这座连入口所在都成谜的设施时，按下特别特别小的门铃（那里画着一个小小的箭头），房门便会像魔法世界的大门一样打开。玛利亚探出头来，谨慎地环视四周，确定除了我没有别人以后才招呼我进屋。

去的次数多了，我也慢慢习惯了，只是站在门口等他开门的时候，碰巧路过的街坊会一脸奇怪地问道："这里有人住啊？"毕竟这房子连扇窗户都看不到，也没有什么装饰，人家肯定没想到会有人住在这样的设施里。这也能从侧面体现出玛利亚平时低调谨慎，尽可能不让街坊邻居察觉他的存在。了解他的良苦用心以后，我每次遇到这种情况都会搪塞过去。

玛利亚在日常生活中如此韬光隐迹，即便是在他的中心舞台艺术界，他也采取了同样的态度，不想被人发现。这种态度非常彻底，他连照片都是从来不让人拍的。所以很多艺术界人士压根儿不知道他长什么样子。

另外，他从来不就作品发表评论。当然，"私底下聊两句"的情况还是有的，但是在正式宴会之类的场合，他从没提过自己的作品有怎样的意义，或是希望大家从哪个角度去鉴赏……况且，他本就很少在这种场合露面。文章也是从来不写的，我也不能把他跟我说的话写出来。这是因为他不希望人们在鉴赏或评论作品的时候，把作品和他本人联系在一起。

不过话说回来，他为什么连自己的生活气息都想抹得一干二净呢？我直到现在也没弄明白。只是从他的生活状态看，他应该是想尽可能避免跟他人接触吧。

进屋一看，房间收拾得干净整洁，乍一看还以为房主不是制作精密仪器的设计师，就是做某种特殊实验的工程师或发明家。话虽如此，这是一个能体现出玛利亚生活状态的房间。

　　自不用说，他的住处有着非比寻常的结构。这是个天花板很高的宽敞空间，不设任何隔断，还安置了若干件作品。那不是给别人看的，而是为玛利亚本人放置的。他大概会长时间观察那些作品，反复推敲吧。

　　每次去他家，我都能看到装点在房里的白色花朵，这一点能隐约体现出玛利亚的柔情。花总是白的，绝无例外。房间角落的帘子后面摆着床，可见玛利亚好像真的住在这里。

　　有一次，他向我展示了一件形似木箱的作品。箱子跟人差不多高，大概有一百八十厘米。前侧开了两个方形的洞。位置靠上的洞跟双眼一般高，靠下的洞刚好在抬手就能够到的位置。下方的洞里摆着一个球。球是木头做的，比棒球大一圈，能用手握住。我要做的就是抓住这个球，把它拿出来，再塞进上方的方形洞口，松手放开。

　　"咚！"木球撞到下方的挡板，发出一记声响。它一下子就掉下去了。

　　这件作品名叫《落球》（Ball Drop）。四十多年来，玛利亚一直将它留在身边，反复尝试，不断调整。我原本只知道这是他的代表作，因此当看到这件作品如此简单时，我惊愕不已。让小球在自己眼前落下——我不由得思索起来，这个看似弱不禁风、颇有些学者气质的男人，真的是名震天下的瓦尔特·德·玛利亚吗？真的是大地艺术与环境艺术领域的先驱吗？这件作品没有丝毫的英雄主义色彩，也没有夸张的演绎，简直跟搞笑的小品一样。抓起小球，塞进洞里，松开手让它坠落，制造出"咚！"的响声，仅此而已。

那一刻，我只觉得电视上谐星组合表演的小品反而合理得多。因为谐星是"为了逗乐观众"才表演小品的，好歹有其目的。可玛利亚的所为根本没有出口，不为任何人服务，也不抱有任何目的。在我看来，这种一本正经的荒诞，才是现代艺术的精髓。

面对这个拿"小球坠落"做文章的立体作品，我不知道它到底在表达什么。但是数十年后，这个球体转化成了直岛的两件作品，也催生出了欧洲的球体姊妹作。除此以外，玛利亚还打造了形形色色的球体变体作品。

仔细想来，我们便会发现玛利亚在每个时代都制作过主打球体的作品。

球体果然是他丈量世界的基准。在直岛安置作品时，他曾打量着一对球体对我说："这两个球体之间也是有引力的啊，雄史。"那表情仿佛在说，这个发现令他难以置信。

科学与艺术交集的地方

直到很久以后，我才渐渐反应过来，原来玛利亚的球体作品涉及运动，更聚焦了引力。

一听到"引力"这个词，肯定会有人联想到科学家在 2016 年首次探测到的引力波。爱因斯坦早已在广义相对论中预言了它的存在。

拥有质量的物体一旦存在，空间就会产生扭曲。而物体一旦运动，这种扭曲就会以光速传播。这就是引力波。引力波能贯穿万物且几乎不会衰减。

（出自 KAGRA 日本大型低温引力波望远镜官网）

据说人们可以利用上述特征，"通过引力波观测天体"。

长久以来，人们只能借助可视光观察自然。但是进入 19 世纪后，人们发现了电波、X 光等工具，能在一瞬间将信息传递至远方，或是观察人体与物质内部的情况。

（出处同上）

新的工具能带来更多的知识，为世界观的改变做出巨大的贡献。

这些都是借助波动现象观测的方法，引力波也是波动现象，因此它极有可能开启一种新的观测手段。

（出处同上）

关键在于，引力波有着区别于以往电磁波的显著特征。顾名思义，引力波诞生于引力的源头——"质量"的运动。

质量是决定"时空结构"这一物理学主题的重要元素。通过以质量为基准的观测，人们定能开启一个新的世界，它与利用电磁波观察、测定的世界有着本质性的不同。

耐人寻味的巧合是，玛利亚对物体的质量感兴趣，以引力的世界为作品的主题。而特瑞尔关注的则是光，也就是目前"解读世界最前沿的方法"。这两个主题并不是两位艺术家最近才启用的，而是被他们视作毕生事业一直延续至今的。他们用来解读世界的测量工具竟然都和推动现代科学不断进步的相对论有关，这一点着实有趣。

如果说特瑞尔是运用光线测定世界的艺术家，那么玛利亚就是利用引力丈量世界的艺术家。两个试图探索世界由来的人所选用的标尺，竟然是现代科学的两大支柱——光与引力。这真是太巧了。

始于莫奈的艺术近代化，借由玛利亚与特瑞尔竟然联通了爱因斯坦的相对论。20世纪现代社会所仰仗的物理学，竟与相差甚远的艺术产生了交集。交集之中，现代艺术家试图从视觉角度解读世界，科学家借助核能与工学推动产业发展，不断改变世界。多么不可思议的因果关系啊。

物理学的中心是爱因斯坦的思想，它本该是20世纪乌托邦的一种反映，世界却与之背道而驰，呈现出一派悲剧景象。正是为了治愈这份伤痛，人们才孕育出了艺术。究其本源，莫奈的印象主义其实也源自科学主义。没想到地中美术馆碰巧契合了这层关系。它以莫奈为中心，又请到两位现代艺术家加盟，仿佛是在开启一段追寻乌托邦的旅程。

震撼视觉——特瑞尔的方案

特瑞尔也联系我们说，他将以三种最具代表性的作品样式打造他的专属空间。第一种出自 20 世纪 60 年代早期的作品系列 *Afrum, Pale Blue*。作品会将光投影在墙壁上，看起来就像光的立方体悬浮在空中。那是特瑞尔首度以光为量块[50]呈现作品。

这是他早期的代表作，所以希望能在直岛展示。另外两件则是新作，对以往的系列进行了相当大胆的升级。

新作之一是"Aperture"系列的进化版 *Open Field*。特瑞尔习惯在创造出一套系统后，用这套系统打造多个不同版本的作品。如今，我们能在世界各地见到好几件同系列的作品，但直岛的版本是最早问世的一件。

此前，特瑞尔曾为"家计划"的《南寺》制作过一件"Aperture"系列的作品，名叫《月球背面》，能在昏暗中看见微光。整个系列就数这件作品最暗。尽管"Aperture"系列的基本结构都一样，但每件作品的面貌却会随开口形状、大小或使用的色彩而变化。

"Aperture"系列很像完全抽象的平面绘画，映入眼帘的是均匀的光面。在人走向光面的过程中，它的轮廓会逐渐模糊。到最后，观者会沐浴在来自四面八方的光线中，分不清空间的上下左右与深度，唯有光亮填满了视野。

而这次的 Open Field 将上述体验推上了新的高度。走进"Aperture"系列的开口，迎接观者的是一个充满光亮的空间。光将观者彻底包围。哪里都找不到阴影，光填满了空间的每一个角落。在这个空间的尽头，观者会看到另一处光的开口……这件作品就像一条无穷无尽的"光隧道"。（见图8）

特瑞尔还没有为这个系列制作过常设展品，所以十分希望能在直岛将它公之于众。

为了实现这一目标，早在2000年前后，特瑞尔就开始做实验了。这款作品第一次与公众见面，是在亚利桑那的斯科茨代尔当代艺术博物馆（Scottsdale Museum of Contemporary Art）举办的个展。特瑞尔对我们说："你们一定要去看看啊！"所以江原女士、德田女士和逸见阳子女士（协助编撰目录的编辑）出席了个展的开幕式（我日后才造访）。那正是特瑞尔刚开始使用电脑和 LED 等工具的时期，他正尝试在技术层面发起全新的挑战。

第三件作品属于"Skyspace"系列。这个系列都有方形的天窗。同类作品也分布在世界各地。

最早的"Skyspace"系列作品（说它是该系列的"雏形"也没问题）诞生于1974年，位于之前提到的潘扎伯爵府。另外，纽约的PS1也有一件早期作品，从1978年开始筹备，1986年正式竣工，属于常设展品，至今仍在PS1展出，现在去也能看到它原本的模样。后来，特瑞尔又在美国、英国、德国、法国、以色列等地的美术馆与私人宅邸制作了数十件"Skyspace"。

该系列的大多数作品制作于2000年以后。当时特瑞尔在业界已经有了一定的知名度，而他的终生事业《罗登火山口》需要大量资金支撑，所以他才会制作许多作品以筹措资金。与此同时，他的名字也逐渐为广大艺术爱好者和收藏家熟知，作品的需求量自然有所提升。

"Skyspace"的开口基本都是四边形，不过现在我们也能看到开口呈椭圆形或圆形的作品。不仅如此，特瑞尔本人还积极参与设计专为体验"Aperture"打造的建筑，而这也进一步推高了他的人气。他的作品风格逐渐改变，从早期的极简、静谧，转变成了近期的娱乐性强与色彩丰富。

地中美术馆的几件作品就诞生在特瑞尔创作风格转变的过渡期。我们也能在 Open Sky 等 "Skyspace" 系列的其他作品中找到早期作品基本形态的变化。早期的 "Skyspace" 是让观者在静谧中缓缓体验光的变化，相较之下，地中美术馆的作品就显得比较热闹了。

为了打造升级版"Skyspace"的第一件作品，特瑞尔拿出了十二分的干劲。

　　要想实现这款作品，能随意调整光源色彩的数控程序以及能够流畅变色的 LED 照明灯必不可少。特瑞尔早已委托专业公司进行相关研发，但工作开展得并不顺利。虽然在普通情况下，色彩与亮度已经可以自如调控了，但按照特瑞尔的标准，这种变化还不够流畅，有着些许的卡顿感。

　　特瑞尔耐心等候了许久，却迟迟没有等到好消息。最终，他只得放弃大型研发公司，用另一家研发公司推出的实验性零件应急。如此打造出来的作品称得上是"雏形中的雏形"了。

　　插句题外话：十四年过去了，特瑞尔终于决定要换一套新的零件了。听说他会在换零件的时候一并更改程序，所以作品现在呈现给我们的模样也许是看一次少一次了。

　　特瑞尔安置作品的时候正是隆冬时节。还记得我、德田女士和其他工作人员都裹着毯子，仰望黄昏的天空，看着他制作作品。

　　色彩瞬息万变的 Open Sky 会让人忘记自己正看着现实中的天空，弄不清楚发生在眼前的是幻觉还是现实，感觉非常不可思议。在程序运行完毕的那一刻，人才猛地回过神来。

　　视觉世界究竟是怎么回事？真实又是什么？我们看到的世界到底是不是真实的？……人会情不自禁地冒出这样的疑问。

　　"拿光线做文章"是特瑞尔与莫奈的共通之处，不过特瑞尔对光的处理显然更加工程化、技术性与现代性。

顺便一提，目前直岛的 *Open Sky* 是可以随意参观的，但变色程序仅在每天日落时分的四十五分钟内运行一次。在特瑞尔刚完成这件作品的时候，变色程序是一天运行两次的，即日出和日落各一次，但后来早上的被取消了，色彩变换现在只能在傍晚看到。

开幕前的忙碌

在忙乱的筹备工作中，我们迎来了 2004 年 4 月 1 日。对我个人来说，那是一个很特殊的日子。当时，莫奈展厅的内部工程已经进入最终阶段，马上就能把作品挂上墙了。长四十八米、高七米、用灰泥涂抹、没有一条接缝的墙壁已经完工。在地面铺设七十万个白色大理石立方体的工程也过半了。眼看着白色空间逐渐成形，我稍稍松了一口气。

那天的我跟平时一样，一早从冈山的住处出发，开车赶往直岛。事情发生在离宇野港最近的坡道。那是全程的最后一段上坡路。我踩下油门，转弯驶上坡道。

隧道的黑色洞口映入眼帘。谁知就在车快要开进隧道的时候，手机响了。电话是我哥哥打来的。他哽咽着告诉我，母亲去世了。我回答："马上回去。"说完便立刻掉了头。

我回东京待了几天，忙完母亲的后事便立刻回到了工地。

我告诉自己现在还是尽量埋头于工作，等地中美术馆的事情都告一段落了，再去伤心难过。

我们修复了莫奈的画作，然后是安装、裱框、嵌入玻璃面板……当一系列的准备工作结束时，玛利亚的作品已经完工了，特瑞尔那边也快了。

2004年5月，从1999年美术馆的构想初步成形到现在，一眨眼已经过去了五年。为了迎接7月的正式开幕，我们还需要组织一套运营体系。胜利就在眼前了！

策展人德田女士负责推进从商店到接待处的运营工作。这些工作需要大量的志愿者参与，展厅要如何监管，具体要怎么运营……一切都是全新的挑战，没有任何经验可循。

美术馆员工的制服是请时尚设计师信国太志先生设计的，他当时还是TAKEO KIKUCHI[51]的创意总监。我们提出的要求是"偏中性，男女均可穿着"，而设计师发回的方案是白色的分体套装，看着就跟禅僧穿的衣服似的。公司内部不乏反对的声音，说这样的制服会让人联想到邪教的信徒，恐有不妥，但我们最后还是采纳了这套方案。毕竟地中美术馆的审美意识不容许我们毫无意义地滥用色彩。

这部分的协调和统筹工作也由德田女士负责。

参与开幕筹备工作的年轻员工和志愿者真的不容易。要是没有他们，地中美术馆怕是连一天都运营不下去。当年和我们从零开始并肩奋战、为美术馆奠定坚实基础的财团职员一井晓子女士，如今已经成了冈山县议会的议员。

地中美术馆现有的运营体系就是由当时的团队成员一手建立的，而且这个团队培养出了好几位艺术从业者。单单是我知道的，就有石井孝之画廊（Taka Ishii Gallery）的艺术总监冈本夏佳女士，以及在金泽担任艺术总监的高山健太郎先生，他为当地一家从事艺术与地区振兴事业的公司效力。

在所有人都埋头忙碌的时候，我们又发现了一些作品之外的问题，那就是从售票处走到美术馆，一路上的风景太单调了，而且游客只能贴着马路走，路上车来车往，有一定的安全隐患。虽然美术馆里的活儿就够让人头疼的了，大家哪里还顾得上这些，但我仍然觉得这些问题必须设法解决。

我心生一计，不如建条栈道吧，希望游客也能在走向美术馆的过程中享受到些许乐趣。于是，我们便以莫奈的《睡莲》为灵感，新建了种有睡莲的池塘和花园。头几年的睡莲还挺小的，现在已经长得十分繁茂了，这多亏了工作人员的细心照料。如今，秀丽的花园正以它独特的美迎接往来的游客，为他们送上养眼的风光。

* * *

直岛的头号"招牌"地中美术馆逐渐成形，与此同时，直岛所处的大环境也在向好。倍乐生进入了变革期，经营架构也做出了调整。福武先生改任会长，森本昌义先生就任新社长。业绩触底反弹。

公司也在改变。通过经营合理化等一系列举措，直岛的定位变得愈发明确了，被重新梳理为文化与住宿业务。也正是在这个时候，倍乐生决定新建酒店，并请来安藤忠雄操刀设计。这座新酒店就是今天倍乐生之家的"公园"部分。与此同时，公司决定把地中美术馆等艺术性较强的艺术类业务转移到新设的直岛福武美术馆财团。经过这样的专业分工，直岛项目有了清晰而坚实的骨架，来访的游客人数和住宿人数也实现了大幅的攀升。

财团成立时，我便从倍乐生调了过去，策展人德田女士也跟我一起。在地中美术馆开幕的 2004 年 7 月，我成了财团的常务理事，并就任地中美术馆的馆长。

准备调往财团时，跟我一起走社会招聘通道入职的同事（现任倍乐生的社长室室长）劝我留下，说："还是继续留在倍乐生比较好吧？"可我已经在升职考试中尝够了辛酸，早就想为自己的工薪族生涯画上句号了。所以我毫不犹豫地去了财团。我已经过够了"公司职员"的日子。

后来，应该也是 2004 年吧，福武先生对我说了一段话，让我毕生难忘：

"日本有两位优秀的策展人。他们都用艺术振兴了地区！一个是北川富朗。他通过艺术让新潟的越后妻有地区变得生机勃勃，干得很不错。"随后他补充道："另一个就是你。"

在那一刻，我觉得所有的付出和努力都值了。

直岛也开启了一个全新的时代。

地中美术馆隆重开幕

2004 年 7 月，地中美术馆的开业典礼隆重举行，宾客纷至沓来。森美术馆的森理事长和株式会社大林组 [52] 的大林副会长等大力支持日本艺术发展的贵宾也莅临现场。

安藤先生、玛利亚和特瑞尔全都出席了典礼。事实上，两位美国艺术家已经数十年没有"同框"过了。据说他们曾因某件事情交恶。没想到地中美术馆的项目竟让他们再一次有了对话。不过话说回来，美国艺术界最具代表性的两位大师现身同一个空间，这样的光景还真是不可思议啊。

从构想到实现，我们足足花了五年才打造出这座近乎理想的地中美术馆。"我想把《睡莲》放在直岛"，正是福武先生的这一执念才开启了整个项目。如果没有他布置的这个难度惊人的任务，我们怕是也打造不出如此高水平的美术馆。

转头一瞧，福武先生和夫人如今正带着爽朗的笑容迎接各路嘉宾呢。

其实开业当天的事情我已经记不太清楚了，大概是因为太慌乱了吧。我只记得"地中美术馆能在众人的鼎力支持下顺利开业"这件事让我特别感动。每次组织大型活动，我都难以摆脱幕后工作者的心态，总惦记着活动的各项安排。但那一天的我整个人都沉浸在无尽的欢喜之中。

不过我是真的不适合出席这种场合，虽然也上台致了辞，可我仍然怀疑自己没有充分表达出心中的感谢之情。我应该提到了两位艺术家、安藤先生和福武先生各自都有坚定的信念，要把各方面协调好是多么不容易，说到最后我好像还掉了眼泪，真是丢死人了。至于下台以后我去了哪里，做了什么，又跟嘉宾们聊了些什么，我已经彻底想不起来了。

福武先生也以直岛福武美术馆财团理事长的身份站上了演讲台。他的语气轻松，但每一个字都饱含真情。

地中美术馆坐落在濑户内海风光最优美的地方。我们在直岛耕耘了十余年，只为打造一个让人能独立思考自己应该做什么的地方。地中美术馆象征着我们在直岛开展的各类活动，比如倍乐生之家、"家计划"等。1998年，我在波士顿美术馆见到了莫奈的《睡莲》。绝美的画作让我品味到了深刻的精神性与崇高感。莫奈在晚年创作的《睡莲》，值得我们从现代的角度重新鉴赏。

因为莫奈的作品展现了与自然共存的人类所拥有的精神性与智慧，所以我们在这种脉络下，邀请到继承了这种精神的瓦尔特·德·玛利亚与詹姆斯·特瑞尔为美术馆制作展品。建筑则委托安藤忠雄设计，为了不暴露人们珍视的内心，特意请他把建筑埋在地下。

我希望这里能成为一个让大家细细思考何为美好人生的空间。在这个时代，这样的时间与空间实在太少了。艺术是为内省服务的，所以我们也需要用于内省的灵性空间。从这个角度看，地中美术馆算是某种圣地了吧。

听到这里，参与直岛项目的团队成员都在心中暗暗点头，表示认同。那日的濑户内海万里晴空。

不知从何时开始，直岛成了人们口中的"现代艺术圣地"。这种说法出现在地中美术馆竣工之后，也许它就来源于福武先生的发言。艺术家们打造的作品与安藤先生的建筑，让直岛的意义变得愈发明确了。地中美术馆的的确确成了直岛艺术活动的象征。

实实在在的变化

那么地中美术馆收获了怎样的反响呢？

实不相瞒，我在美术馆的策划阶段提出过一个大胆的目标——每年吸引七万人到访。要知道那时直岛每年的游客数撑死不过三万五千人，怎么都提不上去，连续好几年都是相同的情况。对现在的直岛来说，这点人根本不在话下，可是在那个时候，"四万人"简直是遥不可及的梦想，而我竟扬言要吸引七万游客上岛。

但是为了制订新美术馆的业务计划，我必须规划来访的游客人数，设定目标，否则哪来的下一步啊，整个项目都会停摆。

不过我也不是全无把握。我的依据就是每天在现场接待游客时感觉到的一切。那是在开展"家计划"、举办"THE STAND-ARD"展的时候就已经隐约察觉的变化。变化不会立刻体现为游客人数的增加，但来到直岛的游客的确给出了越来越好的反馈。毕竟直岛离东京很远，好口碑很难即刻转化成数字。

好口碑会慢慢扩散，越来越多的人会在亲朋好友的推荐下造访直岛。如果他们在岛上的体验远超预期，便会进一步帮直岛做广告。媒体的介绍也许不会立刻起效，但报道和口碑的结合，可以让游客人数稳步提升。这让我感觉到，直岛已经能满足某种潜在的期待了。与此同时，我也渐渐看清了直岛真正需要关注的顾客群体。

果不其然，继倍乐生之家后，我们在直岛开设的第二座大型美术馆取得了空前的成功。

眼看着地中美术馆成为热点话题，直岛的游客人数也在稳步上升。为了抓住机会拓展业务，倍乐生计划在岛上新建酒店。当时，倍乐生的业务与财团的业务已经做了切割，酒店归倍乐生管辖，因此是否新建酒店的最终决策权落在了时任社长森本先生手中。福武先生已经成了会长，虽说这件事和直岛有关，但他也没有贸然插手，而是静观事态的发展。

森本社长肯定明白会长的心思，所以他也想方设法摸索让直岛的酒店作为公司业务站稳脚跟的大方向。最终，倍乐生采取了重组酒店业务的计划，聘请酒店专家，改革了经营架构，也调整了运营机制。起步虽然是晚了些，但服务业属性的酒店业务终于走上了正轨。

明确前进的方向后，公司决定把新酒店建在露营场的位置。对拼搏在一线的我们来说，这意味着我们构想许久的提案终于成真了，团队上下士气高涨。新酒店将设置五十间客房。竣工后，客房总数将从现有的十六间增加到六十六间，为我们带来更多收益。

我们守住了 1992 年倍乐生之家开业时的理念，还将它升华到了新的高度，并扩大了规模。这是多么伟大的成就啊！

公司内部有人对直岛的未来表现出了担忧。这项"追梦"的业务真的有未来吗？毕竟在直岛搞现代艺术的条件实在是太糟糕了。这些年来，直岛在业务层面的表现并不出色，就算现在开设了新的现代艺术美术馆，再新建酒店，准备更多的客房，游客人数怕是也不会迅速增加。森本社长能顶住这种压力，毅然决定新建酒店，着实英明。

新酒店的建设工程是在地中美术馆竣工后启动的，并于 2006 年（美术馆开业的两年后）正式竣工。在此期间，我们对露营场进行了封闭施工。而原本设在露营场的蒙古包帐篷和其他设施都转移去了町政府经营的露营场。

新酒店刚刚投入运营，直岛就变得愈发热闹了。参观地中美术馆的游客络绎不绝，甚至多到要限制入场人数。有时候，门口竟挤满了等待入场的游客。到了第二年，人更多了……

不可思议的是，事情一旦发展到这个地步，就算我们什么都不做，人们也会自然而然地到访。我们轻松突破了曾经是那么遥不可及的四万人大关。然后是七万、十万……游客人数一路飙升，营业额也是水涨船高。

小小的直岛经历了一场前所未有的成功。

尾声　追寻那尚未见到的新天地

　　地中美术馆就这样成了直岛的核心。我们在小岛南部举办了室外展览"Out of Bounds"，在濑户内的自然风光、倍乐生之家和艺术作品的映衬下，直岛风景的魅力得到突显。接下来，我们又在以直岛历史为内核的本村地区开展了"家计划"，重新发现了日常生活的精彩。之后，我们再次回归小岛南侧，立足于将濑户内海景尽收眼底的盐田遗址，通过莫奈的《睡莲》、玛利亚与特瑞尔的现代艺术和安藤忠雄的建筑，筑起"地中美术馆"，呈现出一个人类与自然交织而成的哲学世界。这一切都在直岛之中，被同一种精神串联起来。

　　造访直岛的人不会被强加某种第三者的价值。他们能以自我意志审视艺术，进而深入思考，再把这份体验内化成自我的一部分。

　　观者主动进行各种思考本就是现代艺术的理想状态。当然，有向导提供信息，有专家解读，理解起来是会容易一些。但在直岛，主动思考的乐趣享有最高的优先级。在濑户内的景色中尽情解放自己的心绪，松弛到直觉告诉你"这个东西很有意思"就对了。

　　完全没必要像欣赏西洋名画那样，把注意力集中在被截取出来的小世界，观赏时还要抹去意识中日常的片段。艺术与建筑连接着自然与城镇，日常与非日常纠缠混杂，造就出同一片风景。我们根本不用截取其中的某一部分观看，让自己沉浸其中即可。现代艺术本该这么享受。

　　地中美术馆可谓盛况空前。媒体曝光度上升了，报道接二连三，持续了好一阵子。从倍乐生之家美术馆开业的1992年起，我们花了整整十二年，终于攀上了这座高峰。

　　地中美术馆是2004年开业的。2006年，倍乐生之家的"公园"部分也正式投入了运营。在那之后，我决定再一次为岛民与艺术牵线搭桥。2001年举办的"THE STANDARD"展就以"岛民和现代艺术"为主题，取得了丰硕的成果。一眨眼，五年过去了。

　　我们想要再一次与岛民联结。首先是要继续推进已经完成四期的"家计划"。然后计划再次举办以直岛全境为会场的展览，我们因此策划了"直岛STANDARD 2"展。

　　展览以前所未有的速度完成了策划与筹备工作，于2006年的秋季至冬季、2007年的2月至4月分两次举办。阔别五年的"STANDARD"展以直岛的本村地区为主要舞台。我们希望通过这次展览发现直岛历史、风土、生活文化中尚未被看见的特征。一边挖掘小岛的历史，一边以当下的视角重新审视直岛的一切。

也是从这个时候开始，我听到越来越多的岛外人士就直岛发表言论。这些言论不同于以往，并不带有消极与否定的意味。有人甚至移居直岛，在岛上开店，或者经营起了民宿。另外在香川大学等学校，直岛也成了地区经济研究课程的活教材。学生们在调查小岛观光动向的同时，还面向游客办起了餐馆。

直岛町方面也公布了渡轮码头的翻新计划，请来 SANAA 设计建筑。直岛已经有了石井和纮和安藤忠雄，随着 SANAA 的强势加盟，岛上的现代建筑又增添了一份全新的魅力。直岛的"大门"就这样面目一新，转变成了现代风格。"直岛 STANDARD 2"展在新码头开门迎客的同时，也彻底拉开了帷幕。

蜕变为"现代艺术之岛"

十一人加一组艺术家的作品在小岛各处展示。草间弥生女士的《红南瓜》也是为这场展览制作的，它至今仍然挺立在直岛的"大门"宫浦港，存在感十足。诞生于"Out of Bounds"展的《南瓜》，又称"黄南瓜"，早已成为直岛的象征。"红南瓜"是"黄南瓜"的升级版，人是可以钻进去的。

大竹伸朗先生将当年的牙医诊所兼住所改造成了作品。[53]房屋的外形不是很传统，艺术家特意选择了略带西式元素的昭和时期住宅。他将一座自由女神像（本是新潟县内某家小钢珠店的广告招牌）配置在室内醒目的位置，好似寺院的本尊。女神像原本是放在屋顶的，尺寸自然巨大，所以只要走进屋内，无论哪个位置，女神像都近在眼前。它实在太占地方了，游客难见其全貌，不过这正是大竹先生想要实现的效果。这是一件碍事却可爱，并与"原创"相距甚远的美国文化仿造品。

这样一件刻奇而荒唐的房屋型作品在展览中登场。这是直岛原本并不具备的艺术风格，所以它让人大吃一惊，逐渐成了直岛的新名片。

另外，须田悦弘先生、千住博先生等艺术家也加盟了旨在让老宅重获新生的"家计划"，制作了特征鲜明的杰出作品。

须田先生以精美的木雕《椿》著称。他之前举办的展览基本都走低调、静谧的路线，这一次却用到了大量的木雕花，算是他作品中规模最大的了。[54]

千住先生的作品[55]有过一次调整。起初展示的是他的代表作"瀑布"系列。他选用的老宅比较大，内设仓库，在直岛算是大宅邸了。

小泽刚先生打造了一系列以"直岛八十八所"为题材的作品[56]，这些作品是用丰岛的工业废料熔渣制作的佛像。其实直岛原本就有效仿"四国八十八所"[57]的微缩版"直岛八十八所"。它们分散在小岛的各处，要想都看一遍，就得环岛一周。小泽先生仿照它们制作了展品，并将展品集中在一处。所有展品都用丰岛的工业废料土烧制而成。

海岸边有杉本博司先生的"海景"系列。在向岛（直岛附近的另一座小岛），川俣正先生也启动了新项目。摄影师宫本隆司先生在直岛用针孔相机拍摄了摄影师本人直接入镜的照片。[58]三宅信太郎先生以濑户内地区的特产章鱼为题材，打造了章鱼主人的家，里面布满了章鱼。[59]上原三千代女士配合八幡神社随身门的修复工程，将自己制作的小猫雕塑展示在门边，仿佛它们就住在那里。[60]

音乐家大卫·西尔文（David Sylvian）为直岛谱写了原创乐曲，游客可以一边听音乐，一边在岛上漫步。SANAA 建筑事务所在本村镇上设计了休憩空间。

艺术家们以各自的姿态与直岛深度交流。

至于展览的引导标识，我们委托给了佐藤大先生的设计事务所"nendo"。摆在渡轮码头的引导标识由大量的白色警示锥桶组成。每到傍晚，它们又会起到照明灯的作用，与草间女士的"红南瓜"并肩目送离港的渡轮。

不仅如此，我们还投入大量的时间改良了弃耕已久的田地，借展览的东风，在直岛重启了水稻种植工作。有岛民泼冷水道："你们这些外行人行不行啊？"所幸第一年就有了收成，只是颗粒偏小一些。越来越多的年轻人以志愿者的身份参与到直岛的节庆活动中，本地的庆典也呈现出一派热闹的景象。除此之外，我们还组织了跳蚤市场，让那些在橱柜里积灰的东西流动起来。这不是一场本着禁欲的精神一味追求美术的展览，而是与大家共享欢乐的盛会。

以直岛为舞台举办的展览促成了岛民与岛外访客的交流。为协助展览顺利运作，许多志愿者远道而来。双方通过形形色色的活动增进了了解，发展出了长久的友谊。

就这样，直岛逐渐蜕变成一座"现代艺术之岛"。

告别福武先生

记得"直岛 STANDARD 2"展览期间，还发生了一件意想不到的事。

那是在倍乐生之家美术馆咖啡厅楼上的办公室，[①] 我跟福武先生都在，他的爱人礼子夫人坐在离我们稍远一些的地方。除了我们，屋里大概还有一两个人吧。因为是周末，直岛的工作人员都去会场忙活了，办公室里几乎没有人。于是我便和福武先生坐在沙发上，面对面讨论起了直岛的未来。

这几年过得实在匆忙。我总觉得 2004 年以后，我跟福武先生的沟通变得并不彻底。不知是我太固执了，还是因为我没能吃透福武先生的心思。

总之机会难得，我决定利用这个空隙，问问福武先生对直岛未来的规划。我从来没有一本正经地当面问起过他对直岛的看法。我们也很少像这样坐在一起，探讨直岛的展望与方针。

---

① "直岛 STANDARD 2"展览期间，倍乐生方面因工作需要，还租借了本村农协的办公室，并请西泽立卫先生把它改建成了倍乐生的办公室。

地中美术馆竣工了，以整座小岛为会场的"直岛 STANDARD 2"展也办起来了。耕耘多年的直岛项目越来越像那么回事了。

游客人数翻倍，而且后势看涨。小岛的知名度也有了质的飞跃。2006 年的直岛正在摸索下一步的走向。我总算有了艺术在小岛落地生根的切实感受。

就在这时，福武先生说了这样一番话：

"为了把在直岛实现的成果长久保留下来，我想在其他岛屿开展同样的项目。如果不能在其他地方复制这种成功，就说明这种商业模式实力并不过硬。真正具有普遍性的东西，一定能反反复复实现。通过其他地方的尝试，我们能验证这些年取得的成果是不是侥幸。只有这样我们才能把直岛项目的经验留给后世。"

福武先生有意将业务拓展到其他岛屿。还有很多因人口稀少与老龄化而苦苦挣扎的小岛。他想复制直岛的成功，让其他岛屿也同样焕发生机。他本就抱有强烈的"反东京"思想，一贯主张"日本应当由地方缔造"。更何况，如果连寻常的百姓都失去蓬勃的生机，真正幸福的社会又从何说起？这就是福武先生当时的观点。

地中美术馆竣工后，在构想下一座美术馆的同时，团队展开了调查，探索将同样的模式复制到其他岛屿的可能性，并整理成了相关的报告书。福武先生期望将直岛的经验运用到其他岛屿，打造出更具普遍性的模式。我能透过他的话语强烈地感受到这份信念。

　　与此相对的，我想的却是：把直岛的模式复制到其他岛屿需要多少时间？搞不好又要花上几十年。好不容易跟直岛的岛民和各方来往的人士建立起联系，又要换个地方从头来过，那该有多累人啊。

　　推动艺术项目运转的是人，推动人行动的也是人。况且，整个过程是透过日常生活，而非社会运动与前卫艺术运动完成的，它不具备企业运作的效率性与合理性。光移植模式是无法前进的，到头来还是得靠人一点点往前推，所以这样的艺术项目很花时间，也必须花时间慢慢来。可是听福武先生的意思，他貌似认为只要合理地复制模式就能创造同样的奇迹。

　　说得更具体些，我认为要把事情做成，就必须花时间摸索因地制宜的做法。这个过程没有通用的理论可循。只能耐心地投入时间，慢慢挖掘只能在当地办成的事情。

　　那普遍性呢？福武先生貌似认为，"真正具有普遍性的东西，一定能反反复复地实现"。可是能在任何一个地方再现的东西必然具有普遍性吗？我实在无法苟同。如果真是那样，岂不是跟"制造产品"一样了吗？工厂的确可以批量生产出相同的产品，再通过这些产品的普及获得普遍性。

　　但艺术不是这样的。艺术的普遍性就立足于它举世无双的唯一性。艺术跟人是一样的啊。世上没有两个完全相同的人，每个人的存在都是独一无二的，正因如此，人才拥有普遍性。艺术也是如此，唯有存在独特性，才能获得作为艺术的普遍意义。所以在直岛开展的艺术活动只在直岛具有意义。"将曾经成功的做法转化成固定模式移植到他处",这是产品世界的原理，并不适用于艺术世界。

我虽然赞成福武先生勾勒的愿景框架，却无论如何都无法认同他的具体方案。我想强化的是直岛独一无二的原创性，只有坚持做出小而强的地域特色，直岛才能历久弥新，永续长青。

因此，如果要在其他岛屿开展同样的活动，那我们就应该把之前的成功统统忘掉，在当地从零开始。毕竟每个地方都有扎根于那片土地的人，都有那个地方的真实。也就是说，我们必须直面当地的实际情况，一边与当地人沟通，一边推进。如果真能根据每个地方的情况开展活动，那我还能接受，除此以外不做他想。

福武先生与我在见解上的不同，也许来源于我们视角上的差异。福武先生是俯瞰全局的经营者，而我是匍匐在地的小员工。或许也因为，指挥官与基层人员看到的东西总归不太一样吧。

我心想："不，独特性才是普遍的！"因为"只存在于那里"才具有普遍意义，普遍性建立在"只存在于那里"的前提条件下，正因为我们在直岛开展的活动只能在直岛实现，所以它们才有意义。福武先生认为，如果一件事真的有价值，那么无论谁来做，无论在哪儿做，都一定能做成，可我不这么想。

"不，唯有具备独特性才能获得普遍意义！"

这句话竟脱口而出。连我自己都被吓到了。

那是我第一次当面反驳福武先生，开天辟地头一遭。礼子夫人好像也吃了一惊："这是你第一次直接提反对意见呢。"随即补充道："把心里想的说出来是很重要的。"

我与福武先生继续讨论了一阵子，却没有更深入的进展。我完全理解他的观点，他应该也理解了我的看法。

我犹豫了一个多月，最终还是在 2006 年 12 月辞去了财团的工作。那是我就任地中美术馆馆长两年半后的事情。

所谓"泄气"，形容的一定就是我这种情况吧。

最后的堡垒

现如今，现代艺术之花已经开遍了以直岛为首的十六座小岛。这也是福武先生与北川富朗先生牵头主办的濑户内国际艺术节的成果。濑户内海成了家喻户晓的"现代艺术圣地"，吸引了来自世界各地的众多艺术爱好者。正如我在本书开头介绍的那样，仅直岛一地，每年就要接待足足七十二万名游客。日本国内的游客自不用说，还有不少游客是从海外远道而来的。

直到今天，我依然坚信自己当时的意见并没有错。只不过在现实世界中，胜利女神显然已向福武先生露出了微笑。眼下濑户内成了日本最具代表性的文化圈，享有极高的知名度。除了香川，高松、丸龟、冈山、玉野、尾道也参与其中，艺术的辐射范围早已超越了地图上的行政区划。

福武先生对未来的把握确实精准。如果没有他，濑户内海绝不会像今天这样热闹。作为当代首屈一指的策划人，福武先生早就做好了"贯彻到底"的思想准备。他时常说"经济是文化的奴仆"，体现出强烈的反经济优先主义。这句话由置身商界的福武先生说出来，自然拥有更大的震撼力。

我跟福武先生本就不是一个层次的人，压根儿没法比。不过让日本引以为傲的濑户内文化圈的核心会在哪里呢？肯定是在直岛，以及从直岛延长线上发展起来的丰岛（这可不是我不服输嘴硬啊）。说得更具体些，就是地中美术馆、"家计划"和丰岛美术馆①。这些都是绝无仅有、独一无二的存在，只有艺术家的艺术探求享有最高的优先级，他们能在这里对艺术理想进行极致的追求，这些项目才能实现。

艺术是享有压倒性地位的主角。"艺术本身"掌控全场，无论是作为资产的艺术还是促进地方发展的艺术统统听其指挥。这种观点颇有些"艺术至上主义"的色彩，但那才是我入职倍乐生，在参与直岛项目的过程中始终追寻的东西。与其说那是单纯的自我主张，倒不如说它是一种难以阻挡的信念，是关乎自身存在的大问题。

---

① 内藤礼女士和西泽立卫先生打造的丰岛美术馆设计方案是在我离职前开始构想的。基于地中美术馆的成果，我们决定建设一座讴歌"存在于地面"的美术馆，并请西泽先生根据这一理念设计建筑方案。经过大约五年的努力，包括策展人德田女士、鹿岛建设的丰田先生在内的团队成员，在福武先生的指导下完成了美术馆的建设工作。

福武先生对我说过这么一句话："在思考直岛的时候，你太以艺术为中心了。"然而，在入职公司、和社会打交道的过程中，我痛感世界是被金钱与集体主义所支配的，区区艺术根本入不了大家的眼，事实就是如此残酷。在现实社会中，艺术根本派不上任何用场。在大多数人看来，"装饰某个地方"算是它们仅有的价值了。无论再怎么强调艺术能够丰富人生，再怎么宣扬艺术的哲学意义，再怎么主张艺术是精神的支柱，到了他们眼里，艺术终究是跟窗帘布的花纹差不多的东西。

诚然，美术馆、艺术类院校和艺术业界存在着高尚的艺术，我们能在纯粹的艺术层面探讨它们。然而一旦走出这个小圈子，关于艺术的言论几乎就"不存在"了。驱动社会的原动力是经济，社会中存在着以"赚钱"这种价值观为导向的阶层结构。许多人只对作品的价格感兴趣，这就是最好的佐证。说极端点，他们根本不在乎作品的内容。

越是通过工作痛感这一点，我想为艺术创造一片天地的信念就越坚定。在奋斗的过程中，这种信念甚至发展成了强迫症。在公司提心吊胆、找不到容身之地的自己，和在现实社会中毫无用处的艺术，在不知不觉中融为一体。于是，我开始寻找能让自己与艺术共存的地方。我就像往地里打木桩般，促成一件件的作品，意欲打造出名为直岛的圣域。我想尽办法，铆足了劲儿，试图将"风一吹就到处跑"的艺术创造成某种不可动摇的东西。功夫不负有心人，这份信念真的造就了地中美术馆这种在物理层面也难以撼动的艺术天地。

这是直岛的隐藏主题，它是我的，也只属于我，是我从不愿在公开场合诉说的心声。直岛所追求的"普遍"，其实就诞生于这种走投无路的念想。

幸运的是，在杰出的策划人福武先生的指挥下，玛利亚、特瑞尔、杉本博司、宫岛达男、内藤礼等优秀艺术家与建筑大师安藤忠雄，让直岛成了艺术的栖身之所，绽放出耀眼的光芒。最终，直岛发展成了既有观光资源，又有经济价值，还能为地区文化发展做贡献的艺术圣地。

我无法从概念、理念及实现目标的业务构造等方面审视直岛项目，也不能站在商业的角度去评论它，但我可以借由人们的反馈来介绍它。作品是与人共存的，是有生命的活物。

这好像越说越像是一种信仰了，其实归根结底，艺术跟宗教没什么区别。如果探究人类的所有行为，支撑意志的一切，归根结底都是幻想，都是信仰。到头来，很多事情不过是"信或不信"的问题罢了。

换句话说，艺术正是我最后的堡垒，也是吞噬各种不合理的地方。艺术带来了哥白尼式的革命，又反过来扮演起了某种社会角色。如此想来，我的观点好像也不能完全算错。恰恰因为这样，直岛才没有被埋没在接连诞生的作品中，至今仍彰显着强烈的存在感。

直岛的作品有斥巨资打造的常设展品，也有成本低廉的临时展品。有人说，作品的质量取决于它们享受的"待遇"，这种观点并不正确。如果作品的质量看起来参差不齐，那么问题既不在钱，也不在展示方法，而在于制作作品的态度。

一个原本绝不可能当上主角的地方，从不主动发声就会被彻底埋没的状态出发，经过十五年的不懈努力，成为不可撼动的存在。

"追求艺术"这几个字听起来是多么不切实际，宛如白日做梦。即便如此，我还是不顾一切，在工作中拼尽全力才有了今天的结果。幸运的是，在 2000 年的"THE STANDARD"展之后，认同我想法的伙伴多了起来，直岛的拥趸也逐渐增加。

我真的很庆幸自己能参与这个项目。

* * *

"倍乐生之家美术馆""地中美术馆"等直岛项目的核心设施频频登上旅游杂志，甚至连专业的建筑杂志也经常刊载相关文章。直岛因被誉为"这辈子一定要去的地方"而广为人知。

原本在艺术界的角落里靠码字勉强度日的我，因为机缘巧合参与了直岛项目，见证了现代艺术扎根直岛并在全日本遍地开花的过程。直到现在，这段经历依然是我最宝贵的财富。

当然，这一路绝不是一帆风顺的。直岛原本是炼铜厂的所在地，曾一度为公害所苦。对居住在本州岛的人而言，直岛压根儿就不值得他们为了旅游观光特地跑一趟。再加上人口减少、老龄化程度加深等问题，直岛原本不过是濑户内海上随处可见的小岛之一。

别说是现代艺术了，岛上一丁点儿艺术基础都没有。

从这样一座濑户内海的偏远小岛出发，将现代艺术普及到全日本，任谁看都会觉得这是场没有胜算的挑战。毕竟在那个年代，哪怕是在东京，现代艺术也尚未获得认可，直岛就更加免谈了。日本各地举办三年展、美术馆策划主题展什么的，都是很久以后才有的现象。

加上我还是在社会经验几乎为零的状态下开始这份工作的，失败与失态自是家常便饭。天知道我在办公室和工地挨过多少次骂。即便如此，我还是朝着前途未卜的目标拼命前进。对我来说，那段日子肯定是有意义的吧。

在刚入职倍乐生的时候，我意识到艺术想要在社会中占有一席之地是何等艰难。人们也许会为了提高修养了解点艺术，却很难在现实社会中找到艺术存在的价值。大概很少会有人相信艺术能对社会有帮助。

曾几何时，别人对我说，"艺术就跟墙纸一样"，我只觉得遭到了全盘否定。比起"生活不只有面包"，人更要在"有面包吃的喜悦"中生活。所以"不先填饱肚子，其他都免谈"便成了人们对待艺术的态度。"它能派上什么用场？"——这样的说辞，我听过太多遍了。

但与此同时，世界上却没有哪个人种与民族是没有艺术的。无论身处哪个时代，无论置身什么地方，只要有人的地方就有创造行为。众所周知，即便是在食不果腹的绳纹时代，也存在

"绳纹土器"这样的艺术。

也有人将艺术视作信仰行为，把它当作精神食粮。只要人还有心，就得跟艺术打交道。我认为艺术就是现代的信仰。

世上有形形色色的人，有完全不需要信仰的人，也有需要心灵支撑的人，而我能理解后者的心思。

转年4月，我会去金泽21世纪美术馆，担任馆长一职。接到邀约时，我已经向福武先生表明去意，开始协调公司内部的各项事务，为离职做准备了。

明明要4月才上任，我却在2月就搬去了金泽。我想驱散直岛带来的感伤，唯一的办法就是朝着眼前的目标一通狂奔。那恰好是"直岛STANDARD 2"展后半期开幕的时候。

走向新天地

金泽21世纪美术馆毗邻兼六园 [61]，建在金泽大学附属学校的遗址上。

这座美术馆于2004年开业，与地中美术馆开业时间一样。它的建筑呈圆形，覆盖全玻璃幕墙，极具特色。馆内分为免费区域与收费区域，每天都有不少当地居民在购物、放学途中顺道造访。

金泽21世纪美术馆也以装置艺术作品为主，包括因地中美

术馆为人所熟知的詹姆斯·特瑞尔的《煤气厂》（*Gasworks*）与
《蓝行星天空》（*Blue Planet Sky*）。除此以外，阿根廷艺术家雷
安德罗·埃利希（Leandro Erlich）的《泳池》（*Swimming Pool*）
也非常有人气，游客能隔着水面体验俯视与仰视的不同感受。

开启金泽的生活后，我的脑海就被金泽 21 世纪美术馆填
满了。

我在金泽住了十年，其间只去过直岛两三次，而且基本都
是陪同想去直岛的客户前往。每一次去，我都没有闲工夫黯然
神伤，但仍偶有些许情愫一闪而过。不可思议的是，每次访问
直岛，我都会看见它不同的面貌。不知道是直岛在变，还是我
在变，我只觉得有时能看清它，有时却看不分明。

2016 年的那次访问，给我留下了格外深刻的印象。

阔别已久的直岛好像比之前更有活力了，又好像仍然保持
着原样（不含贬义）。我觉得地中美术馆成了一个能衡量自己与
直岛距离的地方。通过这个空间在我眼中呈现的模样，我能获
知自己与直岛的远近。

说来也真是奇妙，我感觉自己正抱着比前几次更客观的态
度在观赏，这种距离感的变化让我大吃一惊。换作以前，一走
进地中美术馆，各种各样的感情便会像洪水决堤一般涌上心头。
可那一次，我自始至终都很平静。

实不相瞒，那时我已经辞去了金泽 21 世纪美术馆的工作。
离开直岛以后，我又在金泽拼命奋战了十年。也许是因为中间
隔了那么久吧，在直岛度过的那段时光仿佛也变得遥远了。

直岛的每座设施、每件艺术作品都不是"活物"，所以"看起来很精神"，或是"看起来无精打采"，其实都反映了观者的状态。

从这个角度看，那次看到的直岛之所以令人心旷神怡，一定是因为我为金泽的工作画上了圆满的句号，所以整个人都神清气爽了吧。

像这样回顾直岛的岁月，我便不由得感叹，真是一段极为辛苦的日子。不过那时在我体内燃烧的能量也无比可贵啊。

这一路真的走了好远好远。来直岛的时候，我才三十五岁，一眨眼的工夫，二十八年就过去了。如今，我已经快六十三岁了。虽然我不是很喜欢回顾过去，但人生感触总归是有的。

时至今日，我还想去追寻那尚未见到的新天地。我还没有完全碰触到这个世界。我想亲眼看看的东西仍有很多。

为了继续这趟探索的旅程，我想迈出新的一步。

结语

之所以试着提笔写下直岛的故事，"自己上了年纪"固然是一方面的原因。另一方面的原因是，我渐渐意识到，也许趁现在把那些事实记录下来会比较好。

其实我早就冒出了这个念头，只是迟迟不愿动笔。这里头也有很多的苦衷。苦衷之一是，直岛仍在发展中，福武先生和北川先生正在推进相关的工作。他们恐怕不想听我这个已经"离场"的人说三道四、多嘴碍事吧。事实上，我也不想给他们造成不必要的困扰。

可与此同时，我又渐渐觉得，自己参与项目的日子已经慢慢远去了，是不是应该趁着还记得，把当年的种种都写下来呢？

直岛的名气越来越响，久而久之，便有人问起"当年那个项目具体是怎么推进的"。项目的主导者与总策划人当然是福武先生，没有他就不会有直岛项目。他既是创造直岛的生父，也是扶植直岛发展的养父。

岛上的建筑则由安藤忠雄先生设计。他在项目刚启动时便已参与进来，将福武先生的构想以建筑的形式一一呈现。不仅如此，安藤建筑提供的灵感也刺激了艺术，成为创造的契机。如果把露营场的设计工作也算进去，安藤先生已经跟直岛打了近三十年的交道。

至于岛上的每一件作品，都是由艺术家创作的。地中美术馆的玛利亚与特瑞尔，"家计划"的宫岛达男、内藤礼、杉本博司、大竹伸朗、千住博、须田悦弘，倍乐生之家和户外展示的草间弥生、安田侃、丹·格雷厄姆、理查德·朗、片濑和夫、大卫·特雷姆利特……他们的作品分别代表了直岛的某个时期，都有划时代的意义。

许多关于直岛的旅游指南都附上了草间女士"黄南瓜"和"红南瓜"的照片。而"家计划"这个词也已经普及开来，时常能看到"某某的家计划"这样的词组。地中美术馆内玛利亚、特瑞尔与莫奈的作品虽然只公布了极少数的照片，但却被反复介绍，成了直岛的核心。

我想再强调一遍，这个项目有福武先生的理念，有安藤先生的建筑，还有各位艺术家的作品。呈现在各位眼前的，是策划人、建筑师与艺术家共同打造的杰作。那么为他们牵线搭桥、在现场统筹各项工作的人是谁呢？于是常有人问我：作为项目初期的负责人，秋元先生经历了怎样的过程？在此期间又做了哪些具体的工作？

然而，我很难用三言两语回答这些问题。对我而言，直岛是一段深藏心底的往事，要读取它还挺花时间的。再加上，离开直岛之后，我又在金泽工作了一段时间，眼下也还远没有到追忆似水年华的时候。请容我再强调一遍，直岛是一个现在进行时的项目，和它有关的人太多了，我并不想打扰大家。

如今回头望去，我当年的工作简直像呼吸一样平常，并无什么特别的地方。心无旁骛地吸取工作的诀窍，再把毕生所学倾囊呼出。我的学习从"如何处理行政事务"开始，当然也包括"怎么和艺术家打交道""在建筑工地该做什么"等等。每次遇到新东西都要从头学起，然后在此基础上继续推进工作。我在直岛的工作就是不断重复这个过程。换作现在，如此荒唐的做法是难以想象的。

这样不懈工作的我追寻的是好的作品，是胜过一切的艺术。我想要的不单是"才华横溢的艺术家创作出的佳作"，更是高层次的、世界难寻的顶级杰作。

这就像一流运动员在万众瞩目的奥运会上刷新世界纪录的一瞬间，它超越了运动员个人的纪录，也将时代推向了下一个阶段，这是一种奇迹般的存在。我期盼着艺术家能在直岛创作出这样的作品。

因为我认为，如果不做到这个地步，根本没人会关注这样一座小岛。

我有个熟人是自己有画廊的艺术经纪人，他曾半开玩笑地说："你是不是受虐狂啊？"可见寻常人应该很难理解我到底为了什么而吃苦。我却是这么想的：此时不拼，更待何时啊！

也有可能是我这人比较迟钝，虽然感到痛苦，但只要能创造出好的作品，这点苦还是可以忍耐的。因为我深知，杰作总是诞生在超越个人悲喜的地方。

这个道理来自我之前的人生经历。在复读备考期间，我熬过了超乎寻常的苦练。刚进倍乐生的时候，我又在"公司与艺术"这种矛盾的关系中苦苦挣扎。后来，协助艺术家工作，发现他们在创作作品时注意力总是惊人地集中……

即便被反对过很多次，我仍相信直岛需要艺术，而且是最杰出的艺术。这不是我个人的想法，说不定也超出了福武先生的考量。如果真要形容，它可能来自神的启示。

在倍乐生工作的时候，每到3月年度结算的阶段，我的心情都会蒙上一层阴霾，因为又到了调整组织架构、预算和业务计划的季节。时间一到，我便坐立不安。组织架构与人事变动尤其让我煎熬。因为在那个时候公司会斟酌是否要保留某项业务，调整组织架构、重新调配人员。而且"调动"不仅限于个人，而是整支团队，也就是整个直岛业务都得搬家。团队的归属几乎每年一变，从倍乐生推进室到总务部，再到CSES室……各种各样的新部门名称由此诞生，到最后团队又回到了总务部。总而言之，我们就是在管理部和事业部之间来来回回。

高层应该是无心的，可是在基层员工看来，上头简直是在拍脑袋踢皮球。每当4月的新年度一开始，我便会抱着这样的心情投入工作：啊，太好了，活下来了……

在公司更名和从东证一部上市之后，公司的性质发生了显著的变化。工作流程快得惊人，以前那种手工作业的感觉也渐渐消失了，外包时代就此到来。业务的架构变得透明了，围绕语言和数字搭建。"只有某个人懂"的不透明做法绝不允许存在，"考究"之类的匠人精神好像也会被嗤之以鼻。

这种现象不只出现在倍乐生。2000 年过后，日本的企业都在朝着合理与高效发展。

进入 2010 年之后，倍乐生的营业额突破 4000 亿日元，渐入佳境。其后，这样的业绩成为常态。遥想 20 世纪 90 年代我还在倍乐生的时候，公司努力的目标还是达到 1000 亿日元，简直不可比拟。不过，业绩稳健的倍乐生却在 2014 年遭遇了隐私信息泄露事件，以至于 2015 年与 2016 年连续亏损。好在 2017 年，公司赢回了客户的信任，业绩也扭亏为盈了。

听闻倍乐生在最艰苦的时候转让了一部分现代艺术作品。不难想象，它们的卖出价应该已是买入价的数十倍了吧。当年不受任何期待的作品，从某种角度看正是为这种特殊时期预备的资产。现代艺术不仅富有艺术价值，更以资产的形式为公司做出了莫大的贡献。

倍乐生时代的我不想被某种难以阻挡的洪流吞没，所以抱着"打桩"般的心态投入了艺术工作。我下定决心，要打造出不会被遗忘、历久弥新的东西。

如前所述，地中美术馆就建立在这种"创造永恒、不可撼动"的信念上。"把建筑埋在地下"这一点可谓意义重大。它既像游击战的战壕，又像原始人记忆中的地穴，也是祈祷的好所在。在我看来，地中美术馆那宛若新兴宗教场所的建筑风格，恰好反映了这一点。

在濑户内遍地开花的艺术项目始于"直岛"，由才能出众的倍乐生总指挥福武总一郎先生最先参与，个性鲜明的建筑大师安藤忠雄强势加盟，再加上举世罕见的天才艺术家们：瓦尔特·德·玛利亚、詹姆斯·特瑞尔、丹·格雷厄姆、雅尼斯·库奈里斯、理查德·朗、大卫·特雷姆利特、草间弥生、安田侃、杉本博司、大竹伸朗、宫岛达男、内藤礼、须田悦弘……这才有了今天。

当然，艺术诞生的现场，也有包括我在内的众多工作人员。

我们每个人都编织出了五彩缤纷的故事。对直岛来说，这都是无可替代的财富。

这些才是直岛的"整体"，也是直岛的"全部"。

* * *

最后，我想借此机会，对在直岛十分关照我的各位由衷地表示感谢（敬称省略）。

首先是 1991 年至 2006 年间，在倍乐生住宿团队与艺术团队工作的主要成员，针金淳、村山靖之、市川照代、池田（原田）博子、石城户（黑田）惠子、江原久美子、铃木睦子、俵山东子、植村 Rumiko、田中由纪子、德田佳世、山本晴子、小山宽子、伊贺道子、山下 Nagisa、槙圭子。以及在株式会社直岛文化村一边运营酒店，一边参与艺术工作的伊达泰隆、岛一雄、有川春代、菊田修、笠原良二、水野欣二、菊田满司、小林贵洋、汤藤宪三、广畑诚司。

接着是 2004 年 7 月地中美术馆开业后，在财团与美术馆辛勤工作的山根孝规、赤松美千代、石山奈美、泉田志穗、板谷悠树、稻叶真澄、内田真一、梅木隆、枝松信二、冈本夏佳、木村美保、久米朗子、小林宏、小松原守、是本知惠、实藤亮太、下野雅代、高本敦基、高山健太郎、茶谷千香、中川良美、长友祥子、仲光健二、西尾彩子、野崎千湖、姬井温子、水野亮子、望月志津子、山口萌美、山本雅彦、吉冈澄江、今井未来、池田良子、川角礼子，以及无数帮助过我们的人。

另外还要由衷感谢为本书呕心沥血的策划人米津香保里女士与编辑松石悠先生。明明跟大家商量好了，要"写一本关于直岛的书"，我却不停地找借口拖拉，花了整整两年才写完。写到半路还打起了退堂鼓，嚷嚷着"要不还是算了吧"。多亏二位不厌其烦地安抚，耐着性子陪我走到了最后。要不是他们的支持，这本书永远也不会问世。

除此之外，我还要由衷地感谢爱妻 Yukari 的鼎力支持。我在下班回家后，频频写稿至深夜，她为了让我专心工作付出了许多。这些日子真是委屈她了。

最后，我想向读完本书的所有读者朋友致以最诚挚的谢意。

秋元雄史

安藤忠雄寄语

　　还记得我第一次踏上直岛是 1988 年的事情。"我要把直岛打造成'文化之岛',实现目标的第一步就是在岛上建设面向青少年的露营场!"在福武先生的这番邀请下,我与他从宇野港出发,坐船来到了直岛。当年的直岛在工厂排放的二氧化硫废气笼罩下枯树遍地。"秃山"二字就是直岛给我留下的第一印象。

　　"这座人口稀少的小岛简直是公害的典型。在这样一个地方,我又能做些什么呢?"

　　面对小岛的现实,我不禁心生胆怯,但福武先生的决心没有丝毫动摇,他依然想在直岛上赌一把。我几乎是被他的信念"拽"进了这个项目。

　　一眨眼,三十年过去了。如今的直岛绿意盎然,曾经的秃山早已没了踪影。过去为人口减少所苦的小岛,即便不在举办艺术节的年份,也有来自世界各地的近五十万游客到访。直岛究竟发生了什么——福武先生用长达三十年的时间尝试,旨在恢复小岛的自然风光,重新挖掘当地的历史,并在此基础上植入现代艺术。这是一个多么恢宏的计划啊。

我在直岛参与设计了七个建筑项目，目前又有两个新项目进入了策划阶段。这些项目都有十分独特的拓展过程。它们并没有采用传统的开发手法，即先制定基本规划，再依照规划设计建筑。直岛的做法是根据每一时期的情况、地点与脉络，像生物增殖一样增设一座又一座的建筑。

这也是直岛对待现代艺术的态度。岛上的第一座美术馆"倍乐生之家美术馆"是 1992 年竣工的，而艺术总监的"艺术空间争夺战"也在同一时间拉开了帷幕。他一边解读艺术延伸自建筑内外每一处空间的可能性，一边构筑起建筑与艺术之间那充满张力的关系。在这个过程中，艺术家自主选择场地，并以场地为主题创作作品。地中美术馆正是这种路线的巅峰之作。

本村地区的"家计划"更是让人眼前一亮。修复老宅、将现代艺术作品融入其中，这样的尝试不仅在艺术层面创造了趣味，更帮助人口稀少的城镇重拾了生命力，实在是意义深远。至此，直岛的艺术项目又承担起了"促进地区发展"的新职责。

直岛就这样从时光无声流逝的内海小岛，变成了世界瞩目的艺术圣地。从某种角度看，"直岛"这三十年就是在诚挚地实践"现代艺术能做什么"的命题吧。我愿与福武先生，以及曾经作为艺术总监辛勤付出的秋元先生一起，共同见证这场恢宏挑战的未来将会去往何处。

关于直岛的参考资料

秋元雄史编
逸见阳子协助

（为方便读者检索，本书对原文参考文献各条目均予保留，作者名、书名、刊物名及出版社名等均按原文照录。）

『ISSEY MIYAKE BY IRVING PENN 1991-92　ベネッセハウスオープニング記念企画展、「三宅一生展　ツイスト」カタログ』発行／福武書店、1992

『柳幸典「WANDERING POSITION」展カタログ』写真／大石一義、編集／直島コンテンポラリーアートミュージアム、発行／福武書店、1992

『「Doug and Mike Starn」展カタログ』編集／直島コンテンポラリーアートミュージアム、発行／福武書店、1993

『山田正亮 "1965-67" 展―モノクロームの絵画―カタログ』編集／ベネッセハウス／直島コンテンポラリーアートミュージアム、編集協力／佐谷画廊、写真／村上宏治、翻訳／株式会社フルマーク、発行／ベネッセコーポレーション、1995

『キッズアートランド』編集／ベネッセハウス／直島コンテンポラリーアートミュージアム、デザイン・編集協力／株式会社ジェイツ・コンプレックス、写真／山本紅、写真協力／内田芳孝・桧垣成彦・水戸芸術館、翻訳／株式会社フルマーク、発行／株式会社福武書店、1994

『オープンエアー '94 "OUT OF BOUNDS" 海景のなかの現代美術展』

編集／原田博子・西山裕子、テキスト／南條史生・井上明彦・秋元雄史、翻訳／伊藤治雄、アートディレクション／伊丹友広、発行／株式会社福武書店、1994

『直島文化村へのメッセージ』編集／秋元雄史・江原久美子、編集協力／逸見陽子、デザイン／鍋島哲哉、発行／株式会社ベネッセコーポレーション コーポレートコーポレーション室、1998

『TransCulture:la Biennale di Venezia 1995「トランスカルチャー」展カタログ』編集／南條史生他、発行／国際交流基金、1995

『直島コンテンポラリーアートミュージアムコレクションカタログ Remain in Naoshima』編集／秋元雄史・江原久美子・逸見陽子、アートディレクション&デザイン／伊丹友広、発行／株式会社ベネッセコーポレーション コーポレートコミュニケーション室、2000

『直島通信 vol.1 創刊号 1998.6 直島・家プロジェクト 宮島達男』編集／江原久美子、編集協力／逸見陽子、写真／上野則宏・鹿野晃・山本絆、発行／株式会社ベネッセコーポレーションコーポレートコミュニケーション室、1998

『直島通信 vol.1 No.2 1998.9 直島のコミッションワーク 蔡国強「文化大混浴 直島のためのプロジェクト」』編集／江原久美子、編集協力／逸見陽子、写真／藤塚光政、発行／株式会社ベネッセコーポレーション コーポレートコミュニケーション室、1998

『直島通信 vol.1 No.3 1998.12 ベネッセハウス』編集／江原久美子、編集協力／逸見陽子、写真／安斎重男・大橋富夫・藤塚光政・村上宏治、発行／株式会社ベネッセコーポレーション コーポレートコミュニケーション室、1998

『直島通信 vol.1 No.4 1999.3 直島の歴史と直島文化村』編集／江原久美子、編集協力／逸見陽子、写真／藤塚光政、安海宣二、発行／株式会社ベネッセコーポレーション コーポレートコミュニケーション室、1999

『直島通信 vol.2 No.1 1999.6 直島・家プロジェクト「南寺」安藤

忠雄とジェームズ・タレルのコラボレーション』編集／江原久美子・田中由紀子、編集協力／逸見陽子、デザイン／伊丹友宏、写真／藤塚光政・山本紲、発行／株式会社ベネッセコーポレーション コーポレートコミュニケーション室、1999

『直島通信 vol.2 No.2 1999.9 第 3 回ベネッセ賞　第 46 回ヴェニス・ビエンナーレ』編集／江原久美子・田中由紀子、編集協力／逸見陽子、デザイン／伊丹友宏、写真／森口水龍・G. ANGELO PISTOIA、発行／株式会社ベネッセコーポレーションコーポレートコミュニケーション室、発行日／ 1999 年 9 月 25 日

『直島通信 vol.2 No.3 2000.1 進行中のプロジェクト　内藤礼　ウォルター・デ・マリア』編集／江原久美子・逸見陽子、デザイン／伊丹友宏、写真／山本紲、発行／株式会社ベネッセコーポレーション コーポレートコミュニケーション室、2000

『直島通信 vol.3 No.1 2000.7　オラファー・エリアソン　ハロルド・セーマン直島訪問』編集／江原久美子・逸見陽子、デザイン／伊丹友宏、協力／神谷幸江・岡村多佳夫、翻訳／スタンリー・N・アンダーソン、発行／株式会社ベネッセコーポレーション CS-ES 推進室、2000

『直島通信 vol.3 No.2 2000.10　ウォルター・デ・マリア Seen, Unseen, Known, Unknown』編集／江原久美子・逸見陽子、デザイン／伊丹友宏、写真／大橋富夫、翻訳／村井智之、発行／株式会社ベネッセコーポレーション CS-ES 推進室、発行日／ 2000 年 10 月 5 日

『直島通信 vol.3 No.3 2001.1 直島・家プロジェクト アートによる地域の歴史の再発見』編集／江原久美子・逸見陽子、デザイン／伊丹友宏、写真／上野則宏・大橋富夫・山本紲、翻訳／スタンリー・N・アンダーソン、発行／株式会社ベネッセコーポレーション CS-ES 推進室、2001

『直島通信 2001.4 直島会議 V　アートと地域／マクロとミクロの間で』編集／江原久美子・逸見陽子、デザイン／伊丹友宏、写真／山本紲、翻訳／スタンリー・N・アンダーソン、発行／株式会社ベ

ネッセコーポレーション、2001

『直島通信　2001.9 THE STANDARD 直島の町・家・路地をめぐる展覧会』編集 ／ 江原久美子・逸見陽子、デザイン ／ 伊丹友宏、表紙写真 ／ 藤塚光政、翻訳 ／ スタンリー・N・アンダーソン、発行 ／ 株式会社ベネッセコーポレーション、2001

『直島通信 2002.1 THE STANDARD』編集／江原久美子・逸見陽子、デザイン／伊丹友宏、表紙写真／筒口直弘（芸術新潮）、翻訳／スタンリー・N・アンダーソン、発行／直島コンテンポラリー・アートミュージアム・株式会社ベネッセコーポレーション、2002

『直島通信 2002.4 直島コンテンポラリーアートミュージアムの10年』編集／江原久美子・逸見陽子、デザイン／伊丹友宏、翻訳／スタンリー・N・アンダーソン、発行／直島コンテンポラリーアートミュージアム・株式会社ベネッセコーポレーション、2002

『直島通信 2002.10 須田悦弘「雑草」』編集／江原久美子・逸見陽子、デザイン／伊丹友宏、写真／山本糾、翻訳／スタンリー・N・アンダーソン、発行／直島コンテンポラリーアートミュージアム・株式会社ベネッセコーポレーション、2002

『直島通信 2003.1 直島・家プロジェクト　護王神社』写真／杉本博司、編集／江原久美子・逸見陽子、デザイン／伊丹友宏、翻訳／スタンリー・N・アンダーソン、発行／直島コンテンポラリーアートミュージアム・株式会社ベネッセコーポレーション、2003

『直島通信 2003.6「直島・家プロジェクト」その後。』表紙写真／宮本隆司、本文写真／安斎重男・上野則宏・大橋富夫・杉本博司・高田洋三・藤塚光政・森川昇、編集／江原久美子、逸見陽子、デザイン／伊丹友宏、翻訳／スタンリー・N・アンダーソン、発行／直島コンテンポラリーアートミュージアム・株式会社ベネッセコーポレーション、2003

『直島通信 2003.12 第5回ベネッセ賞　第50回ヴェニス・ビエンナーレ』写真／木奥恵三・森口水翔、編集／江原久美子・逸見陽子、デザイン／伊丹友宏、英和翻訳／スタンリー・N・アンダーソ

ン、英和翻訳／木下哲夫、発行／直島コンテンポラリーアートミュージアム・株式会社ベネッセコーポレーション、2003

『直島通信 2004.6 ベネッセアートサイト直島』表紙写真／宮本隆司、本文写真／大橋富夫・村上宏治・山本紃、編集／江原久美子、逸見陽子、デザイン／伊丹友宏、和英翻訳／スタンリー・N・アンダーソン、発行／ベネッセアートサイト直島、2004

『直島通信 2005.10 第6回ベネッセ賞 第51回ヴェニス・ビエンナーレ総合ディレクター マリア・デ・コラール インタビュー』写真／森口水翔、編集／江原久美子・逸見陽子、デザイン／伊丹友宏、英和翻訳／飯田陽子＋ブライアン・ハート、英和翻訳／木下哲夫、発行／ベネッセアートサイト直島、2005

『直島通信 2006.03 2006年の直島ベネッセハウス新・宿泊棟 NAOSHIMA STANDRD』表紙写真／藤塚光政、本文写真／上野則宏・大橋富夫・藤塚光政・芳地博之・山本紃、編集／江原久美子・逸見陽子、デザイン／伊丹友宏、翻訳／スタンリー・N・アンダーソン、発行／ベネッセアートサイト直島、2006

『直島通信 2008.03』表紙写真／渡邉修、本文写真／上野則宏・小熊栄・杉本博司・森川昇・山本紃・渡邉修、編集／徳田佳世・逸見陽子、デザイン／伊丹友宏、翻訳／飯田陽子＋ブライアン・ハート、発行／ベネッセアートサイト直島、2008

『直島通信 2009.3 現代美術・建築の継承』編集／徳田佳世＋逸見陽子、英文テキスト編集／ユージーナ・ベル、デザイン／伊丹友宏、翻訳／山川純子＋飯田陽子＋ブライアン・ハート、発行／ベネッセアートサイト直島、2009

『直島通信 2010.01 Building Art Space』写真／杉本博司・森川昇・渡邉修、編集／徳田佳世・逸見陽子、英文テキスト編集／ユージーナ・ベル、デザイン／伊丹友宏、発行／ベネッセアートサイト直島＋ベネッセホールディングス、2010

『直島文庫 直島・家プロジェクト「角屋」』編集／江原久美子・逸見陽子、アートディレクション＆デザイン／伊丹友宏、翻訳／スタンリー・N・アンダーソン＋フランク・ダグラス＋エリザベス・シューメイカー、写真／上野則宏・野口里佳・山本糾、協力・資料提供／加藤淳・高橋昭典・藤田摂建築設計事務所・宮島達男、発行／株式会社ベネッセコーポレーション、2001

『直島文庫　直島会議　直島会議V　アートと地域／マクロとミクロの間で』編集／江原久美子・逸見陽子、アートディレクション＆デザイン／伊丹友宏、翻訳／スタンリー・N・アンダーソン、発行／ベネッセコーポレーション、2001

『ウォルター・デ・マリア「見えて、見えず、知って、知れず」』撮影／大橋富夫・山本糾、編集／秋元雄史・逸見陽子、編集協力／エリザベス・チャイルドレス、アートディレクション＆デザイン／伊丹友宏（IT IS DESIGN）、翻訳／木下哲夫＋スタンリー・N・アンダーソン、発行／直島コンテンポラリーアートミュージアム＋株式会社ベネッセコーポレーション、2002

『THE STANDARD』デザイン・コンセプト／秋元雄史、編集／秋元雄史・逸見陽子、アートディレクション＆デザイン／伊丹友宏（IT IS DESIGN）、翻訳／木下哲夫＋スタンリー・N・アンダーソン、発行／直島コンテンポラリーアートミュージアム＋株式会社ベネッセコーポレーション、2002

『内藤礼　このことを　直島・プロジェクト　きんざ』撮影／森川昇、造本／祖父江慎＋コズフィッシュ、編集／徳田佳世・逸見陽子、翻訳／落石八月月＋飯田陽子＋ブライアン・ハート、写真／小熊栄・上野則宏、発行／直島コンテンポラリーアートミュージアム＋株式会社ベネッセコーポレーション、2002

『PHOTOGRAPHS OF ART HOUSE PROJECT IN NAOSHIMA』編集／秋元雄史・徳田佳世・逸見陽子、撮影／宮本隆司、アートディレクション／井上嗣也、デザイン／向井晶子（BEANS）、発行／直島コンテンポラリーミュージアム＋株式会社ベネッセコーポレーション、2003

『地中美術館』編集／徳田佳世・逸見陽子、翻訳／木下哲夫・森夏

樹、装幀／祖父江慎＋柳谷志有（cozfish）、発行／地中美術館＋財団法人直島福武美術館財団、2005

『The Chichu Art Museum Tadao Ando builds for Walter De Maria, James Turrell, and Claude Monet』Ed. Naoshima Fukutake Art Museum Foudation, foreword by Nobuko Fukutake, Soichro Fukutake, by (photographer) Naoya Hatakeyama, Ryuji Miyamoto, Romy Golan, Senastian Guinness, Walter De Maria, Paul Hayes Tucker, James Turrell, Hiroyuki Suzuki, English 2005 Hatje Cantz Verlag Pub

『地中ハンドブック』写真／畠山直哉・清水健夫・山本智也、協力／COMME de GARCONS、写真提供／SWITCH、資料提供／藤原良治（グリーンメイク）、デザイン／祖父江慎＋安藤智良（コズフィッシュ）、作品解説／秋元雄史、編集／徳田佳世・逸見陽子、発行／地中美術館＋財団法人直島福武美術館財団、2005

『地中トーク　モネ入門「睡蓮」を読み解く六つの話』編集／秋元雄史・徳田佳世・逸見陽子、装幀／祖父江慎＋安藤知良（コズフィッシュ）、発行／財団法人福武美術館財団＋地中美術館、2006

『地中トーク　美を生きる-「世界」と向き会う六つの話』編集／秋元雄史・徳田佳世・逸見陽子、装幀／祖父江慎＋安藤知良（コズフィッシュ）、発行／財団法人福武美術館財団＋地中美術館、2006

『地中トーク　日本の文化基盤について考える五つの話』監修／北川フラム、編集／逸見陽子、装幀／祖父江慎＋安藤知良（コズフィッシュ）、発行／財団法人福武美術館財団＋地中美術館、2008

『NAOSHIMA STANDARD2』企画／秋元雄史・徳田佳世、編集／逸見陽子、英文テキスト編集／ユージーナ・ベル、翻訳／梅宮典子＋山本久美子＋スタンリー・N・アンダーソン、装幀／伊丹友宏、発行／財団法人直島福武美術館財団、2007

『Naoshima Nature, Art, Architecture』編集／徳田佳世・逸見陽子、英文編集／ユージーナ・ベル、写真／安斎重男・畠山直哉・藤塚光政・宮本隆司・宮澤正明・森川昇・大橋富夫・杉本博司・

上野則宏・渡邉修・山本糾、企画・編集協力／財団法人直島福武美術館財団＋株式会社ベネッセホールディングス、翻訳／山川純子、デザイン／KOMAAMOK、日本語ページデザイン／伊丹友宏、発行／Hatje Canz Verlag、2010

相关书籍、资料

『とんぼの本　直島　瀬戸内アートの楽園』著書／秋元雄史・安藤忠雄ほか、ブックデザイン／祖父江慎＋安藤知良（コズフィッシュ）、地図制作／ジェイ・マップ、編集協力／徳田佳世、発行者／佐藤隆信、発行所／株式会社新潮社、2006

『とんぼの本　直島　瀬戸内アートの楽園』著書／福武總一朗・安藤忠雄ほか、発行所／株式会社新潮社、2011（※2011年版から著者名が一部変更された）

『美術手帖2004年9月号　特集安藤忠雄　最新建築　直島・地中美術館　クロード・モネ、ジェームズ・タレル、ウォルター・デ・マリア』発行人／大下健太郎、編集長／押金純士　編集部／川出絵里・安倍謙一・隈千夏・岩渕貞哉、AD／中垣信夫、デザイン／中垣デザイン事務所、編集ライター／西野基久・染谷比呂子・辻絵理子、編集アシスタント／岡崎咲子、発行／株式会社美術出版社、2004

『美術手帖2005年10月号「アートそのものの力によって支えられる理念ディア・アート・ファウンデージョン・ディレクター、マイケル・ガヴァンの講義から」』（※地中美術館一周年記念イベントとして開催された、東京藝術大学美術学部特別講演会　公開シンポジウム「21世紀の美術館像を巡って―アートが作り出す特別な場所―」（7月14日、東京藝術大学奏楽堂）と地中美術館シンポジウム「土地とアート―アーティストと美術館とのコラボレーション」（7月16日、ベネッセハウス）でのガヴァン氏と秋元氏の講演から構成した。構成／逸見陽子、取材協力／地中美術館＋財団法人直島福武美術館財団）

『自立する直島―地方自治と公共建築群』著者／三宅親連・石井和紘・川勝平太、発行者／鈴木荘夫、発行所／株式会社大修館書店、1995

『直島町史　通史本編、続編』編集／直島町史編纂委員会、発行者／直島町役場、発行日／本編　1990年9月10日、続編　1990年3月31日

『新瀬戸内海論　島びと20世紀　第3部　豊島と直島』発行／四国新聞社

『福武書店30年史／1955—1985』発行／福武書店、1987

『月刊香川　「現代日本建築について私はこう思う」香川県知事金子正則』※第3回日本建築士会連合大会二おける記念講演の主旨（1958年10月27日、県ホール）

『月刊香川　金子正則「因縁奇縁」』1959

『月刊香川　1958年5、6月合併号　香川県庁舎竣工記念特集「県庁舎竣工式式辞　香川県知事　金子正則、工事経過　南保賀他」』発行／坂井助次、編集／岡田徳

『環境と建築』出席者／浅田孝（環境開発センター社長）・大高正人（大高建築設計事務所）・芦原義信（武蔵野美術大学教授）・浦良一（明治大学教授）・神谷宏治（都市建築設計研究所）・流政之（彫刻家）・大江宏（法政大学教授）・岡本剛（岡本建築設計事務所）・中根金作（造園家）・高岸正剛（香川県建設業協会建築部会長）・吉坂隆正（早稲田大学教授）・神代雄一郎（建築評論家）・丹下健三（東京大学都市工学部教授）・田中和夫（香川県教育長）・金子正則（香川県知事）、司会／伊藤ていじ（建築評論家）※彫刻「またきたまえ」（流政之作）の除幕式が、1月27日、五色台大崎園地で行われた。この「環境と建築」は、除幕式のあと、香川県と日本建築学

会の共催開催されたパーティから取材して制作された。

『思考と情念―人間金子正則の一断面』著者／木村倭士、発行／香川県名誉県民金子正則先生出版記念会、1994

『瀬戸内海国際芸術祭 2013　丹下健三生誕 100 周年プロジェクト「丹下健三　伝統と創造　瀬戸内海から世界へ」展カタログ』監修／北川フラム、編集／佐藤竜馬・今瀧哲之・名塚雅絵（美術出版社）、編集協力／松隈洋（京都工芸繊維大学教授）・笠原一人（京都工芸繊維大学助教）・長島明夫、発行／美術出版社、2013

『「20 世紀の総合芸術家　イサム・ノグチ―彫刻から身体・庭へ―」カタログ』監修／新見隆・宇都宮壽・宗像晋作・木藤野絵・出口慶太・一柳友子・瀧上華・湯原公浩・水越弘、発行者／下中水都、発行所／平凡社、2017

『「山本忠司展　風土に根ざし、地域を育む建築を求めて」カタログ』監修／松隈洋、総括／笠原一人・三宅拓也、発行／京都工芸繊維大学美術工芸資料館、2018

『平成 27 年度博士前期課程修士論文「地域建築家　山本忠司の輪郭をたどる―瀬戸内海をとり巻く群像とともに―」』著者／糟谷麻紘（京都工芸繊維大学大学院　工芸科学研究科　建築学専攻　松隈研究室）、2016

「Traverse　インタビュー　鹿島建設　豊田郁美 "建てる" という挑戦」2013 年 7 月 11 日、京都大学建築系教室

「『ディア世代』マイケル・キメルマン」2003 年 4 月 6 日付

「スタッフレクチャー」日時／2007 年 3 月 14 日、場所／ベネッセハウス・レクチャールーム、講師／Heiner Friedrich（ディア芸術財団創設者）・Maria Zerres（アーティスト）・Coninna Theierolf（ピナコテーク・デル・モデルネ／キュレーター）、通訳／岡本

「ニューヨーカー（2003 年 5 月 19 日号）和訳『使命』DIA ART Foundation がいかに抗争し、法的問題を乗り越え、信念を守り続けてきたか。」カルヴァン・トムキンズ

『NAOSHIMA NOTE 2011 AUG. 豊島、「食とアート」の可能性 NO.2』発行人／福武總一朗、編集／小谷明・金廣有希子・横溝舞・川浦美乃・西田祥子、編集協力／逸見陽子、発行／ベネッセアートサイト直島、2011

『NAOSHIMA NOTE 2013 JUN. 犬島「家プロジェクト」、島の生活との重なり』発行人／福武總一朗、編集／脇清美・横溝舞・井上尚子・大内航・西田祥子・笠原良二・占部隆子・中島道恵・川浦美乃・高田裕希・玉川理恵、編集協力／逸見陽子、発行／ベネッセアートサイト直島、2013

『NAOSHIMA NOTE 2013 AUG. 地域に根ざす—ANDO MUSEUM、豊島横尾館』発行人／福武總一朗、編集／脇清美・井上尚子・高田裕希・川浦美乃・村木恵子・藤原綾乃・石川吉典・占部隆子・大内航・小谷明・玉川理恵、編集協力／逸見陽子、発行／ベネッセアートサイト直島、2013

尾 注（译注及编注）

[1] 瓦尔特·德·玛利亚（Walter De Maria），1935—2013，美国艺术家，大地艺术创始人之一，极简主义和概念艺术的重要实践者。

[2] 詹姆斯·特瑞尔（James Turrell），1943—　，以空间和光线为创作素材的美国当代艺术家。

[3] 雅尼斯·库奈里斯（Jannis Kounellis），1936—2017，意大利艺术家，贫穷艺术运动先驱之一。

[4] 理查德·朗（Richard Long），1945—　，英国大地艺术的代表艺术家。

[5] 越后妻有大地艺术三年展，"越后妻有"取自日本古地名"越后国、妻有庄"，囊括日本新潟县南部十日町市和津南町在内的七百六十平方公里的土地，是自然怀抱的山间地区。2000 年，为解决当地人口外流、房屋空置等问题，以"地方重建"为目标的"大地艺术节"开始每三年举办一届，后发展成为全球规模最大的国际户外艺术节。

[6] 濑户内国际艺术节，以濑户内海岛屿群为舞台、每三年举办一次的国际艺术节，旨在借由现代艺术，振兴渐失活力的离岛群。

[7] "美好人生"（Benesse），Benesse 出自拉丁语，由"bene"（正确、美好）与"esse"（生存、生活）组合而成。

[8] 备前烧，指冈山县备前市周围一带烧制的陶器，拥有一千年的历史，是日本最具代表性的陶器之一。

[9] 杰克逊·波洛克（Jackson Pollock），1912—1956，美国画家，抽象表现主义绘画大师。

[10] 贾思培·琼斯（Jasper Johns），1930—　，美国当代艺术家。

[11] 山姆·弗朗西斯（Sam Francis），1923—1994，美国抽象表现主义画家和版画家，也是 20 世纪诠释光线和色彩最杰出的大师之一。

[12] 安迪·沃霍尔（Andy Warhol），1928—1987，20 世纪著名的波普艺术家。

[13] 赛·托姆布雷（Cy Twombly），1928—2011，美国著名抽象派艺术大师。

[14] 让－米歇尔·巴斯奎特（Jean-Michel Basquiat），1960—1988，美国

当代艺术家。

[15]　ZOZOTOWN，日本最大的时尚电商。

[16]　莎拉夫人，本名为 Sara Mazo，1910—2006，国吉康雄第二任妻子，曾在纽约现代艺术博物馆工作。

[17]　二级市场，市场学理论中，产品第一次进入市场的渠道即一级市场，产品再流通的渠道则称为二级市场。

[18]　唐纳德·贾德（Donald Judd），1928—1994，美国艺术家。

[19]　中四国地区，日本的中国地区、四国地区的总称，包括鸟取、岛根、冈山、广岛、山口、香川、爱媛、德岛、高知九县。草月流在以上九县各设有支部。

[20]　索尔·勒维特（Sol LeWitt），1929—2007，美国极简主义先锋艺术家。

[21]　贝立兹，即 Berlitz International, Inc.，始创于 1878 年，全球规模最大的专业培训机构。

[22]　奥拉维尔·埃利亚松（Olafur Eliasson），1967—　，冰岛裔丹麦艺术家，以雕塑和大型装置艺术而闻名。

[23]　珍妮特·卡迪夫和乔治·布雷斯·米勒（Janet Cardiff & George Bures Miller），加拿大艺术双人组。

[24]　里克力·提拉瓦尼（Rirkrit Tiravanija），泰裔阿根廷艺术家。

[25]　PDCA 循环，Plan-Do-Check-Act 的简称，循环式品质管理，针对品质工作按规划、执行、查核与行动来进行活动，是企业界早已普遍运用的一套"目标管理"流程。

[26]　偏差值，一种利用标准分算法得到的与排名挂钩的数值，排名正好位于 50% 位置的学生偏差值定为 50。偏差值越高，表示分数排位越靠前。

[27]　地方创生，第二次安倍内阁提出，以纠正东京一极集中、阻止地方人口减少、提高整个日本的活力为目的的系列政策。

[28]　日本幼儿园与托儿所的双轨制由来已久。幼儿园属文部科学省管辖，是学校教育事业，招收三岁及以上的学龄前儿童。托儿所属厚生劳动省管辖，为社会福利事业，接纳零岁至六岁的婴幼儿。两者分属两个不同的行政单位、不同的法令，但年龄层却有重叠，因此引发了诸多问题。日本大

众认为应该合二为一，"幼保一体化"的呼声逐渐高涨。

[29] 伊奘诺景气，1965 年至 1970 年，日本连续五年的经济增长期。"伊奘诺"之名源自日本神话中的男神伊奘诺尊，即伊邪那岐。

[30] 东大纷争，1968 年夏至 1969 年初，由东京大学学生发起的一场学生运动。当时东京大学半数以上的学生参与了这次运动，并构成了日本全国学生运动的一个重要组成部分。

[31] 数寄屋建筑，一种平台规整、讲究实用的日本田园式住宅，是取茶室风格的意匠与书院式住宅加以融合的产物，常用"数寄"分割空间，惯于将木质构件涂刷成黝黑色，并在障壁上绘水墨画，意境古朴高雅。

[32] 三合土，一种建筑材料，由石灰、碎砖和细砂组成。

[33] 乔治·中岛（George Nakashima），1905—1990，日裔美籍家具设计师和建筑师，又名中岛胜寿。

[34] 烧杉板，以烈火焚烧的方式处理过表面的木材，经过炭化、清洗、上油等步骤后，最终的成品富有银色光泽。

[35] 日式房屋的地板是悬空的，并非紧贴地面。

[36] 2023 年经与作者核实后订正，"THE STANDARD"展的举办契机是"家计划"作品 *KINZA* 的落成，故展览期间只有三件"家计划"作品，《护王神社》落成于之后的 2002 年。

[37] 草木染，使用天然的植物染料给纺织品上色的方法。

[38] 约瑟夫·博伊斯（Joseph Beuys），1921—1986，德国著名艺术家，以装置和行为艺术为其主要创作形式。

[39] 西格玛尔·波尔克（Sigmar Polke），1941—2010，德国实验艺术家。

[40] 格哈德·里希特（Gerhard Richter），1932—   ，德国视觉艺术家。

[41] 迈克尔·海泽（Michael Heizer），1944—   ，美国当代艺术家。

[42] 弗雷德·桑德贝克（Fred Sandback），1943—2003，美国极简主义艺术家。

[43] 哈瓦苏派人，即 Havasupai，在印第安语中，"哈瓦苏派"指生活在蓝绿色水域的人，居住在亚利桑那州大峡谷国家公园南部的哈瓦苏派峡谷地带。

[44] 西纳瓜人，即 Sinagua，印第安原住民的一个分支，曾居住在大峡谷东南部地区，搭建了著名的蒙特祖玛城堡。

[45] 海滨画廊（Seaside Gallery），位于倍乐生之家的户外部分。

[46] 克里斯托·弗拉基米罗夫·贾瓦契夫（Christo Vladimirov Javacheff），1935—2020，保加利亚裔美籍艺术家。

[47] 克莱斯·奥登伯格（Claes Oldenburg），1929—2022，生于斯德哥尔摩的美籍艺术家，波普艺术大师。

[48] 胁侍，侍立在本尊（佛、菩萨等）两侧，是协助本尊降妖伏魔或教化众生的辅佐者。在佛教造像中，为视觉整齐，人物多采三数，为一佛配左右二胁侍之造型，即后文所提的"三尊佛"，特点是主尊位阶高于胁侍位阶。

[49] 实际上，2016 年 9 月，卢浮宫工作人员就已经在储藏室一角发现了这张破损画布，经鉴定确认是松方幸次郎的遗失藏品。这件作品后来被送至日本国立西洋美术馆，2018 年 2 月，日本国立西洋美术馆公布了未拆包照片，引发各路媒体关注和报道。2019 年 6 月正式展出。

[50] 量块，又称块规，是机械制造业中控制尺寸的最基本的量具。

[51] TAKEO KIKUCHI，日本时装设计师菊池武夫于 1984 年创立的同名品牌。

[52] 株式会社大林组，日本建筑商。

[53] 即"家计划"作品《牙医之家》。

[54] 即"家计划"作品《碁会所》。

[55] 即"家计划"作品《石桥》。

[56] 作品名为《炉渣释迦 88》。

[57] 四国八十八所，四国岛上与弘法大师（空海）有渊源的八十八座佛教寺院。

[58] 作品名为《针孔直岛》。

[59] 作品名为《蛸渔》。

[60] 作品名为《不知不觉睡着的猫》。

[61] 兼六园，日本三大名园之一。

图书在版编目（CIP）数据

出界！艺术直岛 /（日）秋元雄史著；曹逸冰译
. -- 上海：文汇出版社，2023.10
  ISBN 978-7-5496-4116-1

  Ⅰ.①出… Ⅱ.①秋… ②曹… Ⅲ.①回忆录–日本
–现代 Ⅳ.①I313.55

中国国家版本馆CIP数据核字(2023)第172044号

版权登记图字：09-2023-0897

出界! 艺术直岛

作　　者/	[日]秋元雄史
译　　者/	曹逸冰
责任编辑/	苏　菲
特邀编辑/	林俐姮　彭旻昱　白　雪
营销编辑/	刘治禹　张丁文
装帧设计/	李照祥
内文插图/	唐雅怡
内文制作/	田小波
出　　版/	**文匯**出版社
	上海市威海路 755 号
	（邮政编码 200041）
发　　行/	新经典发行有限公司
电　　话/	010-68423599　邮　　箱/ editor@readinglife.com
印刷装订/	河北鹏润印刷有限公司
版　　次/	2023 年 10 月第 1 版
印　　次/	2023 年 10 月第 1 次印刷
开　　本/	850×1168　1/32
字　　数/	229 千
彩　　插/	8 页
印　　张/	11.5

ISBN 978-7-5496-4116-1
定　　价/　79.00 元

敬启读者，如发现本书有印装质量问题，请与发行方联系。